3
EDDIE FLYNN BOOK

艾迪・弗林
系列 3

騙子律師

THE LIAR

STEVE CAVANAGH

史蒂夫・卡瓦納——著
林零——譯

獻給Chloe

「我在此鄭重發誓，我將擁護美國憲法，以及紐約州憲法，並且盡我所能忠實履行律師部門及法律事務代理人之責任。」

——紐約州憲法，第十三條款第一節；
新任律師就職宣誓。

但凡騙徒，滿口誓言。——《說謊者》，皮耶·高乃依[註]

註：*Le Menteur*，翻為英文則是The Liar。是法國劇作家皮耶·高乃依（Pierre Corneille, 1606-1684）一六四三年創作之喜劇。

第一部

二〇〇二年八月二日
紐約上州

那孩子已尖叫了二十分鐘。餵也餵過了，尿布換了，拍過嗝，也把她抱起來搖，給孩子唱了歌，甚至抱在懷中。茱莉在懷孕後期讀了一大堆書，那天，她嘗試了第五次「控制哭泣」的方法。書上說不要管嬰兒，就讓孩子自己平靜下來。作者認為這是睡眠訓練中很重要的一部分。這十分艱難，茱莉還沒辦法撐過書上建議的兩分鐘不去嬰兒房把寶寶抱起來。在模糊的記憶深處，茱莉想不起自己是否曾被母親抱著。當她的孩子出生，她起先感到彆扭，用自己的雙手抱著那個珍貴的生命感覺似乎不太對。這麼新、這麼純淨又這麼脆弱的物品，好像不能交付到她手上。

茱莉推開嬰兒房的門，一面靠近嬰兒床，一面發出安撫聲。孩子幾乎是立刻平靜下來。房內的遮光窗簾被拉下，只有小夜燈將茱莉的臉照出柔和光暈，足以讓孩子看見她的母親、聽見她的聲音。茱莉繼續輕柔哼歌，在孩子輕輕盪入夢鄉時持續微笑。

茱莉無聲地從嬰兒房退出時，在離開並關上門前，先確認了嬰兒監視器已打開。

時鐘正好來到十點五分。

茱莉朝臨時工作室邁開步伐。這是屋中的雜物間，一張半完成的畫布立在那兒，擺在畫架上，彷佛在指責她。她將嬰兒監視器的可攜式喇叭塞進牛仔褲內，四處找了一下圍裙，發現它躺在一個角落。她穿上去，開始工作。最初的半小時一切順利，然而，當她的顫抖發作，筆觸變得生硬又沉重，原本能畫出平順且細緻的線條，如今卻變得參差不齊、歪扭不定。之前她可以順暢地一筆勾勒出屋頂的紅磚瓦，此時卻下筆劈啪四濺，不自然又歪曲。

她需要調整一下狀態。

茱莉將脫下的圍裙丟到稍早在工作室找到它的那角落，去尋找心靈慰藉。走道盡頭的嬰兒房對面有個祕密巢穴，她伸手去打開門、再關上，並落了鎖。牆上的一個開關喚醒吊扇，她把風調到最強，打開每扇窗，接著從書桌上拿起一根玻璃菸斗，將老舊菸草罐裡的白色小石填滿其中。

她點燃菸斗、吸入。

另一次重擊。

美好且甜蜜的迷幻感流遍茱莉的身體。她的心跳加快，那股飄飄然的感受甚至帶著熱度——就像被一條溫暖的毛毯悶在裡頭。

前門關上的聲音嚇了她一跳。史考特總算回來了。古柯鹼幾乎瞬間就令她流出了汗，她抹抹前額，將菸斗放回書桌上，打開通往門廳的門。

但那兒一個人都沒有。她的感官被弄得有點鈍。那些聲響恍若很大聲又很小聲，好像聲音來源很靠近她，但她人在水底，正透過一片水霧聆聽。她聽著，她用力聽著。那聲音又來了。嬰兒房翹起的地板傳來輕輕一聲嘎吱響。茱莉越過走道，慢慢打開嬰兒房的門。

門廳的光灑入房中。

有個人站在嬰兒房裡。

陌生人，全身黑，站在那裡籠罩嬰兒床。房間好似傾斜了。為了要讓孩子小憩，窗簾和遮光布都拉下了，這使得男人的五官模糊不清。但隨著雙眼逐漸習慣黑暗，那人的身影慢慢變得清晰。

他戴著黑色手套，是那種閃亮亮的皮革材質，不知怎麼，那人的臉和頭顯得畸形醜怪。她踏入嬰兒房，見他戴了副面具。

先前所見的景象太過醒目，太有侵略性，太超現實，衝擊她的內心，以至於一開始她沒注意到那股氣味。現在她聞到了。十分強烈，強得超越一切，而且非常、非常熟悉。

汽油。整個房間都被汽油浸透了。

陷入驚慌之前，她的所有感官在瞬間切換成高速運轉的狀態；而在同一個令人無法動彈的片刻，她頓悟自己孩子的哭聲已然停下。

有一剎那，茱莉以為自己正在倒下。整個房間的黑暗似乎朝她襲來，接著她才真正倒下。撞到地面之前，前額一陣疼痛，她感到某種濕濕的東西流入眼睛，刺刺的。她擦擦臉，看著雙手的鮮血，踉蹌要站起，但黑暗在頃刻間再次將她攫住。黑色手套握著她的雙肩，將她往後推出嬰兒房到走道另一邊。

茱莉無法尖叫。她想尖叫——她必須尖叫。她的喉嚨因驚恐而閉鎖，心臟狂跳得像是塞進洗衣機裡的足球。其中一隻手被放開了，茱莉蠕動著，努力想讓另一手也獲得自由。

某個非常硬的東西猛地朝她頭頂敲下。這一次，她立刻就感受到痛。她腦中的火焰在頭顱裡炸開，針扎般的劇痛竄下頸子、鑽入雙肩。那道黑影放開她另一隻手臂，在極短的一瞬間，她以為一切都結束了，他要放她走。但她錯了。

強壯的雙手狠狠揍上茱莉的胸口，她往後一飛，聽見自己的頭側撞上桌角發出的聲響。黑暗尾隨著她，接著一切暗下。

死寂，靜止，睡去。

茱莉體內有某個東西醒了過來。

聽起來像是有人在敲門。音量越來越大。她腦中的那陣悶痛變得越來越嚴重，彷彿有人轉動刻度盤，將強度增加成火辣辣的痛楚。

她睜開了眼，身體搖搖晃晃，不知到底是正在站起來還是正在倒下去。她頭暈目眩，雙手摸索著身下的地板，撐起身體成跪姿。她努力想吸口氣，卻沒有空氣，只有濃黑的煙。茱莉開始狂咳，靠著書桌站起，嘴裡只說出四個字：

我的孩子。

她奮力轉身，見到那扇門被火包圍，但沒有完全關死。她打開門後，面對的是一片烈火之牆。熱氣以驚人氣勢撲上她皮膚，好比撞上一堵熾熱的磚牆。火焰咆哮著從嬰兒房中燒出，佔領了走道天花板與地毯。茱莉伸出雙手，勉力推進到門廳，但無法靠近嬰兒房。她看不見裡頭。嬰兒房宛如煉獄。濃煙嗆進她肺部，臉頰上的淚水因高熱一概蒸散，茱莉發出尖叫，長且淒厲的尖叫。

她不知道自己站在那裡遭火灼烤了多久，房屋燃燒的嘈雜又將她的聲音掩過多久。天花板逸出一聲強大的爆裂聲響，灰泥、塵土，接著是沉重的橫樑，紛紛從上面的樓層崩落，朝茱莉墜下。

她躺在那兒，在意識中飄進飄出，頭皮滲出的血使她皮膚冷卻。她知道，在橫樑落在身上之前，她有一股強烈的衝動想逃到房子某處，去拿某個東西——但那是什麼呢？她想不起來了。當消防車停在外頭，茱莉知道自己十分失望，因為她失去了某個東西，或某個人。

然後茱莉陷入沉睡。

1

時間已過午夜，我極度清醒。此時我穿著最好的黑西裝、白襯衫和綠色領帶，站在我的辦公大樓外頭。我的鞋子打過蠟，頭髮也梳理整齊，正等著一輛車把我帶進活生生的夢魘裡。

因爲入夜，轉角酒吧早關了，西四十六街因此顯得相當安靜。任何還逗留在外遊蕩的覓食者都避開了露天座，轉而待在室內，並讚嘆著上帝發明了空調設備。我不過在街上待了五分鐘，那件乾淨襯衫的背後就整個濕透。紐約的七月就代表街上一切人事物都將會又熱又濕。

夏天時人們總會變得有點瘋狂，犯罪率也隨之上升。通常在一年的其他時候，大家並不會這麼瘋。犯罪圖表的底部會由一些一般犯罪者組成，因爲天氣該死的實在太熱，他們不會對自己或他人做出太嚴重的傷害。而補上這部分的則是因酷熱失去理智的尋常男女，他們的雙手被血與汗濡濕。人在紅了眼的電光火石之間，會對他人做出難以想像的行爲。七月是瘋狂的季節。

我們已進入這打破紀錄的熱浪整整兩週，即便黑夜降臨，也沒有帶來抒解。

我與大部分律師不同，不帶公事包或平板。說實話，我甚至不確定身上有沒有筆。我外套口袋裡有份文件，共四頁，單行間距。那是我的委託書。委託書底下有個空格，是要給我的新委託人簽名的。我不需要其他東西。一人法律執業者最有利的地方就在於：我不需要記一大堆有的沒的，以防有人得接手我的案件。證人的證詞、警察偵訊、法庭日期、陪審員的挑選——

除去臨時的潦草筆記，我全記在腦中。而那些我們都努力想忘卻的案子呢……則是例外。

在我身著西裝、不安等待的同時，心中也思考著我將接下的這起案件會否成為未來拚命想忘記的案子之一。

電話是在二十分鐘前來的，直接打到辦公室的市內電話，而非我的手機，所以我一開始沒接。只有少數經過篩選的人有我手機號碼。我幾個最好的客戶有，外加一些朋友，以及半數管區警局的行政警察。他們會在聽到可撈一筆的犯人遭逮時給我通風報信。

因爲已過午夜，所以我知道那不會是我的妻子或女兒。不管打電話的人想要什麼，都可以等。

我讓答錄機去接。

「辯護律師艾迪．弗林的辦公室已經下班，請您留言……」

「弗林先生，我知道你在聽。請你接電話。」是個男人的聲音。不年輕，可能四十或五十幾歲，似乎很努力想將話講得清晰得體，把紐約老工人階級的愛爾蘭腔藏起來：布魯克林的愛爾蘭後裔。

他等待著，等我伸手去拿話筒。我又往我的波本裡多倒了點水，然後坐在床上。我睡在辦公室後方的一個小房間。因爲最近幾張報酬優渥的支票，我存的錢越來越接近買下一間公寓的頭期款。但就現階段而言，房間後面一張拉開能變床的沙發，足矣。

「我時間不多，弗林先生，所以接下來我打算這麼做：我要告訴你我的名字，你有十秒鐘可以拿起電話。如果你不接，我就會掛斷，你再也不會接到我的來電。」

從那道聲音判斷，我覺得可以不用理這傢伙。他打擾我晚上的睡前酒。一天一小酌是我這些日子以來唯一的放縱。一到六點我的肚子就渴望酒精，不過我發現只需要在睡前喝一點就行了。一只大玻璃杯、慢慢啜飲，能夠幫助睡眠，有時甚至能讓夢魘變得溫和些。所以我不接，我下定決心，無論這傢伙說他姓啥名誰，我都不會接這通電話。

「雷奧納德・霍威爾。」那聲音說。

我立刻覺得這名字耳熟，但在晚上這種時刻我腦子向來不太清楚。在傳訊庭和客戶會議之中度過漫長的一天，中間沒什麼空吃飯，代表著此時此刻的我整個人已頭昏眼花，搞不好連自己的名字都不記得。

過了四秒，我終於想起自己為什麼會知道這個名字。

「霍威爾先生，我是艾迪・弗林。」

「能聽到你的聲音眞好。你很可能知道我為什麼打來。」

「我有看新聞，也讀了報紙，眞的相當遺憾……」

「那麼你就會知道，我不想在電話上談。我想知道你等一下有沒有空，我可能需要一點法律上的建議。抱歉這麼直接，畢竟我沒有太多時間。」他說。

我有成千上萬個問題，但沒有一個可以在電話上問。我們家的老朋友需要幫助，目前我只要知道這個就夠了。

「凌晨四點你有空嗎？」他說。他根本不用解釋，一定出大事了。

「我有。但我不會四點才過去。如果有能幫上忙的地方，我可以現在就去找你。我剛才說了，我一直在追蹤新聞。我記得你以前在社區幫我爸經營足球投注，他一直很喜歡你。你女兒的事我眞的感到遺憾。如果這些話能帶來什麼幫助……我只能說，我也有類似經驗；我知道你經歷過什麼。」

他什麼都沒說。他沒預料到。

「我記得你爸——還有你。這算是我打來的原因吧。我需要能信任的人，一個能理解我狀況的人。」他說。

「我懂。我希望我不懂，但我眞的懂。我女兒被帶走時才十歲。」

「但你把她救回來了。」

「沒有錯。我以前玩過這場遊戲。如果你要我幫忙，我現在就得到現場。你在哪裡？」

他嘆了口氣，說：「我在家。我會叫車過去，你想在哪裡上車？」

「我辦公室，我會在外面等。」

「司機會在半小時內到。」霍威爾說，此外，我還在他掛上電話時聽到「喀」一聲。我想著雷尼．霍威爾。現在他不喜歡任何人叫他雷尼。他比我年紀大很多，在以前那個社區名聲遠播。最開始是個小流氓，犯些小罪，小偷小搶。他家很窮，成長過程艱辛，他家老頭曾在他們家前面的階梯上痛打他，直到我爸某天目睹，把雷尼的老爸拉到一邊，進行男人與男人之間的對話。雷尼後來就再也沒挨過打，也再也沒偷搶過任何東西。反之，他幫我爸的非法賭博買賣當操盤手。雷尼從我爸那裡學會下注。我算是認識他，雷尼是第一個教我怎麼詐欺的人。某天，雷尼對一名週二賠不出錢的海軍太過粗暴——因為那人在週一晚上的足球賽下壞了注，欠下債款。那名海軍揍了雷尼，然後對他說，他該去從軍。那名海軍賞識年輕的雷尼，將他納入羽翼。加入海軍將雷尼從那樣的人生中拯救出來。他把過往老路拋諸腦後。我知道那種感覺。二十出頭時，我曾是個騙子，但因為進了法律業放棄老本行。不過最近幾年，我漸漸了解，其實你很難眞正將過去拋到腦後。

三天前，我看著雷尼・霍威爾開記者會。各大新聞頻道都播了這個報導。警察局長坐在他左邊，新太太蘇珊坐在他右邊，戴著才不過四年的結婚戒指，戒指上那顆寶石因相機閃光燈熠熠生輝。那東西的尺寸讓我不禁思考她究竟是如何戴著戒指卻不會折斷那纖細的指頭。如果我是霍威爾的顧問，我會跟他說他自己上電視就行了。

他幾乎沒說話，其實也不需要。當他拿下眼鏡、直接注視鏡頭，眼中荒蕪的神情已道盡一切。他開口，聲線殘破且緊繃。我難以忘懷他說的話，因爲我也曾與他處在同個境地，我知道那種痛。

「不管抓住我女兒卡洛琳的人是誰，請不要傷害她。將卡洛琳還給我，我保證你不會有事。我們只想要卡洛琳回來。」

卡洛琳・霍威爾，十七歲，失蹤十九天。雖舉辦過常規記者會，但這是她父親初次現身。霍威爾可說比誰都了解失蹤事件。他在海軍服役，並戰勝役期二十年間的所有主要戰役。他以戰爭英雄的身分回國，轉換職涯到執法機構。過去十年，他經營霍威爾風險管理，收入豐厚。這是一家提供個人保護、人質談判、敵對領域評估與威脅評估的保全事務所。

這個國家中熟悉綁架、人質、救援和談判的人不多。而今，他的女兒成了受害者。

我還記得他將自己的懇求傳達給抓走卡洛琳的人的畫面——不管那人是誰。他每一句話都說得很對，沒有任何一字脫稿演出。他重複說出她的名字，一次又一次，但我能從他的眼神看出，從他嗓音的反響中聽見——曾經，我聽起來也是那樣。幾年前，我的女兒也被抓走。那痛苦的折磨不過兩天，但那些時日依舊困擾著我。如果我沒得到那麼多幫助，絕無可能將她從俄羅斯黑手黨手中救回。

每一次，只要我在電視上看到霍威爾的臉，或在報紙看見他的照片，胸口就會冒出一陣灼燒、空洞的感受。就像看著自己的舊照片。我也曾當過那個人。

我得將錶面厚厚一層凝結的發亮水珠抹掉，才有辦法確認時間。從我接電話到現在過了二十四分鐘。一輛紅色福斯轎車停在一間叫「精釀」的酒吧外面。司機朝乘客座傾身，打量著我。這和我預期的車不太一樣。我本以爲來接我的會是賓士，或高檔BMW。霍威爾不會叫這樣的車。

那人從福斯汽車下來，戴上一頂白色棒球帽。他穿著一件褪色的紅T恤，胸口寫著「阿爾納快遞」。他從後座拿起一個用牛皮紙包起來的包裹，上頭壓了只白色信封。他關上車門，越過街道朝我走來，將包裹和信封夾在一隻手臂下，另一邊則夾著寫字板。

「艾迪．弗林嗎？」他問。

我渾身緊繃。現在送快遞未免太晚，而且這傢伙跟雷尼．霍威爾一點關係也沒有。我迅速打量一下周圍：街上一個行人都沒看到。所以這傢伙沒有任何兄弟支援。他不是送快遞的——這點我很確定。我轉往右側，將成爲他箭靶的機率降到最低，以防他牛仔褲後方其實塞了一把刀。

他在微笑，但不是眞的在笑，只是演出來的。我放鬆雙手。如果他突然有動作，我隨時能打中這傢伙的臉。

「我就是艾迪．弗林，但我沒有在等快遞。」

他把包裹和寫字板放到人行道，拿起信封。他一這麼做，我馬上知道這人是誰了。

他遞出信封，我沒有拿。他慢慢上前，站在距離我的臉僅幾公分的距離，將信封抵到我胸口，說：「請收專人送件。」

我接下信封。

那人是專送訴訟書的。做這行的人把時間全花在追蹤別人上，無論是男是女。當他們找到要找的人，就會將這些沒人想收的信封遞交出去。因此，他們會裝成送貨人員、找路的觀光客、新顧客或委託人。我沒想過會接到任何公文。如果想找我，直接在下班後的時段來就好——就像大多送訴訟書的人一樣。不對，我幾乎可以確定，這種送信時機是由雇用這傢伙的人指定。不管那人到底是誰，他們就是要我在這麼晚的時間拿到，要我徹夜難眠。我用雙手摸索著空白信封表面，認爲這只可能是一種東西——離婚協議書。

我打開信封，不是我妻子克莉絲汀送來的。那是一張傳票，要取得與一個叫茱莉．羅森的人相關的所有檔案和文件。這張傳票上要求所有檔案必須在十四天內送達遞送訴訟書的辦公室。從這文件包含的少量資訊判斷，似乎是與茱莉．羅森公訴案的上訴有關。

這對我沒有任何意義。我非常確定自己從未代理過叫這個名字的人。這份傳票是由律師替他代表的上訴人所準備的，但一般而言，傳票並不會指名羅森的上訴律師是誰。

「嘿，茱莉．羅森的律師是誰？」我問。

他什麼也沒說，只是轉過身背對我。就眼下情況而言，實在是滿不智的行爲。我把傳票放進外套口袋，在那名快遞彎身拿包裹和寫字板時集中注意力。

他背對著我說：「我只是碰了好運。我本來要打到你辦公室，把整個快遞流程走一遍。你省了我好幾層階梯呢。晚安啊，老兄。」

「她的律師是誰？」我說。

那名快遞沒有轉身，只是開始朝他的車走去。「那是機密。你知道我不能告訴你的。」

「你不想把你的皮夾拿回去嗎——布萊德？」

他停下來，摸索著臀部口袋，接著轉過身。

「你是怎麼……」

我一手拎起他打開的錢包，另一手舉著他的駕照。

「你應該小心一點，不要背對陌生人。現在我知道你住哪裡了，布萊德。」我邊說邊將駕照插回皮夾。「想把這東西要回去，就告訴我是誰給你那張傳票的，茱莉．羅森的代理人又是誰。」

他皺起了臉，憤怒咆哮，把那個假包裹和寫字板丟到一邊，雙手捏成拳頭。

「我要把你揍得爬不起來。」他大步朝我走來。

他舉起雙手，像老電影中的鬥毆者那樣打直手腕，貼在下巴下方，我馬上知道布萊德不是什麼受過訓練的打鬥者。二十年前，我在地獄廚房最地獄的地方（也就是米奇．胡利的體育館）學到的第一堂課，就是如何痛揍某人而不弄斷自己的手腕。米奇教我們將手腕彎曲大約四十五度角，這麼一來，食指的指節就能與你手肘呈一直線，這個角度會用到你手腕周圍所有細小的肌肉，提供最紮實的出拳基礎。

我是可以在布萊德身上演練一番，將拳頭打在他那張憤怒的臉上。就某方面而言我還挺樂意這麼做的。布萊德可能認為自己很強悍，而我可以讓他知道事實並非如此。但我沒有。他的牙齒完好無缺的狀況下講起話來比較容易。因此，我使用了比右直拳更有力的東西，阻止他繼續向前。

我把駕照塞回他皮夾，從我的皮夾抽出一百元，拿到面前。

他放慢腳步，垂下雙手。我趁此優勢問了他幾個問題。

「最近一般的行情是多少？兩百？兩百五十？你扣掉事務所抽的部分，扣掉稅、油錢和保險，能拿到多少？我敢說八十塊，我說對了嗎？」

他停在不遠處，上下打量我，然後盯著我手裡的百元鈔票。

「八十九塊五。」布萊德說。

身為辯護律師，我差遣過全曼哈頓的訴訟書快遞人員。我知道最低工資，也知道最高工資，我清楚知道他們收多少，以及該如何擊破。

「布萊德，我可以做點什麼，決定在你。我可以天一亮立刻打電話給我認識的友善法庭書記官，讓她告訴我是誰發出這張傳票——我只需要在下次出庭時帶上一盒甜甜圈就好。又或者，你可以幫我省了這個麻煩，在我把一百元收回去之前，換成放進你的皮夾裡。你自己選。」我說。

布萊德抹抹嘴巴，盯著錢。

「要是後果還是我來擔呢？我可能會被開除。」他說。

「聽好，我不會說的。我沒打算告訴任何人我是從你這裡知道的。他們會覺得我是去跟書記官甜言蜜語，只會是這樣。」

我拉開布萊德皮夾的鈔票位，他的皮夾很整潔，裡面沒有塞滿舊收據或名片，駕照和幾張信用卡從一個個整齊排列的獨立卡位中凸出來。一百五十七元現金在皮夾中依序排放好。百元鈔票在最後，然後是一張二十元，一張十元，三張五元，兩張一元。我將皮夾轉向布萊德，把我的一百元小費塞進他的一百元和二十元中間。

「最後機會。」我說。

「寇普蘭，律師是麥斯．寇普蘭。」他說。

我背後彷彿通過一陣電流，冰冷且刺痛。

我在布萊德的注目下將一百元放入他皮夾，隨後「啪」一下闔起，丟回去給他。布萊德接住皮夾，塞進自己前口袋——他再也不會把皮夾放在後口袋了——至少在給皮夾買條鍊前不會。我看著他拿起那個假包裹和寫字板，回到自己車上，發動車子離開。

離開前，布萊德沒有檢查皮夾，因爲他見到我從口袋拿了張一百元，直接放進他的現金之中。我打開右手，展開不久前用指頭及熟練的掌中技巧掉包的那張布萊德皮夾裡的一百元。布萊德沒看見，是因爲我沒讓他看見。我將手伸進他皮夾把**我的錢放進去**，但他沒看到我將**他的錢拿出來**。我盯著那張百元鈔，想著麥斯．寇普蘭。

三年前，頂多幾個月誤差吧，在法律業界外沒有多少人知道麥斯．寇普蘭的任何訊息。他沒有廣告，沒列在黃頁上，沒有網站，辦公室外甚至沒有招牌。律師只聽過他的大名。麥斯．寇普蘭專門代理那些你想像中最糟糕的客戶，並且彷彿帶著一股嗜血的狂熱上工。只有當文章出現在《華盛頓週報》上，才會容大眾看見這名字。

頭條標題爲「惡魔的辯護律師」，儘管老套，但算是相當精確的概括。麥斯代理戀童癖、殺害孩童者、連續殺人犯和強暴犯。他這麼做時心中有著一個目標，就是把他們放出來、回歸社會。我從沒見過他，也一點都不想見。我不喜歡有這種名聲的人。

說來說去這也無所謂了——我從沒代理過茱莉．羅森，也相當確定手邊沒有她的檔案。

一對車頭燈從轉角出現，來自一輛訂製的加長林肯汽車，黑色，很漂亮，十九吋的鉻合金輪輻外加打蠟，使得這傢伙耀眼得像是蘇珊．霍威爾手指上那顆鑽。

車子停在我面前，我將傳票放進外套口袋，並產生一股遲來的領悟：也許，我不接雷奧納德．霍威爾的電話比較明智。可能是因爲那張傳票，也可能是聽到寇普蘭的名字——我不知道到底是哪個，但產生一股強烈的衝動，想請那輛林肯汽車的司機告訴霍威爾我很抱歉，我改變心意了。

這晚一開頭就不順遂，而且不知爲何，我覺得情況將會越來越糟。

2

司機那側的車門打開，一個有些行動不便的人下了車。他穿著一件稍嫌過大的黑色西裝，灰白髮，皺紋橫陳的臉與那雙犀利藍眼形成對比。他的年紀有些難推測。若不是快五十歲，就是在街上混了太久。街上的生活會讓人變成那樣，那比世上任何事物更能令人蒼老。

我聽著硬底鞋刮在路面發出的刺耳聲響。他拖著右腿走路，跛腳的狀況感覺相當笨拙且痛苦。他繞過車頭引擎蓋朝我走來，我見到他的右腳內曲，在瀝青路面上拖行時歪著腳，左腿則伸出打直，好彎身搖晃著前行。他低下頭，靠在引擎蓋上穩住身體。當他低頭，我瞥了一下他的腳，看見他腳踝上戴了一條皮製帶子，綁帶連到一塊金屬，應該是內嵌在鞋弓裡的，位於鞋跟一側。

「弗林先生？」他用輕盈、甚至有點像唱歌的語調開口。

「謝謝你來接我。」我說，伸出一手。

他稍微跳步上前，握住我的手。力道比我想像中要強勁。

「我、我、我是喬、喬、喬治，」他說：「霍、霍、霍威爾先生叫我來……」他要吐出「接」這個字時嘴唇一下子卡住，顫抖不已。

我外公也有口吃。六歲還是七歲時，我會去他家跟他玩。他會在廚房每個角落藏糖果，由我來找出糖果的位置。找的時候，他可以搖頭或點頭，讓我知道自己是接近還是遠離了糖果。

這是他最喜歡的遊戲，因爲不必說話。如果我們開始說話，媽媽通常會出言責罵我，因爲我老接著外公的話說完。後來我就不再這樣了，我學會有點耐心。

我等喬治說完，依舊握著他的手。每過一秒，他手的力道就更用力一分。我都開始疼了。他的臉色變成深粉紅，當他終於快要吐出那不易說出的字時，頗爲可觀的唾沫如機關槍般從他口中噴出。最後，他稍微倒回到句子前面，再從頭嘗試一遍。

「……叫我來『接』你。」他說。

「謝謝你，喬治。」我說。

他放開我的手，拖著腳步、刮著地面，轉身往車的方向走去。

「我、我、我來開門。」他說。

「沒關係，喬治，我從二十七歲就自己開車門了。」我說。

喬治笑了，伸出一根手指對我擺了擺，以不便的姿態轉過身，繞回駕駛座。

他還沒碰到駕駛座的門，我已坐進後座。車內空調被開到最大，感覺棒透了，就像從蒸氣房走出來，再被一件經過冷凍的絲綢緊緊包裹。我朝前座中間的縫隙傾身，忍不住瞥了眼踏板。油門看起來是正常的，但煞車踏板較低，並用厚厚的橡膠踩板調整過，讓喬治比較好踩。

雷尼．霍威爾依舊是個好人。

喬治上了駕駛座，發動引擎，手伸進口袋拿手帕。他擦掉臉上的汗，說：「又、又、又是一個炎熱的晚上。」

他說的一點也沒錯。

我們在亨利哈德遜公園大道上沿著曼哈頓北側開，伴著強大空調與左側河面上的月亮，經過華盛頓高地、哈林區，接下來高速公路漸漸靠近英伍德內地，城市逐漸熱鬧。喬治下了交流道，開上前往新羅謝爾的越野大道。這期間，他除了問我是否舒適外，沒說其他的話。我很高興終於能脫離潮濕，頭髮也幾乎乾了。

我思索過茱莉・羅森這個名字，但什麼也沒想到。我的前搭檔傑克・哈洛蘭和我合作非常密切，如果這是傑克的案子，我一定能認出來。唯一的解釋就是：這是擱在一家叫福特與基廷法律事務所倉庫中的死檔案。我之所以進入司法界，就是因爲得到了機會，跟當時身爲兼任法官的哈利・福特見面。我們成爲朋友，而當我掛上哈洛蘭與弗林事務所的招牌，哈利也得到全職司法工作，並放棄他在福特與基廷的合夥關係。哈利的老搭檔亞瑟・基廷差不多在同時間退休，傑克和我於是買下他們手上幾個進行中的官司，連帶著這二、三十件官司，我們也一併保管了他們的舊檔案。因爲收留了這些無用檔案，還獲得了折扣，這些案子搞不好還可以賺點錢。

茱莉・羅森可能是福特和基廷這兩位辯護律師的老客戶嗎？我檢查手錶：晚上十二點四十分，打給哈利太晚了，就算那是他其中一個舊檔案，我也不想在這種時間打給他。等到早上吧。不管這是什麼，寇普蘭與此有關一事就足以讓我胃部痙攣。

「我非、非、非常希望你能幫助霍威爾先生。」喬治說。

「我也是。他還行嗎？」

喬治只是搖搖頭。無須其他言語。

「家裡其他人呢？」我問。

「還可以，」喬治說，頓了一下。「只有霍、霍、霍威爾太太，她、她、她不是那女孩的親生媽媽，你知道吧。」

「我在報紙上讀到，霍威爾先生再婚了。」

喬治儘管口吃，但回應中帶著某種沉重。

「也、也、也許這是好事？這女孩眞正的媽媽已經入土，沒、沒、沒有一個父母應該失、失、失去小孩的。」喬治說。

《郵報》最初幾篇文章的其中一篇提到，卡洛琳．霍威爾的母親已過世一段時間。

我們下了高速公路，迅速找到主幹道。這個時間點沒什麼車。我們朝新羅謝爾的尊榮苑前進。那是尊爵苑的姊妹社區。在高強度保全管理的尊爵苑社區中住了五十名世界億萬富翁，相對於此，尊榮苑像個窮人親戚。那裡也是有保全管理的生活空間，私人街道，全副武裝的保全，但你只要花個七、八百萬就能買到爬上尊榮苑房地產的梯子最底下那根橫木。你不會有直升機停機坪，或私人高爾夫球場，不過那裡依舊很有吸引力。

新聞台的廂型車與大門對面開放停車場周邊四散的各式各樣衛星天線，讓我知道我們已接近入口。基於商業考量的優良傳統，某咖啡攤和墨西哥捲餅的廂型車也選中同一個停車場，好讓這些新聞主播與記者能處於高度興奮狀態，且被餵得飽飽的。那些黑色身影把咖啡一扔，手忙腳亂擺弄鏡頭。當我們開進私人車道、停在警衛室前，他們試圖要拍到幾張照片。警衛室裡逸出暖暖的光，我們坐在那裡等警衛出來。喬治將車打到P檔，交叉雙臂。我猜他早已習慣等待夜間保全慢吞吞地將屁股從警衛室裡的電視前移開。夜間保全做事從來快不了，就是因爲這樣，他們才會當夜間保全。

我的手機震動起來，是哈利．福特。這麼晚來電只可能是因為某些棘手的大麻煩。

「嗨，哈利，你打來我還滿高興——」

他打斷我。「艾迪，我剛收到一張提交書面文件的傳票，跟一個舊官司的檔案有關，只是來提醒你一聲，你很可能也會收到一張。」哈利已步入六十歲，是紐約歷史上首批身為黑人的最高法院法官之一，也是個在一日將盡、墜入夢鄉前會享受幾杯波本的人。我能從他嗓音中聽見威士忌帶來的影響。

「晚了一步——我已經拿到了。我本來要打電話，但不想吵醒你。我需要擔心嗎？」

「這是我大概十五年前處理過的老官司，很糟的官司。茱莉．羅森被控謀殺：她在襁褓中的女兒還在嬰兒床裡熟睡時燒了房子。」

他音調中有著異狀。但不是酒精，是懊悔，甚至是罪惡感。

你若請訴訟律師喝酒，大部分的人會跟你娓娓道來他們最輝煌的勝利，各種關於打勝仗的故事。律師最喜歡打勝仗：愛說他們如何獨排眾議，如何智取對手拿下勝利。但因為我知道了些內幕，所以，就算是我最大的敵手，我也絕對不會為他們雇用這種律師。你如果讓一位優秀的訴訟律師談論職涯，他們不會和你聊勝仗，雖然你比較想聽那個——他們會講輸掉的那些官司。

人都會輸，遲早的事。糾纏你的永遠是那些從手中溜走的判決。為什麼對其他人來說敗仗更重要？為什麼這種事會糾纏著那些優秀律師？答案很簡單，因為他們該死的非常在意；他們把這當一回事。我想要的律師會因二十五年前確判竊盜罪而徹夜難眠，因為他害自己的客戶在新新懲教所關了一個月。你會希望站在你這邊的是這種律師。哈利曾是這樣的律師，我能在他手下學習是我的幸運。沒有哈利，我也不會有前途。他先收我做職員，之後支持我執業。沒有他，我可能還在街上汲汲營營，而不是在法庭上汲汲營營。

哈利有幾個結尾不怎麼好的官司。他大多都告訴了我。我沒印象他討論過這類官司。

「我正在去見一個客戶的路上。聽好，哈利，我不想害你擔憂，但那個送文件的人是爲麥斯·寇普蘭工作。」

他什麼也沒說。

「你把這個官司一路帶到判決階段嗎？」我說。

「當然。茱莉告訴我，有個全身黑衣的男人縱火燒了她家。她說，她要不是沒看到他的臉，就是他沒有臉。她講得有點七零八落，頭上的傷滿嚴重的。陪審團不相信她。」

「有那人的下落嗎？」

「沒有。沒人見到他。你認爲麥斯·寇普蘭找到那人了嗎？」哈利說。

「我不知道，但他可能拿到了什麼。聽著，我得掛了，但早上我會打給你。」

「等下就打給我，我會醒著，要讀明天的一個案子。」他說完就掛斷了。律師和法官作息時間都很怪，但我已經很久沒見哈利這樣熬夜讀案子。他很可能早就讀過，或根本不必讀。我有種感覺，哈利只是希望有個東西能把傳票的事擠出腦袋。

我知道他在擔心那張傳票。寇普蘭慣於攻擊他委託人過去的辯護律師。不管他打算在這次上訴亮出什麼新證據或新目擊證人，都沒有差。他主要的批評目標會是哈利。他會尋找機會，證明這個定罪並不靠譜，因爲茱莉·羅森有個蹩腳律師，他總以此爲由。爲了贏得過往案件的上訴，他會毀人職涯。哈利會成爲他的目標。

腥。

而那也使寇普蘭成了我的目標。我不打算讓哈利被麥斯・寇普蘭那樣低級的傢伙弄得一身

守衛終於從警衛室冒出來，喬治對著那個身穿有釦的深色短袖襯衫的人伸出友善的一手。他配了克拉克手槍，以及一頂上面寫著「霍威爾保全」公司標誌的棒球帽。

手電筒照了一下我的臉，使我看不清守衛的輪廓。

他轉過身，關掉手電筒，揮手讓我們通過。

路是兩線道的，兩側有高聳的白色柵欄，帶我們一路推進到尊榮苑裡頭。我搖下車窗，這麼一來便能聞到東河的鹹味。十分鐘後，我們右轉進一條單線的私人道路。路口一側矗立一道石牆，此外還有別的事物。起先我以爲那是標出這個地產名稱的牌子。我曾在一些私人道路看過，像是「曼斯」、「小木屋」與「九月休閒屋」。霍威爾地產外頭的路標並沒有把名字大大地秀出來。當我們更靠近，我看見牌子上的藍色字跡寫著：「待售」。

開在路上時，我忍不住思考著不曉得哪樣東西會先斷掉：是林肯轎車的懸吊系統呢，還是我的脊椎？這條路到處坑洞，有的很小，有的很大，而喬治……儘管他用盡一切努力，依舊該**死的**開到了每個洞上。我想，就一塊打算出售的地產而言，雷奧納德・霍威爾似乎覺得，如果可在不多花錢的情況下賣掉，就不用重新鋪什麼路了。大概過了一分鐘左右，我看見遠處一棟巨大的屋子。幾乎每扇窗的燈都亮著。它的體積大得不太能稱作「屋」，然而，在城鎮的這區又不算大到能稱爲「宅邸」。

有五、六輛廂型車和普通轎車停在屋外的碎石車道上。車是福特的，型號都相同。其中有兩輛廂型車，一輛上面有紐約市警察局的制式標誌，另一輛則是聯邦調查局。

喬治停在房屋外頭。我能看見打開的門口站了一個人，就只是一道身影。從她雙腿的形狀和頭髮，我猜出那是一名女性。外頭沒有燈，只有從窗戶散發的溫暖光芒。

我下了車，轉身面對車子、關上車門。

一個聲音說：「聯邦調查局！不准動！立刻把手放到車頂！」

3

那聲音是個女人，聽來很年輕。那雙將我的臉直往林肯轎車打了蠟的車頂推的手也是。

我聽到喬治一陣咕噥，但沒能吐出個解釋。有個男性的聲音要他後退。

「不要激動。我的名字是艾迪・弗林。我是律師，雷奧納德・霍威爾找我來……」

「閉嘴。」男人的聲音說。我感到有手在搜我身。他們找到了那張還沒簽名的委託書、裝了傳票的信封、我的手機與皮夾。

「哪種律師不帶公事包？」女人的聲音邊說邊放開我的頭。

我總算抬起了頭，但沒轉過去。

「要去見新委託人而且什麼檔案和文件都還沒拿到的那種。」

「低頭，手放車頂。」那名男性發號施令，雙手用力壓在我的肩胛骨上，使我不得動彈。

我低頭抵著林肯轎車冰冷的車頂，雙手一動也不動。此時我最不需要的就是焦躁的探員一槍打穿我肚子。不管站在後方的人是誰，那人都打開了手電筒，光束落在我臉上，而在我聽到紙張沙沙聲時，光束移開。

「那是機密文件。」我說。

「放開他。」女人喊道。抓住我的雙手鬆開了。我見到的第一個景象就是一臉可憐兮兮的喬治，再來便看到那個女人。她的身高只稍微超過一百五十公分，棕色皮膚，短髮，穿著一件塞進藍色牛仔褲的綠色襯衫，腳上那雙有鞋帶的靴子幾乎是放大版的她。她讀著那份委託書，手電筒的光照在紙上。接著，她把手電筒塞到腋下，稍微掩去光亮，將委託書再摺回去，遞還給我。我猜她大約三十出頭，有一張柔和的瓜子臉，雖然臉上的表情與柔和相距甚遠——簡直是一肚子火。

她身旁的人跟我差不多高，西裝領帶，頭髮很短，剃成俐落的造型。是另一名探員。他將信封和我的皮夾交給她，說：「身分符合，他和他剛剛講的身分符合。」

她無視皮夾，打開信封，舉起手電筒讀那張傳票。

「皮夾妳儘管看，但信封是機密。」

「最好是。」她邊說邊讀起了傳票，但最終搖了搖頭，將皮夾、信封和傳票揉在一起，朝我胸口一扔。

「你顯然不該在這兒。喬治明明知道所有訪客都要通過我們，門口的守衛沒提到乘客的名字，所以我們必須徹查你的身分。現在，可以麻煩你告訴我你爲什麼會在這裡嗎？」她說。這是我第一次注意到口音。中西部，受過教育。

「不可以。」我說。

她的雙手扠在臀部，右手小指拂過腰上的克拉克底部。她看著另一名聯邦探員。我有種預感，覺得她是在思考要逮捕我還是換另一招。她的搭檔大搖大擺地走到右方，舉起一手。

「我們不如重頭來過？我是特別探員喬．華盛頓。」那名身穿西裝的探員說。這回，他將那雙大手交叉在胸前，示意著自己，再轉往右側看著那名女探員，說：「這位是特別探員哈波。」

我對著她伸出一手，說：「這位哈波探員，可以請問名字嗎？」

「問你個屌。」她說，雙手堅持收在身側。

「這種名字應該很難在大學裡受人歡迎。」我說。

她揚起下巴，上下打量我，說：「至少在大學的時候**我不缺屌**。」

她退開來，轉朝房子走去。華盛頓拚命想壓下笑聲。我已經無法在黑暗中看到她的身影，但聽得見靴子在碎石路上發出憤怒的重踏。我望向房子，見到那道一直站在前門的女人身型在車道上投下長長的影子。

「聽著，老兄，很抱歉。我們處於高度緊繃狀態。你的司機應該跟我們說一聲要帶你來。我們是因爲霍威爾先生才到這裡的，不會干涉他的私人事務。你進去吧，如果有需要，我們可以稍後再談。」

「爲什麼我覺得這好像不是你第一次幫搭檔道歉？」我說。

「這也是我工作的一部分，我要支援她，本來就是這樣。」

「値得嗎？她能勝任這份工作嗎？」我說。

「她非常優秀。」他說，感覺十分眞心。

他們很緊繃，合情合理。聯邦調查局依舊雇用大量白人男性，一名非裔美國人——甚至是一名女性探員——自然綁手綁腳。模範好男孩路線的聯邦小團體會把他們當作外來者，但因爲同一個理由，也可能讓他們找到同伴。我也是外來者。布魯克林並沒有太多領有證照又開業執法的前騙子。所以即便他們越了線，我也不會抱怨。

這不是我第一次被執法人員白眼，可能也不會是最後一次。

眞相是，與其說憤怒，不如說我感到困惑。如果卡洛琳．霍威爾是失蹤人口，或懷疑遭到誘拐，會有一名警員擔任家屬聯絡人，一週來一次，而且因爲霍威爾家是百萬富翁，還會有失蹤人口小組的資深警官不時來訪。但聯邦調查局不該在這裡，紐約市警察局也不需要放輛廂型車在這兒。他們對於安全問題不會繃得連屁股都夾緊緊，也絕不會有全副武裝、手中有槍的戰術軍官在前方草坪當聯邦調查局探員的支援。

這裡還出了別的狀況；很嚴重的狀況。

4

我跟喬治一同走向房子。他叫我直接往前走，不用等他，但我不希望再有任何人從暗處跳出來拿槍指著我的臉，還是跟著喬治一起走比較安全。此外，我還挺喜歡他的。

他從肩包變出一根摺疊式手杖，甩了一下，讓它「咚」一下變成一根堅實的枴杖。我們緩慢地順著碎石車道前進，他的身體沉重地倚在上頭。即使獲得輔助走路的器具相助，在黑暗中行走時，喬治的腳依舊在鬆鬆的碎石上拖拉出一條溝。

「他們房子外頭沒有燈？」我說。

「他們有，」喬治說，拿枴杖指著一根滅掉的仿維多利亞式街燈。我打量四周，看到幾根沒亮的燈矗立在那兒，沒在使用。「但、但、但是有人切、切、切斷電線。」他說。

「是誰？」

他聳聳肩。

剛剛站在門口的女人身影不見了。反之，一道非常不一樣的影子站在那兒，幾乎擋住了入口門廳內溢出的所有燈光。我先愣了一下才恍然大悟，因爲一開始我還以爲有人把那該死的門關上了。

那是一個男人，紮紮實實將近兩百公分。我們好整以暇地走上台階，越靠近門，那個男人的塊頭越顯龐大。他的腦袋幾乎呈現方形，生在一副看起來有如臀部彎弧處的肩膀上。接著我看見他巨大且練得過壯的斜方肌，肩膀也同樣如此雄壯威武。他正是那種在地獄健身房訓練多年的人，而且很可能還搭配一卡車的類固醇。這副巨大甚至帶點詼諧又生長過度的身軀，就接在一個細腰與彷彿塞滿氣球的雙腿上。我對那人點點頭，他動也沒動。有一瞬間，我不禁猜想他是眞人還是假人——搞不好是那種放在窗戶邊用來嚇走入侵者的假人。

靠近一點後，棚架般的下巴與長又胖的鼻子更清晰了，但他的眼睛卻難以看清，膨腫的臉上只有兩道小小的黑色細線。

「霍威爾先生在等你。」他說。就這種塊頭來說，他的音調有點太高。類固醇的事我想是我猜對了。他站到一邊，讓我進去。

我花了一會兒打量周遭。白色大理石門廳，弧形階梯與一扇扇門分在左右。此外，我們頭頂自然有一座巨大的水晶吊燈，十分昂貴，但不知怎麼缺少了點格調。我對這些室內陳設或房屋其餘裝潢沒太注意，因爲有其他事物使我分心。

緊繃感。

有如整棟房屋都上緊發條。頭頂上方地板發出的嘎吱聲更襯此刻的氣氛。這讓我想到跟父親一同去布朗克斯參加的愛爾蘭式守靈儀式。當時我可能十歲左右，在那次之前，我參加過非常多次守靈，通常都是極度喧鬧的狀態，與過世者相關的眞誠故事甚至是搞笑軼事，就隨著啤酒、三明治、威士忌和私釀威士忌一同在眾人間到處流轉。愛爾蘭守靈儀式跟聖派翠克日的自家派對沒有太大差別，唯一明顯的差異是派對開始前就有人死掉，不是在進行之中。

布朗克斯那天的守靈儀式則十分不同。死者年約二十出頭，沒有什麼有趣故事。男男女女痛哭失聲，整間屋子似乎因此瀰漫著暗黑的死亡氣味。霍威爾的宅邸感覺起來一模一樣，單從空氣就能感受到壓迫。

那座山轉過來，似乎要我跟他走。

「你去吧，弗林先生，我、我、我要去……」

「快點，我們沒時間可以浪費。」那個巨人說。我忽視他，站在喬治旁邊等他把話說完。

「……喝、喝、喝點茶。等、等、等下見。」他說。

「一定會的，很謝謝你，喬治。」

他走過一個拱廊就不見身影了。那名巨人站在樓梯下方，向我示意。

我跟著他右轉穿過一扇巨大的橡木門。門後是一間會客室，裡面塞滿警察，有些是穿著全副裝備的特種武器和戰術部隊，其他著西裝。那些穿西裝的傢伙在我走過時打量著我。我在角落瞥到兩名聯邦調查局探員在西裝外還穿著防彈背心。執法人員將這間會客室當作某種專案處理室。他們或坐在打開的筆電前方，或注視著地圖，地圖展開在固定於牆的五十吋電視螢幕上。到處都是咖啡杯和食物包裝紙。悶悶的對話與手指敲在鍵盤上的聲音不時被特戰小隊上膛AR-15突襲步槍的金屬拍擊與喀啦聲打斷。

他們在做準備，有大事要發生了。但是什麼事？我毫無頭緒。

我跟著這個大腳怪穿越會客室、進入更後方的走道時，嘈雜聲稍微降低了一些。我快離開會客室的領域時，瞥見哈波用手肘推推另一名女警，直盯著我看。我裝沒看見她們，注意力轉回大塊頭身上。

他帶我進入走道盡頭那扇看起來一模一樣的橡木門。這是一間巨大寬敞的讀書間，窗簾盡數拉下，幾盞燈照亮房間，但沒有太亮。我左邊有張棕色的皮沙發及顏色相應的扶手椅。一名穿著海軍藍西裝、深色皮膚的小個子男人坐在最靠近窗戶的椅子上。他沒注意到我來了。

雷奧納德．霍威爾坐在右方一張桃花心木桌後面。他的頭壓向書桌，手指緊緊交纏在頭後方，長長吸進一口氣，鬆開手指，坐起來。霍威爾面前的桌上放著一把九釐米貝瑞塔手槍與彈匣，後面則是稍早我坐著林肯汽車靠近時，由門口燈光照出的那道身影。她非常有魅力，那種氣質與昂貴的香水味是因和霍威爾這樣的人結婚才得以擁有的。我在某處讀過，她的第一任丈夫死於二氧化碳中毒，她和霍威爾在他太太過世時搭上了線。真是奇妙，死亡竟能將兩個人連在一塊兒。

她俯身親吻霍威爾的臉頰時，偏灰的金髮隨意散落在雙肩。那個吻裡頭沒有溫情，似乎只是敷衍。

「你確定要這樣嗎？」她問。

「只有這個方法了。」霍威爾說。

她點點頭，朝門走去。經過我身邊時，她的眼神稍做停留。我嗅到一股酒味。大塊頭關上她身後的門，再走回來，一雙大手「啪」地伸到我雙臂底下。

「手舉起來，我得搜你身。」他說。

我舉起雙手，在他把我身上拍過一遍時靜靜等待。

「已經有聯邦探員搜過我了，這裡也有夠多執法人員，多到都可以侵略一個小國家了。到底發生什麼事？」我問。

無人回應。

大塊頭將我的手機和皮夾拿出來，放到霍威爾面前的桌上。

「確認都關了。」霍威爾說。

那兩根巨大的拇指艱難地尋找了一會兒開關鍵，最終才達成目的，我一同看著螢幕轉黑。

霍威爾檢查手機，確認關機。

「艾迪，謝謝你過來。恐怕我欠你兩個道歉。第一，我堅持安全和隱私——所以請原諒馬龍的行爲；第二，我最後會回答你所有的問題，但我必須很遺憾地告訴你，今晚將會非常漫長。」

5

跟上回我在電視上見到的霍威爾相比，他看起來更糟了。他的皮膚呈現灰敗色澤，雙眼周圍一圈深黑，眼神透著焦慮緊繃與赤裸裸的痛苦。就一個五十後半的人而言，他瘦得誇張，然而，你仍可透過那件白色絲綢襯衫見到原來那副更年輕、更線條分明的體格。闊肩寬胸、精實雙臂，黑髮——很可能是要價兩百美金的染髮所助。

他的雙手只有些許顫抖，而我將之歸咎於身體與精神上的疲憊。

「護送你進來的那位紳士是馬龍．布萊克，他負責這個家的保全。」霍威爾說。

我按照他指的方向轉頭，雙眼鎖定在馬龍的胸膛上。

「他不是很擅長指示說明。」霍威爾說。

我伸出一手，馬龍以點頭回應。

「你後面那位是麥卡利先生，他是我的合夥人。」

我沒有對麥卡利伸手。那名穿著海軍藍西裝、深色皮膚的男人點起一根菸，只是對著我微笑。

「請坐。」霍威爾說。

面對霍威爾的那張椅子看起來像古董。我小心翼翼地就坐。

霍威爾兩肘撐在桌上，雙手抵在下巴底下，將我打量過一遍。桌上的槍只是某種形式，不管原因爲何，雷奧納德．霍威爾要我知道他才是老大。

「過來的路上怎麼樣？喬治不是最好的司機，也不是很健談。但他心地很好，我也很信任他。這種員工用錢是買不到的。」他說。

「路上一切都好，我喜歡喬治。他感覺是個好人。」

「好人難尋。當你碰到像喬治那樣的人，就要緊緊抓住，而且要對他好。這是我從你爸那裡學的。聽到他過世的消息我很抱歉。」

我點點頭。

「社區裡每個人都認識派特．弗林。這傢伙是個高手，經營直接投注的生意。他帶手下人帶得很專業。如果能加入，就表示你夠資格。不過只要讓派特有一個懷疑你的理由，你就得滾。關於信任這件事，他非常在意，我也尊敬這點。我還小的時候你父親待我很不錯。如果他能看到今日的你，一定很驕傲。」

「他從來不希望我過那種生活，也不想教我詐騙花招。不過你用別的方式說服了他。」

我記得那是某個懶洋洋的週二下午，就在父親用來經營賭注的某家愛爾蘭酒吧後頭。父親出去收賭金了，而壞掉的撞球台使我無聊至極。雷尼教了我尋找紅心皇后的遊戲（Three Cards Monte）打發那個下午。那是我第一次玩詐賭。我爸大約四點回到酒吧，看著我移動卡片。雷尼告訴他我是天生好手，已經從常客那裡贏走了二十美金，因此爸爸同意教我。他教我詐欺手法、街頭騙術，以及成爲高手所需的一切技巧。

雷尼露出微笑，但那笑沒有停留太久。我看得出他的笑不怎麼自然。他以手背將之抹去，轉動桌上的貝瑞塔。這是爲了分散注意力不經意做出的動作。不知怎麼，我覺得這段閒聊其實是爲了霍威爾，而不是我，並突然頓悟：他是在爲自己的嗓子暖身。我聽出他喉中的沙啞，一股深暗的痛苦侵蝕著霍威爾，而他正盡全力不要顯現出來。

「雷尼，我能幫上些什麼？」我說。

「我需要律師，我要你。」

「像你這樣的人應該跟法律事務所有長期合作。爲什麼需要我？」

他往後靠向椅背，雙臂落在大腿上，打量著我。有一瞬間，我看到他先瞥了瞥麥卡利才回來注視我；我聞到麥卡利的菸味。

「我聽說你不再喝那麼多了，我理解，但現在有點晚了，我實在需要喝一杯。介意跟我一起嗎？」他站起來朝桌後方的酒櫃走去，選了兩只矮酒杯，將一只倒上一半，酒瓶懸在第二只玻璃杯上方。

「是二十年的蘇格蘭威士忌。」他說。

「不，謝了，可能晚點吧。」我說。

他垂下雙唇，聳聳肩，放下酒瓶，回到座位。他將自己的酒杯放在我正前方，距離我的位子只有幾公分，離他足足有九十公分。

他拿起酒杯啜了一口，又放回來。

「卡洛琳從不喜歡我在家裡喝酒，我也沒碰這玩意兒，直到……唔，直到她沒回家的那晚……」

他又猛灌一口，喝乾了那杯酒。他喝酒的方式跟我以前一樣：並非品嚐，並非因爲愉悅。酒是麻痺痛苦的良藥。他重新在杯中倒酒。

我什麼也沒說。蘇格蘭威士忌賜予他足夠的力量說完另一句話。

「你大概已經從報導注意到了，紐約市警察局和聯邦調查局認爲有人抓走了我女兒。」

根據報紙和新聞，我知道卡洛琳正在中學唸高年級，是成績全A的學生，已獲得多所優秀大學的入場券。就她父母與朋友所知，她沒有男友。數日來，她的照片都在新聞上，她是每個中學男孩的夢中情人——金髮，學校啦啦隊隊長，顯然待人親切。而她的興趣則稍微有些特別：她喜歡漫畫。她不會跟朋友去購物中心逛街，而是將整個週六下午耗在二手書店，翻遍一籃籃的舊漫畫。

十九天前，她開車出發去拿一本在哈德遜街「零點漫畫店」預訂的漫畫，卻從未抵達那裡。當晚她也沒回家，雷奧納德嘗試打給她：沒有回應。他打給卡洛琳的朋友：沒人見到她。霍威爾打給警方，他們跟書店和她朋友做確認，接著針對雷奧納德在她生日時買給她的二〇一五福斯Golf發布全境通查令：完全找不到車。那天，所有基地台都沒留下她手機的紀錄。像卡洛琳這樣的女孩鬧失蹤的情況所在多有，但她家中狀況一切都好，認識卡洛琳的人沒有一個想過她會逃家。是要逃什麼？她沒打包，錢和手機充電器都留在房間。

執法機構目前發展中的理論是誘拐。她失蹤後幾天，幾家報紙在針對她失蹤的最初幾篇報導發布這個理論。雷奧納德．霍威爾當然在她失蹤不到幾小時就立刻知道此事，媒體的關注力果然如洪水猛獸。紐約市警察局的媒體聯繫人每十二小時對記者簡報一次。失蹤後不過幾天，受過特殊訓練的警員就幾乎訊問過她學校每個孩子——而且還問了兩遍。

沒有嫌犯，她沒有理由就這麼突然自行離開，信用卡沒顯示提領金錢。是誘拐。

但是沒人來要贖金。這不是什麼好預兆。近來兩週，所有人的嘴上都掛著一個詞，你甚至能看得出連報紙都在暗示此事——電視也一樣。在警察眼中也能看見。

謀殺。

三天前我看到的記者會證實了我對卡洛琳·霍威爾的猜測。雷奧納德試圖聯繫抓走他女兒的人，不管是誰，這只表示一件事：嫌疑綁匪毫無音訊。失蹤者被抓的時間越久，又沒來要求贖金，他們被抓走的原因越可能無關贖金——被抓就只是因爲某人高興，而且再也回不來了。

這對霍威爾是最後的一次賭注。他上電視，並祈求她還活著。基於霍威爾的專業是爲世上最大的幾家保險公司處理綁架與取回贖金，這很可能是有人想讓他也嘗嘗小孩被抓走是什麼滋味。

我突然想到，要是卡洛琳·霍威爾來自一個銀行帳戶裡沒有百萬美金的家庭，或在福利計畫中掙扎的人家，媒體連一吋欄位都不會給她。

「我知道這看起來像綁架，我在電視上聽到你的呼籲了。我爲你們一家感到遺憾。」

他拿起桌子中央的杯子，一口飲盡，接著放回我面前。他的面目扭曲，心裡有兩種情緒相互交戰、搶奪控制權——恐懼，和希望。當你發現自己的孩子被抓走，感覺就像有把刀在腹中，每過一秒，時間就轉動那把刀刃，更深入肚腹。人們普遍認爲讓人繼續前進的是希望，認爲期盼、相信最後一切定會否極泰來的想法眞有幫助——並沒有。那只是使得那把刀帶來的痛糟糕千倍。因爲那在提醒了你究竟失去了什麼，以及還會再失去什麼。

「謝謝。重點在於，我原本認爲她已經死了。我召開那場記者會時，不認爲有誰挾持了我的女兒。你知道的，我是有這麼希望過……但我也知道她沒有逃家。」

他將一手伸進襯衫裡，抽出一條掛在金鍊子上的耶穌十字像。鍊子很細，十字架看起來灰暗無光澤。

「這屬於她已故的母親，是她擁有唯一屬於母親的東西。她收在房間裡的一個珠寶盒中，從來沒有不帶在身上就離開過。」

他用拇指與食指摩挲著那個十字架，目光飄遠，望向一片虛無。我認得那個眼神。他在回想與她一同度過的所有時光，那些美好時光。抱著她，和她一起玩，聖誕節的早晨，以及一起看老電影時她靠在他大腿上的重量。

我搖搖頭，知道我是在自我投射。當我的女兒艾米被抓走，我也做了同樣的事。我回想和她一同度過的時光，想要馬上見到她。但這件事得先等等，之後再安排一天和她見面。

霍威爾讓十字架落回胸前，塞回襯衫底下。

「我覺得她已經不在了。我們沒得到聯繫，沒人來要贖金……但後來，一切都改變了。」

6

霍威爾打算多告訴我一些，他的喉結上下移動，話語彷彿在喉中醞釀。

「委託書。」麥卡利在我身後開口。

「他說的沒錯。在我繼續之前，得先確認保密協議。你身上有帶著委託書嗎？」

我將委託書從外套裡拿出來，但沒放在桌上，反而握在手中。

「我不是很確定自己是否幫得了你。在簽下這個之前，先告訴我你要我做什麼。」

他對麥卡利點點頭。

「簡而言之，我需要律師幫我處理贖金。在電視上公開進行呼籲後，我們正式獲得贖金要求，有我女兒被囚禁的照片，聯邦調查局認爲可信。卡洛琳有保險，而在我讓保險公司同意支付贖金之前，我還有許多關卡得過。聯邦調查局也全面投入調查。因此我這邊需要一個懂法律的人，而且不是那些唸哈佛的蠢貨。我需要能信任的律師。」

我花了一會兒梳理思緒。我一邊將剛剛聽到的一切翻來覆去地思考，他一邊將桌上一張裱框相片翻過來。

「那是我女兒。」他說。

她坐在一塊草坪上，被朋友圍繞，但攝影師的焦點只在她一人身上，其他人不過是背景。她穿著黑白條紋的內搭褲，牛仔短褲，醜醜的黑靴子，粉紅色T恤，上頭印著一個我隱約聽過的龐克樂團團名。一件皮革騎士外套披在她肩上，衣領別了徽章，徽章上的團名我都知道：滾石、瘦李奇、珍珠果醬、黑鍵。我女兒也有過那樣一件牛仔外套，上面滿是徽章。這使我想起和艾米悠閒逛跳蚤市場的時光。有幾個小攤子賣T恤、大條絲質手帕，以及你能想到的各種搖滾樂團周邊。艾米想要一枚黑色安息日的復古徽章，我們花了好幾個月才找到。她在一個賣舊貨的小攤找到藏在皮帶環底下的徽章，那天我們還吃了冰淇淋。她盯著那徽章，花了好長時間決定到底該別在外套的哪裡。

「外套是她自己裝飾的嗎？」我邊問邊檢視著卡洛琳的照片。

他點點頭。

「我想，我決定接受你的蘇格蘭威士忌。」我說，將委託書遞給他。

馬龍拿了霍威爾的杯子再次倒滿，並為我拿了一個新的。他將兩杯酒都放在桌上，我盯著雷奧納德檢視委託書的同時啜飲了一口。他拍拍兩邊口袋，說：「我該死的眼鏡去哪裡了？」

馬龍或麥卡利都沒有出手幫他找眼鏡。

「我想應該是沒問題。」他說，從桌上拿起一枝筆，簽下委託書，推回來給我。

「這表示從現在起你就是我的律師了，對嗎？有客戶保密協議？」他說。

「沒錯。你對我所說的一切都將成爲最高機密，受律師與當事人的秘匿特權保護，一個字都不會被洩露出去。」我說。

「很好，非常好。」他從桌子中央拿起貝瑞塔，彈匣插進機匣。「因爲，我將要犯下一起重大罪行。」

7

蘇格蘭威士忌陳又香，但嚐起來很苦。

「雷尼，我得告訴你，如果我得到的訊息足以令我認爲某人有生命危險，那麼，作爲律師，同時也是司法人員，我有責任將訊息上報給執法機構。如果我不這麼做，將會違反我的宣誓，也會變成幫凶。所以，請小心處理你要告訴我的事。還有，你最好明白地告訴我你需要我的原因，否則我就撕了這張委託書，叫輛計程車，把我今晚費用的帳單寄給你。」

「合情合理，我會小心說話。」他說。

我從背後的椅子聽到麥卡利的聲音。「我早就說過了。」

我沒轉身，只是看著霍威爾搖搖頭將貝瑞塔塞回褲子口袋。

「我就不浪費你我的時間了。我知道你的身分，我知道錢伯斯街法院發生了什麼事。有人綁架你女兒，而你把她救了回來。就是因爲這樣，你才會在這裡。你扛得住壓力，你是個父親，曾跟我處於同樣情況，因此你備受推崇。我們和抓住我女兒的人聯絡上了，我想付贖金，而這麼做技術上是不合法的。」

「但是……等一下，那些聯邦調查局的難道不會對贖金睜隻眼、閉隻眼？一般不都是這樣的嗎？」

「一般的確是這樣。綁架和贖金的這場遊戲是基於人類生活的經濟法則，全世界都一樣。

如果綁匪收到錢，人質就能平安返回，而綁匪會直接出門再幹一票。付贖金助長了這種犯罪，給了它某種商業模式。美國的官方政策是不跟綁匪妥協，而非官方政策則他媽的天天上演。我就是靠著和這些綁匪交手維生的。」

「那這回你爲什麼需要律師？」我說。

霍威爾往前傾，雙手放在桌上。

「大多發生在國內的綁架由聯邦調查局來給贖金。他們可以正當進行交付，因爲這樣就有機會跟隨綁匪，並進行逮捕，就像在鉤上掛餌——只不過這一次，調查局是在不對的池塘裡釣魚。記者會後，我們收到贖金要求與證明人質還活著的照片，他們要兩百萬。你可能也注意到了特戰小隊的傢伙和聯邦調查局已經組織好行動，打算進行交贖金的任務，兩小時內要在羅謝爾火車站執行，凌晨三點整。與此同時，我需要你掩護我。」

我感到頸子一陣灼熱刺痛，說：「你說**掩護你**是什麼意思？」

「騙局。綁匪把卡洛琳的照片寄給聯邦調查局一小時後，也用安全的電子郵件系統聯絡了我，告訴我火車站是誘餌。他寄給我同一張卡洛琳的照片，要求一千萬贖金。這是她還活著的鐵證，那照片絕對是卡洛琳沒錯——而且是近照。交換行動今晚進行——聯邦調查局在火車站如無頭蒼蠅瞎忙的同一時間，我會把錢放在眞正的地點。綁匪不想被逮——他希望調查局和警方那些人離眞正的交贖金點遠遠的。這人很聰明。調查局想抓到綁匪，再安然救出卡洛琳——而且是按照這個優先順序。我女兒不是他們的第一優先，這些人想要逮捕罪犯，我則要我女兒回來——其他的我都沒興趣。」

他聽起來似乎慢慢地振作起來，但他說得越多，卻越顯沉重，彷彿正壓抑著不斷高漲的絕望與恐懼浪潮。

「對於抓走她的人，你有任何頭緒嗎？」

「沒有。我跟世界各地的綁匪都交過手，可能是他們之中的任何一個，也可能完全不是。並沒有明顯的犯罪動機。但不管是誰抓走她都無所謂，你要幫我騙過那些調查局和紐約市警察局的傢伙，我才能把女兒活著救回來。這遊戲我玩過太多次了，而且是在世界各地。我知道怎麼救回人質——活著救回來。唯一可行的方式就是一個人、沒有警察，外加一袋裝得滿滿的現金。她是我女兒，這事情我說了算。但重點在於，我沒有一千萬，只有兩百萬。」他說。

「那你要從哪裡弄到贖金？」我問，但立刻知道不該問這個問題。

「我的承保人要送一千萬過來，我私下聯繫了他們，但調查局以爲保險公司是要拿兩百萬來。保證人抵達時，我會把他帶來這裡——單獨一人——然後拿槍對著他的臉，挾持他，把他綁起來，關在這裡。我認識那個人，如果沒有必要，我不想傷害他。我會把我的兩百萬給調查局，再揮手跟他們說掰掰。接著我要去救卡洛琳，我一定會把她救回來。我成功之後，會因爲綁架與妨礙司法公正遭到逮捕。聯邦調查局有一條不能說的潛規則，就是不能起訴選擇付贖金的家庭成員。但我做的比那更過，我犯的是嚴重的綁架罪，還與抓走我女兒的人合謀，幫助他們逃避追捕。沒有更委婉的說法了。他們將會因此起訴我——而你要幫我辯護。同時，我也違反了跟保證人的合約。有一項條款說，如果我拒絕跟執法人員合作，那麼贖金將要立刻償還，而且是全額。」

我閉上眼，不禁咬牙切齒，眞希望我沒接起那通該死的電話（而且這想法不是今晚第一次出現）。霍威爾的提議遠遠超過常理。於全面出發的聯邦調查局和紐約市警察局而言，他救不救得到女兒根本無所謂。霍威爾打算要幹下的是嚴重的違法行為，最後甚至會導致他遭逮捕，並因那一千萬被告。

時間彷彿過去了好幾分鐘。我細細觀察著霍威爾面容的每一吋。在那片痛苦後方，是堅定的決心。

我有責任走出大門，到會客室對見到的第一名警察說出霍威爾剛剛告訴我的一字一句。這是秘匿特權唯一的例外：如果委託人告訴你他們將要犯罪，而這個行為可能讓某人處於險境，你一定要打破保密協議將之上報。我成為律師的第一天，在哈利．福特法官面前對法庭與憲法做了宣誓。當我第一次也是最後一次說出那個誓言，我見到哈利喜悅的微笑。他為我驕傲。我欠他的恩情永遠也還不了。如果我因霍威爾的提議閉口不言，就成了事實面前的幫凶，也違背了我的誓言。我會被撤銷律師資格，進獄中蹲十年苦牢。他要求我做的事基本上等同要我自毀前途，沒有任何金額能說服我點頭接受。

「案子我接了。」我說。

8

霍威爾做出雇用我的決定是在玩一場危險的遊戲，但他認爲這麼做是正確的。如果那是我的女兒艾米，我願意殺人、說謊、偷拐搶騙，並且爲此終生監禁於牢中——只要能讓她毫髮無傷地回家。幾年前，艾米被俄羅斯黑幫抓走，類似的事我做了很多。我將她救了回來，而且是靠著他人的幫助。霍威爾知道自己在做什麼。這種人質遊戲他玩了十年，他是極有天賦的談判專家，他的公司將人質從阿富汗、中美洲、中國、巴西，以及一大堆因綁票贖金黑市經濟體而繁盛的地方，將人活著從綁匪手中救回來，並因此聞名世界。

世上大概只有霍威爾能做得成這件事。

在我告訴他我願意接手後，我自問我他媽的爲何願意，但說實在也不需多少時間分析這個決定。我願意不擇手段，如果卡洛琳能安然無恙地回來，那麼之後不管事情如何發展都沒有關係——因爲一切都值得。但我這麼做不單爲了霍威爾，而是爲了照片中那個外套上別著徽章的小女孩。

我一點頭說好，霍威爾就站起來握住我的手。

「謝謝你，父親對父親，我眞的很謝謝你。」霍威爾說。

我點點頭。

他放開手，消失在書房後方的一扇門後。我扭轉、伸展著後背，感到一陣疲累，但是臂上腺素讓我撐下來。不管用什麼代價，我都不想和霍威爾交換位置，可我也同情他。只要能減輕那個負擔，無論是什麼，我都會立刻去做。

然而，即便說了要幫他，一股漸漸增長的不安感依舊縈繞我的肚腹。挾持保證人的風險很高，有太多情況會出錯。要是他反擊呢？要是他受傷了呢？要是他逃出辦公室、把消息洩露給執法人員呢？接著還有私人保全的問題要考量。沒有人會帶著一千萬單獨行動。如果保證人帶著保鑣，那麼可能也順帶要處理那些人——而那些人會有武器。

該死。

「歡迎加入。」麥卡利說。

我轉過身也跟他握了手。他身材比霍威爾矮小很多，年紀相當，身上自有股我捉摸不定的氛圍。我能輕而易舉讀出大多數人的心思——要當個騙子一定得這樣。他的笑，不是眞的笑。

「霍威爾先生只是去收拾一些東西。對於你的加入，我們很高興，但不希望你太擔憂。這一切並不會牽連到你身上。霍威爾先生遭逮捕時，我們會需要你。在此我們先說清楚——還沒簽委託書前先保留訊息是我的主意。霍威爾先生一開始就希望直接坦白，是我說服他別這麼做，所以不要對他不爽。」他說。

「不過我得說，」他繼續講，「我不覺得霍威爾先生選對了人，我以爲你會跑去告訴調查局——算我看錯。就是因爲這樣才由他主導對話。」

「你認識他很久了嗎？」

「非常久了。我們拯救對方的次數多到自己都算不出來。一般而言，是由我進行贖金支付，而霍……而雷尼幫我支援掩護。所以，沒錯，他不只是我的生意伙伴；我欠他。是說，馬龍，能請你去請霍威爾太太過來嗎？」

大塊頭從我進來的那扇門離開。

門再度關上，橡木門框隨之顫動，我見到麥卡利的面具滑落。他偽裝出來的微笑消逝，表情變得嚴肅，將我從頭到腳檢視一遍。

「現在情況是生死交關，我必須知道我們能不能信任你？」

若麥卡利是霍威爾親近的兄弟，就表示他和這一家的關係也很近。對於交付贖金，他看來疲倦、興奮又緊張，即使卡洛琳被抓走已過十九天，似乎也沒有影響到他。雖然在這間華麗的老書房中，高壓使得周遭空氣令人反胃，也同樣使得整間屋子塡滿悶窒與緊繃。

「我不會讓你失望。」我說。

「很好。」

「對於抓走她的人你有任何頭緒嗎？」

麥卡利噘起嘴唇，衡量著該說什麼，眼神越過我的肩膀。

「沒有。他沒說名字，只傳來一張照片。我們不知道那可能是誰，但有把此事徹頭徹尾思考過。如果問我，我會說是私怨。我幹這行很久了，許多年來跟索馬利亞海盜、蓋達組織，甚至一些南美毒梟交手。這有點難解釋，但有時你就是會有個感覺——然後你就會了解——」

「了解什麼？」

「了解不管跟你交手的是誰，那人都做好了萬全準備，隨時會殺死人質。」

他從外套口袋拿出手機，手指在螢幕上滑了幾下，轉過來。照片的確是卡洛琳．霍威爾。

我在報紙上看過三張左右她不一樣的照片。是她沒錯，手腳被縛，穿著藍色牛仔褲和白色運動衫——一如描述，雖然她的皮外套不見蹤影。我想她在熟睡中。麥卡利滑過螢幕說：「這是另一張照片。」

我猜在拍第一張照片時吵醒了她。這一張的她是醒著的，眼神有著純然的恐懼。她的雙眼濕潤，因驚恐而不能動彈，臉頰因為淚水而髒兮兮。由於掙扎著想解開束帶，我見到她手腕上有乾掉的血漬。我研究起照片中的背景：和第一張一樣。拍照時用了閃光燈，卡洛琳周圍的區域漆黑一片，唯一可視的只有水泥地板。不管她人在哪兒，應該是個黑暗的大房間，也許是地下室，或廢棄的建築物。

「蘇珊來的時候……」

我身後的門打開，掐去麥卡利喉中剩下的句子。門口站的正是蘇珊．霍威爾。她的表情看起來有些空茫，彷彿不麻醉自己就無法撐過這一切。我從她口中的氣息聞到了這所謂的麻醉——琴酒。很多很多的琴酒。

「馬龍，謝謝你。」她說，一手撫過他背後，想打發他離開。她的手停在那兒，手指循著他滿是肌肉的後背線條撫摸。我不喜歡這樣，那行為像是在展示影響力與控制權。馬龍走出房間，將門關上。

蘇珊．霍威爾沒對我說話，只對麥卡利揚起眉毛。

「他會為雷尼辯護。」麥卡利說。

她一語不發，曲起雙腿坐進一張扶手椅，下巴擱在纖巧的一手上。在面對極度高壓的情況時，每個人的反應不同。有些會崩潰，有些會單憑意志力堅撐到最後，也有人會稍微有點瘋。我想蘇珊．霍威爾是屬於後面那類。若非如此，就是她純粹懶得管繼女的死活。但我決定往好的方向想。

「為什麼贖金金額有落差？」我說。

「我不知道，最可能的推測是綁匪在耍我們。但他也希望那個假的贖金交付行動看起來很眞。我們會給調查局兩百萬，應該足以讓他們疲於奔命了。」麥卡利說。

雷尼從後面房間出來，回到辦公室，一手提著一只行李箱，另一手則是一疊現金。他將有輪的拉桿式行李箱放在桌上，打開來，將六疊鈔票放進裡頭再重新關上。行李箱的大小能夠放下那現金的十倍。

麥卡利俯身，從一張椅子下方取出一只黑色小袋。他跪下來，打開袋子，將一把小型突襲步槍、彈匣、口塞、束帶以及更多器具散放開。

胃中隱約的不安感迅速變得如鉛般沉重。這不會成的。我再次注視著雷尼桌上的行李箱。很大，而且笨重。如果他需要快速移動，這不是很好拖著走。

「那麼一點現金為什麼要這麼大的箱子？」我說。

雷尼看著行李箱。「這是保險公司用的那種防子彈——甚至防炸彈的箱子。承保人是我的客戶，過去我曾不得不用他們的箱子運送贖金，所以我買了一個。這個行李箱進我辦公室後，我得讓調查局看到一模一樣的東西從裡頭出來。一定要看起來很眞。」

我揉揉頸後。蘇珊．霍威爾從扶手椅抬起頭看我，臉上帶著擔憂的眼神。我感到麥卡利將手放到我背上。

「蘇珊會在調查局面前幫忙掩飾，確保他們不進來。我可以處理保證人的保全團隊。」麥卡利說，掀起外套，露出腰上的一把武器。

霍威爾又為自己倒了一杯酒，仰頭飲盡，搖搖頭。他在抵抗腎上腺素。我越想就越覺得這個計畫必定會失敗。如果情況糟到谷底，卡洛琳就死定了。

我想到在酒吧的那天下午，當時我還只是個孩子，坐在雷尼·霍威爾旁邊的一張酒吧凳子上，看著他以雙手移動卡片。

「這不會成功的。」我說。

麥卡利看著地面，繃緊嘴唇。霍威爾搖著頭，又倒了另一杯酒，說：「非成功不可，沒有其他方法。」

「有的。挾持保險公司的保證人風險實在太高，不會成功的。而這就表示，即便你成功救回卡洛琳，不管我怎麼做，你都可能會進監獄。」我說。

「如果能把她救回來，那我願意接受。」霍威爾說。

「要是有別的方法呢？一個可以拿到錢、讓調查局無頭蒼蠅般亂竄、又不必傷害任何人的方法？」我說。

麥卡利和霍威爾交換了個眼神。

「怎麼做？」雷尼說。

我走回桌前，一手放在行李箱上，說道：「尋找紅心皇后。」

二〇〇一年八月
紐約上州

茱莉・羅森坐在瑞貝卡的沙發上，感覺挺不自在。同一件牛仔褲她穿了快要一週，也包括睡得很不好的那晚。如果這褲子在花朵圖樣的沙發上留下髒汗，可能就要賠上天價了。

瑞貝卡帶了兩杯用馬克杯裝、熱氣蒸騰的咖啡從廚房回來。

「拿個杯墊。」瑞貝卡說。

茱莉從桌上一個盒子裡挑了兩個杯墊，攤開放好。那是軟木杯墊，上面是小狗在木頭夾板上的照片。瑞貝卡將馬克杯小心放好，好整以暇地將茱莉的杯子握把轉向她。

「妳感覺怎麼樣？」瑞貝卡說。

太陽照在茱莉頸背，感覺灼熱，透過上開窗傳來的熱度不知怎麼地增強了些。

「我很好。就是一天一天過，妳知道的。」茱莉說。

瑞貝卡點點頭。茱莉知道瑞貝卡對於戒毒過程一無所知。那種令人發抖的痛楚彷彿擴散到身體各處，牙齒格格顫動，十分大聲，你連睡都睡不著；還有汗水，那正是清晰、詭異且黑暗的幻覺來臨的前兆。

「妳看起來健康多了，」瑞貝卡說，「我見過毒品會對一個人帶來怎樣的影響。我見到的一些客户……不過基本上他們只剩皮和骨，甚至不算人了。」

茱莉點點頭，在沙發上往前挪了點，感到更不自在了。她從前也聽過瑞貝卡談論她的客戶，每每令她感到皮膚像是有東西爬過。瑞貝卡是這個郡的法醫，而她的客戶都是屍體。

「我看過燒傷受害者、謀殺受害者，上週我……」瑞貝卡暫停下來，雙眼搜索著地面。在茱莉看來，瑞貝卡似乎只想談現在，這麼一來，她也許就不會注意到她回想起的恐懼——不管是什麼樣的恐懼。

「……上週他們帶來一個嬰兒，只有幾週大。是兩個警官在一家酒吧旁邊的垃圾箱裡發現的。你知道，我幾乎是鬆了一口氣。反正被那種母親生下的小孩沒有未來可言。那個孩子不會有正常的生活——至少無法多正常。小孩早就成了癮君子，一出生就是。茱莉，妳已經跳脫出來了，妳很幸運。」

茱莉啜了一口咖啡，張望著會客室周遭那些柔美的裝潢、掛在牆上的畫作，以及無庸置疑刻意挑選來搭配風景畫的抱枕。在這種屋子裡，瑞貝卡竟說出那樣可怕的話，這對茱莉來說相當詭異。茱莉不願回想毒品或毒癮。她試圖將那種生活拋諸腦後。

「這裡好漂亮。」茱莉繼續東張西望。

「謝謝。對我們兩人來說這房子算滿大的。」瑞貝卡說。

「可以想像。」茱莉嘴上這麼說，但其實並不真的有辦法想像。

她們靜靜坐著喝那咖啡，用匆促且虛假的微笑減緩緊繃。

「我知道這不關我的事，但我想知道妳的財務狀況如何。」瑞貝卡說。

茱莉邊想邊說：「噢，那個……我做兼差。只是在當服務生。妳知道的，畫圖很花錢。我有幾幅畫在進行，希望完成後可以賣掉一些。」

「太棒了。」瑞貝卡應和，眼中毫無神采。

她繼續說。「只是，那個……嗯，我想我可以幫妳……妳知道……就是錢的部分。」

茱莉小心翼翼將咖啡放回杯墊上，站起來，順了順自己的T恤。

「我不需要妳的施捨。」說完，她朝門廳走了一步。

「等一下，這不是施捨。我想幫妳，而且……這真的很難以啓齒……我覺得妳也可以幫我。」瑞貝卡說。

茱莉停下腳步，嘆口氣，轉過身說，「我能做什麼？妳想買畫嗎？妳是這意思嗎？」

「是，也不是。抱歉，不太算那樣，雖然能拿到一幅畫是挺好的。」瑞貝卡說話時看著地毯，無法注視茱莉的雙眼。

茱莉突然意識到瑞貝卡在哭。但——也許是假的眼淚。

「怎麼了？」茱莉說。

「我需要妳，我需要妳的幫助。我已經沒人可找了。我會付妳錢，我保證。一萬美金，現在就付。另外一萬事成之後給。」

「妳到底在說什麼？妳到底要我做什麼？」

瑞貝卡站起來，抱住茱莉。

「這必須保密，只有妳知我知。妳願意承諾嗎？」

「我不知道妳在……」

「妳願意發誓嗎？」瑞貝卡的聲音中悄悄竄入一絲絕望。

「我發誓。告訴我妳到底想要什麼。」

「妳最近沒見史考特了吧？妳不跟他在一起了吧？」

茱莉嘆口氣，撒了謊。「沒有，我沒見他。我們不在一起了。」

瑞貝卡點點頭，捧起茱莉的臉。「很好，因為這絕對不能讓別人知道。如果有人發現，我們就毀了。」

9

我舉步穿越會客室，馬龍跟在身後，他告訴我設在房間最前方的小廚房在哪裡。我猜這不是主要廚房，因爲沒有爐子，但不管用哪種標準來看，這個廚房都算大。會客室的交談聲就如同我一開始走過時一樣，好像特別爲了我而降低。執法人員就是這樣，他們不相信有哪個律師過河時不會試圖拆橋。

「在這裡等就好，弗林先生，我會直接把委託費拿出來給你。」馬龍說話音量之大，足以讓那些資深探員和警察都聽到。至少他沒搞砸。他按照我的指示做了。

我在吧檯前一張高腳凳上坐下，給自己倒了杯咖啡。廚房裡有兩名特警在裝水瓶。他們浸濕頭巾，擰乾多餘的水，綁在頭皮上。當你身著全套戰術裝備、待在特戰隊的廂型車後方，絕對是熱得要命。

從我的位子差不多能看到會客室的全貌。這個廚房比較像會客室的延伸，白色磁磚地板劃分出兩個區域，一張餐桌擺在另一個角落。但我必須待在能聽見執法人員談話的範圍。我的注意力被兩個特別拔高的聲線吸引。一個聽來熟悉，另一個則否。

哈波探員正和一名身穿灰西裝、白襯衫和紅領帶的男人爭論。他頸子上的鍊子掛了一枚聯邦調查局的徽章，站得離一個個擠在電腦周圍確認地圖或打電話的團體有點距離。部分警察和其他探員都想偷聽這場爭辯，即使表面上假裝在忙交贖金的計畫。

「你完全搞錯了，」哈波說，「那不過是個在電視上看到霍威爾的神經病，要不是想大撈一筆，就是想讓警察殺了他。這怎麼看都是希望透過警察被自殺。而就算是我看錯好了，你還是不該去，因爲那只可能是某種病態的惡作劇。」

和她談話的探員站在那裡，交叉雙臂，時不時用拇指指甲挑挑牙齒。他雖然在聽（因爲其他人也在聽），但我看得出他已打定主意無視哈波。

「我們收到人質還活著的證明，哈波，妳要不就加入，要不就他媽的給我退出。」那名男性探員說。

「林區，你完全搞錯了，我很清楚，交付贖金根本是一場鬧劇。」

「我是這裡的ＳＡＣ，妳忘記了嗎？」他說。

他們四目相交，交換了某種不言而喻的訊息。我發現哈波幾乎要踮起腳尖。她緊抿著嘴唇，已經準備好破口罵出一些她不想在其餘團隊面前訴諸言語的話。所謂ＳＡＣ是特別指揮官（Special Agent in Charge）的縮寫，意指林區的位階比哈波高。這兩人之間的衝突一觸即發，而且似乎不僅是專業上的意見分歧。我無法確定，但我猜他們有私人恩怨。

根據目前所知，其實要看出誰的腦子好十分容易。儘管哈波性情反覆不定，但擁有最敏銳的直覺，知道火車站一事有些許不對勁。

「我沒忘，」她說，「我很清楚你的身分。」

林區將雙手放在臀部，下巴朝天花板努了努，好拿鼻子看著哈波。她看他的模樣有如他剛剛脫了褲子在草坪拉了一坨屎。她直到離開時臉上都還是那副神情。

也正是在這個時候，林區注意到我。

我點頭示意，這次則換他一臉鄙夷，隨後便去加入一組探員，他們正就著固定於牆上的大電視檢查羅謝爾火車站數位平面圖。所有出入口都以藍點標記，平面圖也標上小紅點，旁邊皆有字母與數字（我猜字母和數字代表的是負責監視的探員）散落在火車站各個不同點上，以涵蓋所有潛在視角。地圖上一個綠點落在一排排長椅旁。這個點有標註名字：「林區」。我猜代表這位探員將負責交付贖金。

「你看什麼看？」一道聲音說。

我轉過頭，在身後看到那位林區指揮官。因爲我太全神貫注於平面圖，以至於沒注意到他離開了那群探員和警察。

「沒看什麼。」我說。

「你就是那個律師——弗林是吧？」他說。

「就是我。很高興見到你。」我邊說邊伸出一手。

他無視我的舉動。「我聽說你和哈波探員起了衝突，是嗎？」

「我們打了照面。」我站了起來。我不喜歡林區對我居高臨下的姿態。起身時，我從眼角餘光看到哈波站在會客室角落。她一定是聽到有人在喊自己的名字。我轉身背對她，這麼一來才能跟林區對話。

「我聽到的似乎不止那樣。我收到的報告是，哈波探員對你十分暴力，把你的頭推去抵車頂？如果我說的沒錯，那我想聽聽你的說法。調查局並不鼓勵我們的探員做出那種舉動。」

「你一定是聽錯了，哈波探員相當有禮。」

「我覺得非常難以置信。」他說。

「不相信的話就去問華盛頓探員，我想他會證實我的說法。」我說。

他從我身上什麼也套不到，因此決定放棄。走開時，他說：「弗林先生，我們一定還有機會談話的。」

他差點撞上麥卡利。這兩人互相打量了一下對方，林區便回到會客室。

「哈波探員，」林區說，「我們收到妳對家族代表人做出的舉止之申訴，我要妳離開此地，立即生效。回局裡，把妳和弗林先生的衝突整理成一份報告。我要這份報告早上就放在我桌上。」

我試圖插嘴，但哈波舉起一手。她聽見了我出言否認。哈波從椅背提起筆電包的肩背帶，在眾目睽睽下走出房間。

此時，麥卡利遞給我一只黑色皮革手拉行李箱說，「弗林先生，你的委託書。」我伸長拉桿，在走過會客室時將行李箱拖在身後，麥卡利跟隨在側。行李箱撞到一張桌子，差點掀翻。我咒罵了一句，換個手，在輪子被厚厚的地毯邊緣卡住時又被絆了一次。

我吸引到大家對箱子足夠的注意力後，心滿意足地離開會客室。在通往前門的門廳，我看到華盛頓等在那兒，雙手緊握在身前。

哈波大步走向前門時，華盛頓伸出右手。他們握了手，她踏出這棟房屋，步入黑夜中。

我不禁想：除了我以外，有沒有人注意到華盛頓利用跟哈波握手的動作，將藏在掌中細瘦的黑色裝置遞給她？我想應該沒有。

然後我又想：有沒有人知道我拖在身後的行李箱裡其實裝了兩百萬美金？應該也沒有。

10

我站在門廊，目送哈波上車，推測應該是她的私人轎車，一輛紅色道奇 Charger，引擎蓋上橫過一條黑色賽車條紋。她轉動方向盤，車子扭力轉緊，在草坪噴起一陣砂礫雨，車後燈旋即消失在遠處，開上一條通往大街的單線道。

麥卡利和霍威爾過來加入我，沒有說話，只是在特警爬上廂型車後方時將視線轉向星空，調查局的人也跟著上車。沒有多久，砂礫車道上大半的車輛已在熱身準備。

「霍威爾先生，我可以稍微跟你談談嗎？」我們身後有道聲音說。是林區。

「當然。」霍威爾說。

林區在車道上嘎吱嘎吱地邁開步伐，當他發現霍威爾沒跟著他一起走，便停了下來。他想要遠離麥卡利和我，私下跟他談幾句話。

「在這兩位紳士面前你想說什麼都可以。」霍威爾說。

林區不情不願地拖著雙腳回到石門廊上，說：「很好。局方希望你重新考慮我們的建議，霍威爾先生，你跟太太一起留在這裡真的會比較好。我們知道你是專業人士，但我們可以處理得來。你女兒此時最不需要的就是一位心有矛盾的父親催迫贖金交付，然後……」

「害她被殺？你是要說這個嗎？」霍威爾說。

那名聯邦調查局探員低頭注視著自己的雙腳。

「我要說的是，我們不希望發生任何意外，霍威爾先生。我毫無不敬之意，但我希望你重新考慮此事，留在這裡。如果你擔心那兩百萬──」

「聽好，我懂。不是因爲錢，是因爲卡洛琳。如果站在你的位置，我也會給出一樣的建議。但同時，我也能理解一名父親爲何堅持要待在人質交換現場。不過探員，我會考慮你剛剛說的話。」

「霍威爾先生，如果情況變成那樣，我的人也許得對你施予保護性羈押。我們不希望危害到交易進行。」

說完，他便離開，坐上一輛福特的副駕駛座，開始打電話。假裝要一同前去羅謝爾的交換現場是霍威爾的點子，調查局也預期他會有這樣的行動，而最終，霍威爾會容許他們說服自己不要去。

遠處有汽車頭燈朝這裡過來，一根手指點點我的手腕。麥卡利告訴我，這就是我們在等的那輛車。

我一把提起行李箱，雙眼在車道和面前六百多坪大的草坪上隨意遊蕩。在接下來的十分鐘，我決定假裝警察和調查局的人仍在暗處監視我的一舉一動。頭燈一彎，轉往右邊，繞過來停在房屋前方。那是一輛運鈔車，兩名全副武裝的制服人員下來，打開車子後方，身穿淺藍色西裝的第三人跳下車，站到碎石地，他拿著一只大行李箱，跟我手上的一模一樣。霍威爾說保險公司是成堆成堆地在買這些箱子。這些箱子很輕又耐用，而且看起來跟我身旁的那只一個模子印出來。唯一不同處是，那箱子以金屬手銬連在那人手腕上，他的另一手則拿著一台iPad。

霍威爾走下台階，迎接那名身穿西裝的男人，帶他朝房子的方向走回來。林區探員從福特下來，他是在那輛車裡等待贖款。我看到他對著那名身穿西裝、手拿行李箱的人自我介紹。

「我們去辦公室吧。」麥卡利說。

霍威爾、林區和那個拿行李箱的人走上通往房子的台階。此時，我見到麥卡利敲了走道上的一扇門。蘇珊．霍威爾出現，臉上淚痕斑斑。

假的眼淚。

她的任務就是在那些人來到走道時昏倒。她將倒進林區懷中，陷入歇斯底里的狀態。在林區試圖讓她鎮定下來時，她會堅持跟他談論交贖金的事。她會告訴他，她需要再次保證。我們得排除林區這個阻礙。

麥卡利推測這至得多花上五到六分鐘，有足夠的時間讓霍威爾把那名穿著上好西裝的保險人員帶到後方，完成移交鈔票的文書作業，並且在聯邦調查局開始問箱子裡他媽的有多少錢之前把他從那裡弄走。等到林區終於從蘇珊手中掙脫，他將從我手裡接過那只裝了兩百萬、外貌一模一樣的行李箱。

這些執法人員絕對不可能發現有兩份不同的贖金。卡洛琳的命就繫在這上頭。

蘇珊．霍威爾擦著臉，把臉上的妝抹得更糊。我注視著她，她接著大步走上走道，一手有酒（很可能是更多琴酒）。在把杯子放到桌上之前，她將頭往後仰、杯中物一飲而盡（冰塊同時從她雙唇滑落）。她站在走道最底，就定位。

那三人無聲穿過門。霍威爾從左側緊貼林區，保險人員在右側。他們走過麥卡利和我面前，朝書房去。

那三人越接近蘇珊．霍威爾，我心中的不安感越是強烈。她有些搖晃，以指尖壓著前額。

我不禁覺得，若非這一切遠遠超出蘇珊．霍威爾的負荷，就是她的婚姻出了問題，而這場綁架使之浮上檯面。霍威爾一定也注意到了蘇珊的舉止，因爲他慢下了腳步。

「該死，希望她可別說不出來。」麥卡利說。

蘇珊．霍威爾搖搖頭，一手遮住嘴，走開。

麥卡利和我交換了個眼神，他說：「我就知道她做不來，她喝太多烈酒了。」

我們眼前那三人轉過轉角，麥卡利和我拔腿跑了起來。

11

霍威爾還沒來得及關上門，麥卡利和我便踏進他的辦公室。我感覺到霍威爾一陣驚慌。我經過時，低聲對他說話。

「聽我指示，我們還是能做到。」我說。林區探員畏縮不前，在書房遠遠一角將手肘架在書櫃上。那名拿行李箱的人在桌邊，站在霍威爾旁；麥卡利和我站在桌子對面。

霍威爾負責介紹。

「各位，這位是達爾基斯特股票的沃特．伯斯坦。達爾基斯特負責我們一家綁架與贖金的保險，而這位伯斯坦先生手上有我們的贖金。沃特，你見過特別探員林區了，這邊這位是我的律師艾迪．弗林。麥卡利你之前就認識。」

保險公司來的大塊頭彷彿十分享受手握鉅款。這件西裝是訂做的，非常合身，很搭他打理得整整齊齊的鬍子與完美無瑕的髮型。這人殷勤有禮，打了個招呼，但沒有握手。他一手仍拿著iPad，另一手與一千萬不記名債券銬在一起。我猜是因爲那筆贖金金額實在太大，債券無法轉移，而且向來很容易轉成現金。綁匪很可能有辦法拿到全額的百分之七十五。

「如果沒有問題，我希望我的律師可以在場觀看移交時的簽署。」霍威爾說。

「當然沒問題。」沃特的發音十分完美，但依舊甩不掉那口瑞典腔。

我繞過巨大的書桌，站到霍威爾右邊，沃特在他左側。林區上前，來到那張寬大的桃花心木桌對側，站在麥卡利旁邊。

沃特一手將 iPad 放在桌上，開啓那個裝置。他的手橫過螢幕，輕輕點擊。我收起拉桿箱的把手。幾秒後，他在螢幕上叫出一個看起來像同意書的東西。

我碰了碰霍威爾的手，他低下頭，我悄無聲息地指指地板，讓他看見我正以腳尖指著桌子下方我的行李箱。箱子材質是手工義大利皮革製，來自爲法拉利製造座椅的公司。他們所有箱子都結合了鎖、拉桿以及輪子，光聞味道就價值不斐，而且說不定每一只都能裝下四十到五十本硬殼書——或一千萬不記名債券。

我的方法很簡單。就像尋找紅心皇后，這是有史以來最古老的騙術，而霍威爾把我教得很出色。這三張卡可以是任何花色數字，但一般而言，會是一張皇后與兩張數字較小的卡分置兩側，在小桌上面朝下。唯一重要的卡片就是皇后，而你必須找到她身在何方。每場遊戲一開始會由發牌者拿著面朝下的牌卡，攏著手指遮住卡片的邊緣。一手兩張，最底下是皇后，上方是一張十；另一手有單一張方塊五。接著，他會丟下皇后——一樣面朝下，再往旁邊丟下其他牌卡。看出皇后落在哪裡，並在他把牌卡移來移去時緊跟不放，這沒有很難。發牌者會有一個同伴下注賭皇后的位置——而他會賭錯。接著，目標會認爲自己已看穿一切，於是下注。這次，在桌上有錢的情況下，發牌者會將最上面的卡先丟出去——也就是那張十，皇后則留到最後。這個換卡手法每次都能奏效。

我們玩的則是兩張牌的尋找紅心皇后。只不過我們換的不是卡，是行李箱。但這回，我們必須在以觀眾身分在場的特殊指揮官林區的陪伴下進行。

霍威爾點點頭，麥卡利也是。他們收到了訊息。

霍威爾只要在簽名後將他從瑞典人那裡拿到的那個該死的箱子放到桌下，拿起裝了兩百萬的箱子給林區、由我拿走那一千萬就好。

再簡單不過。不用人質、不用槍。而且，等調查局知道到底發生了什麼事，可以更輕易地讓霍威爾逃過牢獄之災。

只要那名保險人員不要提起箱裡的總金額，讓霍威爾從他那裡拿到箱子、放到桌下，一切都可進行得順順利利。霍威爾似乎非常確定沃特不會說出來。他說，沃特認爲那麼做「很無禮」。

沃特以兩手拇指按下箱子上的數字鎖，打開。霍威爾迅速朝裡頭一瞥，再關起來。「我想應該都在裡面了，我要簽在哪裡？」

「如果方便，數位和紙本簽章都要。你會注意到鎖經由程式設定爲卡洛琳的出生日期。」沃特將文件放在桌上，滑開他的 iPad，解鎖，將觸控筆從護套拿下，擺在螢幕上。沃特接著轉動箱子上的數字，將之上鎖。

我看著霍威爾瞇眼注視螢幕，接著是紙本。他讀也沒讀，直接拿起觸控筆，在螢幕上行雲流水簽下一個像是草寫的簽名。

「另外，你可以留著手銬。我自己有。」霍威爾說。

一滴汗水打在螢幕上。他放下觸控筆，擦擦眉頭，拿鋼筆在紙頁上潦草簽下另一個巍顫顫的簽名。

整個空間只能聽見霍威爾急促的呼吸聲，以及麥卡利咬著牙齒發出悶悶的嘎吱聲。他的下巴肌肉使用過度，雙眼從未離開銬在沃特腕上的行李箱。

我早已做好萬全準備。霍威爾一將一千萬放到地上，用腳推到我這邊，我就會立刻離開這裡。

沃特將箱子放到桌上時，我聽見長長銀鍊發出的叮噹響，他將手腕上的手銬解開，霍威爾伸出手去接箱柄，我屏住了呼吸。但霍威爾還不及反應，沃特卻將箱子從桌上一股腦兒抓起，大步走到書櫃旁，放到地上，再抓住林區的左手臂，「啪」一下把手銬銬在他手腕上。

「沃特，你搞什麼鬼？」霍威爾喊道，臉上血色盡失。

「朋友，很抱歉，我們已經做了讓步，但人質的監護者不行——你想要付贖金，對蘇黎世那兒的老頭而言就很夠了，但你跟這件事太近了。我收到的直接指令是要以你的名義將贖金交由聯邦調查局保管，你剛剛簽下了使這個命令生效的同意書。我想你對此應該沒有異議吧，林區探員？」

探員搖搖頭，正要說些什麼，此時霍威爾插話了。

「絕對不行，錢要和我在一起。在看到她活著之前，我一分錢都不會交出去。沃特，你不能這麼做。」霍威爾吼著。

那個拎著行李箱的人靠近霍威爾時，臉上的稜角變得柔和了些。「沒得挽回了，雷奧納德，我深感抱歉。」他邊說邊將一手放在霍威爾肩上。

霍威爾抖肩甩掉，注視著麥卡利。這兩人看起來都像嚇壞的金魚——嘴巴微微打開，眼中滿是驚愕和不敢置信。而我可以見到霍威爾體內那顆恐懼的泡泡即將爆炸。汗水濡濕他的臉，他拿袖子擦著前額。

如果是特別探員林區，等於卡洛琳．霍威爾再無可能活著逃出那無底黑洞。

「我絕不允許……」霍威爾說的一字一句彷彿鍍上了憤怒與否認。他垂下右手，慢慢移到身後。他與我曾見過的那些走投無路者並無二致。他知道林區即將帶著他救回女兒的唯一機會離開，而他絕不能讓此事發生——他就要去拿塞在腰帶上的那把該死的貝瑞塔，我的計畫分崩離析，如果腦袋不轉快一點，眼前局面終將變爲槍林彈雨。

「你不參與交贖金，對所有人都比較安全。」林區說。

「我想霍威爾先生的意思是，如果我陪同贖金到交付點，並在交換前讓錢待在我的視線範圍，他就同意。特別探員林區，這樣你可以接受嗎？」我說。

霍威爾的手緊握住擱在身後的手槍槍柄。桌子對面的麥卡利亦將他外套的側邊翻領拉開，露出一把擱在肩掛槍套中的手槍尾端。

麥卡利身側那把槍是對霍威爾的無聲提問。**我們要現在就用蠻力把錢拿過來嗎？**

這種決定是會賠上性命的。

我溫和但堅定地將霍威爾的手指拉開，無聲以唇語說出那三個字：**相信我**。

林區拉長箱子的拉桿。鍊子大概只有三十公分，因此，林區無法將拉桿拉到最長。他又收起，抓住附在行李箱一側的皮革握把，提了起來。

「我沒有異議，但弗林先生必須跟我們一起走，而且，我們一進入車站他就絕對不能跟著——交贖金只能由一人進行。這是綁匪的條件。」林區說。

「由你決定，林區探員。」沃特將手銬的鑰匙交給他。我注視著林區以右手接下鑰匙，放進褲子口袋。

「我再次致歉。」沃特對霍威爾說。

霍威爾沒握沃特的手——我懷疑他甚至連禮貌性地看那個瑞典人一下都沒有。他無法把眼神從我身上移開。沃特將簽好的紙張收拾好摺起來，放進iPad保護套的夾層，朝房門走去。

「我會在走廊上等。」林區說。

他跟沃特一起離開，兩人將書房的門在身後關上。

「我們完了。」麥卡利嘶聲說。

「不，我們沒有。」我說。

那兩人盯著我看，一副覺得我腦子壞掉的模樣。我也無法責怪他們。父親曾教過我要怎麼當個高手：怎麼扒皮夾，或將手伸進包包、偷出錢包，諸如此類。經過練習，我的技巧變得十分高超，而父親猜想我有著與生俱來的天賦，他稱之爲手感。他說那就和偉大的高爾夫球手、偉大的撞球選手或偉大的魔術師擁有的一樣——他們都有靈活的雙手。那是某種熟練、輕巧、堅定且快得不見影的動作，而且說實在一點也教不來。你必須先天就擁有，後天再培養，讓它出類拔萃。練習能讓神經突觸反應更快，使肌肉獲取記憶而變得更強壯，技巧、速度和表現都能進步。

父親曾告訴我，我是他見過最厲害的扒手之一。現在我年紀大了，應該比起十三、四歲每天練習時慢上許多。

我不禁想著，如今那些技巧能給我多少幫助呢？在不被當事人發現的情況下從那人的外套扒走皮夾是一回事，但偷偷調換銬在聯邦探員身上的行李箱？

這完全是另一回事了。

「雷奧納德，你的手機號碼是多少？」

他看看手機，說：「我傳給你。」

「不用麻煩——告訴我號碼就好，我會記著。」我說。他朗聲背出手機號碼。

「你不打算把號碼輸入你的手機嗎？」他說。

「不需要，我記起來了。我會從探員的車上打給你。跟著我。」

「你打算怎麼做？」麥卡利說。

我從桌子下方拿起行李箱。「我打算把你的一千萬拿到手。」

12

林區言出必行。他在霍威爾書房外的走廊等我，左手抱著箱子，眼神對到我手上的箱子——但只有一瞬間。

「準備好了？」他說。

我起先沒回答，心中進行著各式各樣的計算。我推測，在我們和前門之間約有三十幾公尺的地毯與大理石磁磚，再加從前門到車子另外十幾公尺的距離。一般人每秒走一點五公尺，這麼一來，在我們上車前就有三十二秒的時間可從林區身上拿到手銬鑰匙。一上車我就沒有拿到鑰匙的希望了。

那名聯邦探員邁開步伐。

我開始倒數。

走道並不窄，但也沒有寬到可讓兩名手持巨大箱子的人並肩走路。如果沒有人時不時稍微退後、讓出空間，一定會撞翻走道上的桌子或花瓶。

我們迅速來到會客室。

我的時間剩下二十六秒。

即使加快步伐，林區依舊在我前方。他對站在離會客室稍遠廚房中的華盛頓探員點點頭，對方正在用手機傳簡訊。華盛頓探員收起手機、放進外套。該動身了。

二十三秒。

在通往會客室的拱廊處，我將位置拉到與林區平齊，走在他右側。手銬鍊子打著皮革箱發出悶響，敲在箱上的鍊子聲與林區的腳步相呼應。

十八秒。

行走途中，我更用力地聽。就目前所知，林區口袋中沒有零錢。至少這是個好兆頭。

「你車在外面嗎？」我說。

他轉往右邊，接著看著前方。「應該是，我確認一下。」

他本能舉起左臂去拿手機，腳步自然慢下，並突然想到手腕正與一只沉重的箱子銬在一起。我箱中的兩百萬也同樣不輕。他將右手伸進西裝外套右側，由於這動作不大自然，促使他放慢速度，微微扭轉身軀。我藉機上前，右側身體稍微掠過他口袋，但無法將手伸進去——他在走動，所以我做不到。幸運的是，我的手法夠輕巧，因此他對我的嘗試毫無知覺。

十五秒。

他打了電話。

「我們要出去了。」他說。

轉往大廳時，我聽到外頭一輛大型轎車發動引擎的聲音。即便前門關著，我也能聽見輪胎在礫石上發出的轟隆怒吼，與三點五ＬＶ6引擎低低的輕聲呢喃。

九秒鐘。

我落後，讓林區走到前方——突然間，我意識到有人在身後，一轉身便看到霍威爾和麥卡利走在最後面。他們停下來跟華盛頓說話，在最後的幾秒鐘分散他的注意力。而我雖然轉了身，卻沒有停下腳步。

「霍威爾先生，你打算跟著我們到交贖金的地點嗎？」我邊說邊筆直朝林區走去，箱子打到他膝蓋後方，我見到他的頭在門上撞了一下。

「喔我的天，抱歉，林區探員，我沒看前面。」

「沒事。」林區簡直是咬牙切齒地說，「沒有關係。我只是很高興你沒有要進火車站。」他邊說邊拉開前門。

我待在大廳看著他朝車走去。我必須知道他從哪一扇門上那輛福特。由於左手有一只箱子，一般有常識的人都會坐後座，而非駕駛座，這樣便能將箱子擺在座位中間，那就表示，箱子會在人和車門之間。

我猜對了，林區從後座上車。他們後方有另一輛警車。我看見馬龍加速將林肯汽車開到第二輛福特後方。

蘇珊．霍威爾從走道的一扇側門出現。

「蘇珊，該死的。」霍威爾在我身後說。

「無所謂。」我面對著打開的前門，背對霍威爾和麥卡利。

我慢慢將手打開，讓霍威爾和麥卡利看見藏在我中間幾根手指的那把小鑰匙。我探口袋的行動天衣無縫。假如他只是把鑰匙放在外套口袋或臀部口袋，我根本不必去撞那個蠢蛋的膝蓋後方轉移他的注意力。我握起拳頭，遙望自己那道覆蓋在草坪上的影子，一如之前蘇珊．霍威爾和馬龍的行爲。

因爲某些原因，這道影子讓我感到些許不自在。我閉起雙眼，叫自己慢一點。稍早我已和這只箱子一起越過法律的界線。卡洛琳．霍威爾的形象在我心裡的畫面明亮且清晰，而我知道它會持續很長一段時間。只要我相信這麼做是正確的，就算違法我也通常不會感到困擾。但這件事卻困擾著我。如果我能在接下來十分鐘不遭逮捕、安全下莊，我對自己承諾，爲了自身著想我會抽身退後。在這整件事情上，我需要一些距離。尤其，如果我打算幫霍威爾辯護的話。

「把你的手機準備好，需要你的時候，我會打電話或傳簡訊給你。」我說。

走到調查局的車之前，我享受著影子隨著距離縮短變得越來越小的景象。我從遠處見到天空中有一道閃光，幾秒過後，悶雷轟隆響起。空氣中有種熱度，一場風暴將要掀開序幕。

而今，黑暗帶來不同的感受，不知怎麼有種濃密且緊繃的感覺。駕駛座後方的車門解了鎖，我坐在駕駛正後方，將大行李箱放在座位中間，也就是我的右側。皮革擦過林區攜帶的箱子時發出刺耳的刮磨聲。

我關上車門，我們揚長而去。

13

這輛福特 Taurus 上只有我、林區和司機。車子顯然是聯邦官方用車，聞起來有油炸食物和槍油的氣味——聯邦調查局的兩種基本食糧。

司機帶我們開過房子，朝單線道去。

「竟然要用到這麼大的箱子，你鐵定拿到了一筆頗豐厚的委託金。」林區將左手擱在他的箱子上方，以指尖點著皮革表面。

「一分錢一分貨。」我說。

「我不懷疑。」

駕駛很快轉上單線道。我記得稍早和喬治一起開過這條路的過程，深知機會來了。我傳了簡訊給霍威爾。

現在打給我。

福特的前輪踉蹌開上第一個坑，猛力前後搖晃。我的手機響起。

「你需要什麼？」霍威爾說。

我假裝要聽霍威爾在電話另一邊說的話，實際上只是在聽他呼吸：急促，並且滿溢緊張感。

「我很高興你重新考慮是否加入交贖金的行動，我會讓你和林區探員講話，這樣你們就可以做進一步的討論。」我邊說邊將手機交給聯邦探員。

他舉起左手要接，但感到手銬的阻力，於是換手。起先他只是聽，接著便開始對霍威爾曉以大義，告訴他爲什麼進行交換時他不在場會對女兒比較安全。

雨水開始落下，滂沱、凶猛、急促。眞是天助我也。閃電加劇，這次更近了，甚至還有打雷聲。林區從他的車窗望出去，提高分貝，這樣才能蓋過打在車頂的嘈雜傾盆大雨，讓對方聽見他的聲音。

後座的箱子並排置放，將我們兩人隔開，已沒剩下太多空間，因此他將左臂往後定定地壓在箱上，右手拿著我的手機；而我的右手掌中藏有鑰匙，擱在林區箱子的上方。

第二個坑洞使得後座的我們大晃了一下，手銬鍊子被搖得噹噹響，幾乎要把鑰匙從鎖中搖出去。林區太忙了，他在向霍威爾保證一切都會平安無事。

再轉一下，拴釦就能鬆開。

我得加快動作。我向右傾身，望向擋風玻璃。雨刷一片模糊，只能搶在擋風玻璃再次灌滿雨水的半秒前，將那片水幕掃掉。我們簡直像是開過一座游泳池。

天空中又閃過一道耀眼的光芒，閃電持續逼近。我在前方看到兩個最大的坑洞此時已形成小湖。第一個距離十二公尺，比它更大的另一個雙胞胎兄弟要再遠三公尺。

我們很快就會開過那兩個坑。

林區的眼神持續定在窗外，頭轉開，沒注視我的方向。

開過兩坑中的第一個時，我根本不用假裝自己在車子後座被甩得東倒西歪——還眞是痛。而且車子脫離坑洞時，我聽到車底撞到部分路面，發出金屬刮過的聲音。在這一瞬間，我撬開了連著箱子握把的手銬，另一端仍安好地鎖在林區手腕上。

我既輕且慢地讓手銬脫離把手，維持打開的狀態，做好準備。

第二個坑來了——傳說中的大峽谷——我感到整個身體被往前拋擲。在臉撞上前座以前，安全帶幫我煞住了。同時間，我探出右手，將裝一千萬美金的箱子輕輕從座位上推掉，左手將手銬一拍，銬住我身旁的箱子。

調查局那傢伙沒發現。他的頭「啪」地撞上車窗，弄掉了我的手機。

「該死的……賴瑞，慢一點——這裡簡直像是開在月球表面。」林區說著，將我的手機從地上撿起來。

「抱歉。」賴瑞說。

我們將兩人之間那個一千萬美金的箱子收拾好，我拿來放在身旁，接著抓住兩百萬美金箱子的握把，移近林區身邊，讓他親眼看見我的雙手碰到握把上的手銬。我需要一個理由解釋自己的指紋爲何出現在箱上與手銬上。

「介意讓我跟客戶談一下嗎？」我說。

他沒抗議，並對霍威爾說要把電話交還他的律師。

「霍威爾先生，」我說，「我想該讓專業人士盡他們的責任，不如我們就別再插手了？」

「你眞的拿到了嗎？」霍威爾說。

「我想是可以這麼說。」

我從座位上轉身，透過後窗玻璃看到身後有幾對車頭燈。其中一輛是霍威爾的。

「好，我下車，過來接我。」我說。

通話結束。

「我客戶要見我，你可以路邊停個車嗎？」我說。

林區要司機在某條私人道路轉角一棵橡樹底下停車。雨滴狂擊車頂，有如機關槍發射。

「你有多的雨傘嗎？」我問。

林區露出心滿意足的神情說：「巧的是，我的確有。但那是聯邦調查局的財產，抱歉。」

當我打開車門，裡頭的光亮流洩而出。我將腿伸出去前，先轉向林區，打算無論如何還是祝他個好運，突然看到有東西躺在乘客座上。

「那些坑洞還眞是把不少東西給搖了下來。」我對著座位點點頭。

林區探員傾身橫過連著手腕的箱子（裡頭裝了兩百萬），見到手銬鑰匙躺在座位上。

我幫他撿起來，也讓他看見我碰了鑰匙。

「該死！」他奪回鑰匙。「謝了，如果丟了這東西，天知道我該怎麼辦。」

「祝你好運了，林區探員。」我關上車門，跑過樹下，差點在濕答答的草地上滑倒。

我不過是在橡樹的巨大枝幹下站了短短一眨眼的時間，身上的衣服就被淋得無一吋倖免於難。我的雙腳遭水淹沒，大雨從頭上傾下。

第二輛聯邦調查局的車經過我面前，接著我上了另一輛林肯，這次是由馬龍駕駛。麥卡利和他一起坐在前面。我坐到後座霍威爾身旁。他在我還沒關門前就將箱子從我手中拿走。

霍威爾「啪」一聲打開拴釦。

「我的老天，一千萬。你是怎麼……」

「我什麼都沒做。霍威爾先生，你忘了嗎？」

麥卡利伸長脖子注視著我，跟霍威爾動作如出一轍。兩人都對我重新評價。

「我甚至不知道該如何謝你——」

「那就先別。隨便在哪裡把我放下來，然後去救你女兒。」

「我可以叫喬治來接你、帶你回家？」霍威爾說。

我把雨水從唇上吹掉，水從髮中流出，順著臉滴下。我真的很想換件衣服，但不想回到我的公寓，也該死的非常確定自己不想去霍威爾家。那房子確實是美輪美奐，但裡頭的氛圍塞滿汗水、緊繃與失去。我今晚實在是受夠了。

「這附近一定有家咖啡店之類的地方吧？在還沒得知你救到她的消息前，我睡不著，也不想回家。在隨便一家開整晚的餐館放我下來，我慢慢弄乾自己，喝點咖啡，事情結束時你可以通知我一聲，然後我們再來跟調查局談條件。」我說。

「你覺得他們會想談條件？」霍威爾說。

「林區死也不會想承認他把銬在自己手腕上那該死的一千萬贖金弄丟。這可說是終結事業的殺手。總之，一定可以奏效，不要擔心，去把她救回來。」我說。

「我會的。是說，下高速公路不遠處有個類似休息站的地方，我們停那裡，順路。」霍威爾說。

我沒問他順的是哪條路。一部分的我想要知道，一部分的我希望盡可能不涉入。如今，我跨越的那條界線已變得一片模糊，而我想再次把線畫清楚。

我們通過尊榮苑的保全大門離開，攝影記者也拍到了些畫面。我們找到高速公路，馬龍將油門踩到底，霍威爾再也沒說任何話，眼神似乎迷失在純然的專注之中。

麥卡利正將數字一個一個輸入內建在儀表板的衛星導航系統。螢幕回到有著藍色箭頭指示方向的高速公路地圖前，我看到了目的地。那個地方你一定會知道、一定會認得——即使從沒去過。

導航系統會將車子帶到紐約上州斷頭谷墓園[1]的大門。駕駛到目的地的時間爲四十二分鐘。唯一的聲響是引擎穩定發出安撫人心的嗡鳴聲。高速公路上，我看到八百公尺或更遠一點的房屋若隱若現的燈光，在黑暗中顯得清晰燦亮。第一個休息站標誌出現時，馬龍離開州際公路，於一條雙線匝道回車，這條路將帶我們前往旁邊連著餐館的加油站。一條經受風吹雨打、巨大殘破的玻璃纖維製熱狗端坐在某間餐館上方，底下有塊招牌寫著「巴布好食堂」。

謝天謝地，雨停了。

我下了車，霍威爾從座位上靠過來向我道別。

「我不會忘記你做的一切。謝謝。」

我朝餐館走去，很高興看到裡頭有人。前方停車場有幾輛聯結車和貨櫃車。

以及一輛普通的車。

一輛我認得的車。

紅色道奇 Charger，引擎蓋上有黑色賽車條紋。

1 斷頭谷墓園（Sleepy Hollow Cemetery）紐約知名景點，作家華盛頓・厄文長眠於此，墓園以其作品命名。

14

進餐館前，我打了電話。現在已經整整五分鐘沒有下雨，但小餐館的排水系統仍持續將水灌入排水溝。哈利・福特在第二聲鈴響後接起電話。

「還醒著？」我說。

「嗯哼，睡不著。」

「明天那個是大案子嗎？」

他嘆口氣說：「不是，我已經讀了兩遍。我是在想那張傳票——我在想麥斯・寇普蘭。」

「我不該跟你說寇普蘭的。」我說。

「你一定得說，事實上這算是有些幫助。至少我知道有人想找機會傷害我。寇普蘭很好預測，就和他那些骯髒的行爲一樣。他第一個上訴的點永遠是抹黑原辯護律師。你還記得賽斯・波茲曼出了什麼事嗎？」

我記得。那樣的故事令人難以忘懷。賽斯曾在曼哈頓一家頗有規模的法律事務所當訴訟律師。他有妻子，兩個小孩，努力賺錢付他家那棟高檔房屋的巨額房貸。他週六在少棒聯盟當教練，甚至爬到了助理裁判的位子。他的事務所幫一名叫波拉克的有錢房地產經紀人代理，他在自己公寓中與一名死亡的十六歲男孩共處一室遭逮，合夥人指派賽斯爲他辯護。死去的男孩跟賽斯兒子同年紀。此案並未進行審判，波拉克認罪。兩年後，他出獄了，卻換賽斯・波茲曼進去蹲苦牢，一切都拜麥斯．寇普蘭之賜。他為波拉克上訴，理由是針對他公寓進行的搜索技術上並不合法，而且他因無效且強制性協商遭迫做出假自白。警方的搜索被判定違法，因此紐約市警察局沒有證據。波拉克走上自由之路，而波茲曼則走上離婚之路。在他被自己的事務所炒魷魚後，再走上無業之路，也丟了助理教練的職位——接著他上街頭流浪，因為拖欠銀行房貸。但最終，他必須移送新新懲教所，因為他在大街上攻擊了波拉克。

「哈利，你是高等法官，你不會有事的。」我說。

「賽斯．波茲曼也沒想過自己會有事。重點在於，我一直認為茱莉是無辜的，不然我不會替她辯護。但陪審團不是這麼看。她應該被宣判無罪的。」哈利說。

沒有任何打擊比無辜的委託人因謀殺被關更嚴重。委託人從來不會眞的離開。在你帶著孩子去學校時，他們在；當你躺在海灘上看日落，他們也在。你每晚閉上眼睛，他們就在身旁。沒有什麼比無辜之人更能纏著你不放，永永遠遠。

「是陪審團送她去坐牢的，並不是你。還記得你告訴過我的話嗎？讓人惹上麻煩的是認罪協商。」

關於刑法有個很悲傷的事實：許多無辜的人都會認罪。這種事經常發生。嚴格說來，如果每個無辜的被告都為自己的案子起身反抗，那麼這個體系就無法行得通。原因單純是沒有足夠的法院和法官可處理這麼大量的工作。那他們為什麼要認罪？因為拒絕協商就眞的是太蠢了。檢察官辦公室會如此提議——你認罪，我們給你坐一年的牢，加上減刑，你可能只要蹲個八、九個月。但如果你被定罪，就要坐牢八年。你願意承擔這風險嗎？沒有多少被告願意在審判上賭這種機率。通常當被告開始服第一個月的刑期，他們會突然覺得自己做的交易好像不怎麼划算，然後開始責怪自己的律師給那什麼爛建議，並宣稱自己無辜，只是受到壓力才認罪協商。

「我記得非常清楚，認罪協商是訴訟的定時炸彈。只不過……這起案子從頭到尾都散發出一股不好的感覺，她有一點特別。你交出去前，我想看看檔案。舊案子都還收在布魯克林的倉庫吧？」

「一樣的地方。如果明天有機會，我會晃過去拿。是說，你最近有跟茱莉．羅森說過話嗎？有任何她想嘗試上訴的徵兆嗎？」

哈利嘆了口氣，「茱莉．羅森二〇一一年就過世了。如果她還活著，我會是第一個支持她上訴的人。她過世只代表一件事，我想就不用我告訴你了。」

他說的沒錯，的確不用。死後證明無罪也很常見。會發生的原因要不是執法人員發現自己犯了錯，想針對謀殺案嘗試新的嫌犯，就是有別的理由。而上訴這起官司的理由就是有人想抹黑哈利。寇普蘭受雇爲這起官司上訴，但他眞正的任務是要毀了哈利．福特。無所謂你是最高法官或什麼人，只要有人斷言你搞砸一起謀殺審判，你的職涯、個人與專業名聲就全付之一炬。這起上訴可能會讓哈利的職業畫下句號，而他爲了這份工作付出了一輩子。如果拿走他的法官辦公室，不出半年他就會踏上酗酒這條路，並一路走到六呎之下。

「她是怎麼死的？」我說。

「肝衰竭。我去了葬禮。她是東兄弟群島最後幾名犯人。那間精神病院在她過世不久就關閉了。除了一名老人和牧師，葬禮上就只有我。她不該落得這種下場。」

「如果茱莉過世，付錢給寇普蘭的是誰？想整你的又是誰？」

「我完全沒頭緒。茱莉沒有家人，至少我印象中沒有。」

「我們一定很快就會知道了。你就想辦法睡一下吧。」我說。

「這可能性不大。明天見。」

哈利掛上電話，我伸展一下頸子，打開餐館的門走進去。如果外頭那個標誌說這裡是食堂，我猜他們的食物大概只有啤酒或咖啡；他們就只提供這些。這是那位服務生兼廚子兼吧檯的瑪西給我的解釋。她是一名身型巨大的女子，身上穿的圍裙其實更適合骨架比她小非常多的人。瑪西臉上表情豐富，從她嚼口香糖的表現，我看得出她非常不喜歡我濕答答的衣服把她的地板滴得滿地水。我猜地板一天只拖一次，而且這件事今天已經做過了。

搖滾樂電台的音樂伴隨著放久的咖啡與漂白水氣味播放，紅色塑膠座椅零星散置半圓形櫃檯周遭，包廂座位是再過去一點的位置。除去氣味，這裡看起來實在不怎麼乾淨。當瑪西「啪」一聲用嘴唇壓破口香糖泡泡，歌手史普林斯汀[1]正在告訴我們他出生於美國。

「我們有派。」她說，但看我的眼神表示最好不要叫她去後面拿派，她死也不願意。

「麻煩妳了，瑪西。派，還有咖啡。」我說。

「還有順便對客人笑一下，妳覺得怎麼樣？」一名戴著棒球帽、穿格紋襯衫的大鬍子男說。他坐在長櫃檯的另一端。

對於他的問題，瑪西清楚明白地以一根中指外加若不留神根本看不到的一撇微笑回覆。

「真不知道我幹嘛進來這裡。」那人說。

舉目四望，包廂區幾乎空空如也。兩個人在左邊角落看報紙，除去櫃檯的瑪西粉絲俱樂部唯一成員，只剩一名背對著我坐在包廂位子的女人。她盡可能坐得離所有人遠遠的。深色皮膚，左邊座位可見筆電背袋的帶子，離牆壁很近。她安靜地坐在那兒，往冒著熱氣的杯中雪崩般一心一意倒入糖粉。

哈波探員顯然是螞蟻人。

瑪西安安穩穩地待在廚房，我轉向櫃檯盡頭的那個男人。

「是說，這地方有廁所嗎？」

他轉頭看看身後，再看看我。不管他本來殘存多少熱心助人的力氣，似乎都已用盡。

我謝過他，朝他指的方向走去。

餐館直接連通一個房間，廁所兼淋浴，至少那裡還有烘手機。

我脫下外套，接著是領帶襯衫，盡可能把水擰掉，努力在烘手機底下把衣服弄乾，不過情況相當令人絕望。我的褲子也是。但至少穿回去時只是有點潮濕，而不是濕透。

襪子則進了垃圾桶。鞋子裡的紙巾似乎把雨水最糟糕的部分吸收掉了。赤腳穿回鞋子感覺很怪，但總好過再穿著濕掉的襪子。

我從廁所出來時，瑪西一手放在櫃檯上，另一手撐著臀部，正瞪著我看。

「老兄，你很喜歡烘手機嗎？」她說。很顯然他們都聽到了烘手機的聲音。

「我只是想把自己弄乾一點。」我說。

「你知道嗎？你可以用十四塊九五買一件我們的T恤。」她說。

在瑪西背後的牆壁上方，光禿的灰泥壁釘了一件上頭寫著「我在巴布好食堂吃超飽」的衣

1 史普林斯汀（Bruce Springsteen, 1949—），美國搖滾歌手。

服。

「巴布是誰？」我問。

「巴布掛了。T恤你是要還是不要？」她說。

我禮貌地拒絕，拿了咖啡和一塊色澤黯淡的派坐在哈波探員後面的包廂，這樣她便不會看到我。

夜晚依舊熱且潮濕，充滿夏日霧氣，不過餐館將空調設在一個舒服的溫度。吃個兩、三口派後，我依舊無法判定口味。不是檸檬和萊姆就是馬桶消毒劑。我將盤子推到一旁，覺得最好還是不要知道。

至少巴布有免費無線網路。我用手機進入法院網站，輸入我的登入資訊。外套裡的傳票已被雨水弄成一團糊，但仍能辨識上訴書的案號。我在索引號碼搜尋，找到了上訴的歸檔。

寇普蘭對哈利一點也不手下留情。是沒做什麼具體舉動，但他以標準訴狀形式於上訴層面做得面面俱到：無能的辯護人、粗心草率的陳述、無法盡職調查使客戶免除獲罪、無效陳述與專業上的粗心。歸檔中還附了一個案件的口供書。

茱莉．羅森在二〇〇三年因殺死仍是嬰兒的女兒艾蜜莉．羅森，確判一級謀殺。上訴人在審判中宣稱，不知名行凶者進入她家、打傷她、並在那裡縱火的說法不成立。根據消防隊長的報告，起火點在嬰兒房，嬰兒床中找到了燒成灰的嬰兒屍骨。火勢極為強烈，骨頭基本上全部燒成灰。那區沒有目擊者舉報在黑夜中見到任何人。接著，我看到某個寇普蘭上訴時應該會提到的點：茱莉．羅森遭定罪後一年，被判定精神失常，並遷移到東兄弟群島的一間老舊精神病院。

寇普蘭可能會主張茱莉打從一開始就不應認罪，哈利竟沒讓她接受精神醫師檢驗，因此搞砸了案子。我在心裡記下，早上得問問哈利這件事。

我的褲子乾得十分完美，外套也是。經過半小時外加續兩次咖啡後，我覺得好多了。腦中一個小角落有道聲音對我說（但我試圖要它安靜點），如果再來幾杯啤酒配一點威士忌，我會更平靜。我努力要那些與霍威爾和卡洛琳有關的聲音及想法別再吵——而且這不是第一次了。

再十分鐘就要三點。

卡車司機謝過瑪西，抓起他們的裝備朝停車場走去。我打量周圍，發現餐館已空，只剩哈波和瑪西。氛圍之安靜，有如置身醫院。瘦李奇從廣播中傳出，主唱菲爾·利諾特告訴我們他在等一個不在場證明。瑪西將一本封面有身穿粉紅色晚禮服女士的紙本書書脊扳得嘎嘎響，一邊自顧自低聲咕噥一些拿到的小費很少的話，坐下來讀那本《魔法師之心》。

距離人質交換還有九分鐘。

我往右傾，看到哈波探員將一支黑色塑膠裝置插進筆電的USB插埠。那正是華盛頓探員在她從霍威爾家大門出去途中交給她的小東西。打從我走進此處，哈波都沒轉身，甚至在卡車司機離開，或是我和瑪西對話時，她也沒有回過頭。就目前看來，哈波做事正做得順手，百分之百專注。我將雙腳在身下交叉，右腳支著左腳，盡可能想偷看哈波在做什麼——不過我滑了一下，鞋子皮革在打過蠟的地板上嘎吱叫了一聲。

「你這間諜眞是不及格，弗林。」哈波探員頭也沒轉。

「沒想到妳知道我在。」我說。

她轉過身看了我一眼，眼神完全傳達出我整個人有多愚蠢。「你腳都還沒踏進門我就認出來了。我看到霍威爾在停車場放你下來。你是被開除了嗎？」

「不是。妳爲什麼這樣想？」

「因爲你來的時候是跟霍威爾的私人司機一起抵達豪宅，現在卻從外頭濕到裡頭，在這個鳥不生蛋的地方喝難喝的咖啡，而且好像連公事包都丟了。」

「我不想在那房子裡等。妳知道的，就是等人質交換的消息；我只想離開那裡。而我的包還擺在那兒，妳不必擔心。」

「霍威爾在交贖金的地點嗎？」她問。

我什麼都沒說，只是喝光咖啡，往後靠著塑膠椅背。

「那USB是要做什麼的？」我問。「我知道那是華盛頓探員給妳的禮物，但從表面看來，你們好像不是那種關係。」

哈波不理我，轉回螢幕前方。

「你們很有默契，我猜華盛頓探員不希望妳覺得遭到冷落。我想插在妳電腦上的那個裝置可以讓妳跟上目前進展。」

她起身繞過來坐在我對面，皮外套的金屬拉鍊在桌面敲出叮噹響，讓我想到手銬鍊子發出的聲音。

「你看到了不少，」她說，「那麼你知不知道霍威爾會不會去交贖金的地點？」

「我知道。」我說。

「但你不打算告訴我？」她說。

「就我看來，我手上有資訊，妳也有。不如我們分享一下？」

「你想知道什麼？」她說。

「我想知道火車站目前的狀況。」

「你好像沒發現我本人並不在火車站的交換現場。」她說。

現在換我對她投以懷疑的眼神。

「如我所說，華盛頓探員讓妳加入，我要妳也讓我加入。」

「爲什麼？」她說。

我無法把眞正的原因告訴她。如果斷頭谷那兒一切順利，雷奧納德·霍威爾很可能就要回來面對因妨礙司法公正、詐騙與一大籮筐罪名的逮捕。不管我還剩下多少是非觀念，我都知道，沒有一名父親應該因拯救女兒的性命付出代價：我就是不能接受。哈波針對假的人質交換所說的一切，都可能對霍威爾的辯護有幫助。

「我要知道卡洛琳有沒有平安回來，我自己也是爲人父親。」我說，「妳爲什麼想知道霍威爾有沒有去車站的交換地點？」

她將身體向前傾，雙眼同時射出犀利的光芒。她的臉與我只有咫尺之距。「因爲我曉得車站的交換是鬼扯，而且我曉得霍威爾也知道。」

15

我們兩人都沒出聲。瑪西將書翻過一頁，黃色紙張在她指尖粗糙的皮膚下發出低喃，廣播主持人介紹了一首AC／DC的經典歌曲（但這首根本不需要介紹），傾盆大雨的啪嗒聲開始打在餐館屋頂上。

「我有聽到妳對林區探員說的話，妳爲什麼認爲車站的交換是假的？」

「就跟你客戶認爲那人不是眞正的綁匪原因一樣。第一：地點。新羅謝爾火車站到處都是監視攝影機——每一吋都有。如果有一袋錢進去裡頭，絕不可能在無人看到的狀況下出來。那裡有三個出口，我們全都能顧到。車站距離最近的州際公路二十分鐘，交換時間是凌晨三點，車站基本上會是空無一人。會有一班火車在凌晨兩點十五分開進來，直到三點半都不會有下一班。沒有人群掩護。你不如在時代廣場正中央找個魚缸放贖金算了。如果你眞的想拿錢，應該要求用轉帳，或在一個你可以控制、並能在無人跟蹤的狀況下五秒內離開的環境。」她說。

「妳這是假設綁匪是專業人士，搞不好他們只是隨處可見的業餘肉腳。」

「我不認爲會有人那麼笨。另外，贖金要求是在你客戶的臉在新聞上播得到處都是、呼籲抓走卡洛琳的人放了她之後才來的。」

「那人質還活著的證明呢？那些照片呢？」我說。

她垂下眼神看著桌面，搖搖頭。

「這我不知道。照片看起來沒問題，但這個交換行動問題很大。」

「綁匪是怎麼跟調查局聯絡的？」

「你客戶沒告訴你嗎？」

「他告訴我他們用投幣電話。沒有錯吧？」

「現在該換我問霍威爾會不會去交贖金地點。我跟你說得夠多了。」

作爲辯護律師，這麼做違反我所有基礎本能。但我一看哈波的雙眼，就認爲至少在這件事上我可以信得過她。

「妳上司說服他不要插手。」

她確認了手錶，站起來，回到自己的位子上。我則溜進她旁邊的座位。她沒拒絕，因此我也沒再多問。

她的拇指滑過筆電上的觸控板，喚醒螢幕，四幅影像將螢幕分割成格狀檢視。螢幕四角各有一個影像。那是火車站出入口和中央大廳的視角，哈波從螢幕右邊角落的選單點選，便能在車站不同視角之間切換。

一開始我以爲那只是圖片，接著便看見有個人從車站入口走進去。

「這是監視攝影機的影像嗎？」我問。

「沒有錯。車站的錄影系統反饋到調查局網絡，只要有正確的密碼就行。」她說，點點那個從ＵＳＢ插埠突出的裝置。

華盛頓給哈波的……看來他不只讓她跟上最新進度，而是確保她能百分之百監視交贖金的過程——而且是現場直播。

她猜的一點也沒錯，車站完全是一場爛透的假布局。當然，她沒有證據。我思考過她說的話，並認為她判斷那裡是假地點需要的絕對不只是直覺，或僅憑那是個極差的交贖金場所。除了我知道的事情之外，一定還有別的。

但是話說回來，我可以確定一件事：哈波是關鍵所在。「告訴我妳為什麼這麼相信交贖金是騙局？」

她注視著我思考該如何回應，同時衡量利弊得失。

「關於我的事你為什麼跟林區撒謊？為什麼不告訴他我把你的頭推去撞車？」

「這對我的客戶不會有任何好處。我覺得妳是那兒頭腦最好的人，為什麼要讓我客戶失去一個優秀的聯邦調查局探員？」

「也就是說你也覺得火車站那裡是個爛藉口。」她說。

我得小心。她只是客套，但我不是百分之百相信她，現在還沒有。

「我想妳說的算合邏輯。但妳要記得，綁架是一樁高風險的生意，罪犯並非都跟看起來的一樣聰明。」

她啜了一口冷咖啡，那雙與我四目相交的榛果色眼睛從未閃爍，一秒也沒有。她的目光並未看穿我的心思，也沒有試圖讀我的想法，而是立起一道盾牌。

「少來了，一定還有別的。」我說。

分割螢幕上的畫面維持不變，她縮小視窗確認了其餘鏡頭。「這個綁匪——他很有耐心。他等了夠久才來接觸，大多綁匪都會慌亂，在家人還不知道自己的親人失蹤前馬上打電話要求贖金。這人沒有，而且他做足功課：他甚至知道他們在二十四小時內最準確可以準備出多少錢。你瞧，可能還有很多事是你不知道的。」

「那就把這些我不知道的事告訴我。」我說。

「我們昨天早上發現卡洛琳的車，這你的客戶也不知道。」她說。

16

每個鏡頭反饋都維持在停滯畫面，車站入口毫無動靜。時間慢慢接近凌晨三點。

「妳爲什麼不告訴他車的事？」

「你知道的，你這位客戶最知名的就是喜歡按自己的方法做事。就是因爲這個名聲，他才能走到今天的地位。我們無法承擔讓一個父親帶著槍在城裡亂跑的風險。有些事情你的客戶不能知道。爲了他好，也爲了他女兒好。」她說。

「那現在爲什麼告訴我？」我說。

「因爲事到如今這都無所謂了。霍威爾正在進行他自己的計畫，對吧？這才是他不在車站眞正的原因。」

我沒回答。

「不用擔心，沒人相信我。但是，等到證實車站只是魚目混珠、霍威爾帶著女兒回家，他們就會相信我了。而這件事一旦發生，你客戶就會面臨天大的麻煩，並且需要一個好律師。」

「如果妳眞的這麼深信不疑，爲什麼不去跟著他？」我說。

「你怎麼曉得我們沒有？」她說。

她是在虛張聲勢嗎？很難說。她任死寂持續累積，並將眼神轉回筆電螢幕。

我的解讀是：哈波就那麼一個人，沒有後援，除非華盛頓探員跟著霍威爾？我思考是否要傳簡訊給霍威爾，但沒有付諸行動，而是將雙手擺在桌上，往後一靠。

上方的燈照亮了漆黑的螢幕，我見到哈波調整筆電的角度，好同時監視螢幕和我的倒影。

我決定認爲她只是在看兩者之一。

一定是虛張聲勢——只要我一拿出手機傳訊給霍威爾，她就會知道他身負別的重任，而我的行爲正好證實了她的理論。

她說的是事實……或說有部分是事實。對霍威爾保留訊息的唯一理由，不是不讓他插手這場人質遊戲，就是因爲他也是女兒失蹤的嫌疑犯之一。

幾秒之後，我做出決定，不管怎麼做，我只會讓目前情勢變得更糟。我喝光最後一滴咖啡，完全不去碰手機。

「你們在哪裡找到車的？」

「車在森林裡一條很老舊的泥土車道上，過維吉尼亞州邊界不遠的某座墓園後面。有個出門溜狗的人申報的。我們把車拖到實驗室，沒找到什麼異常之處——不算有。沒血跡，頭枕上找到一些卡洛琳的頭髮；沒有強行進入車中的跡象，但在後座找到了一些東西：一副眼鏡。鏡片上有幾滴血。我們檢驗出血與卡洛琳的ＤＮＡ檔案不符。」

我什麼都還沒說，就見到她立刻坐挺身體，全神貫注看著電腦。

一名黑衣男子將行李箱拖在身後，走進車站。她塞起耳機，交叉雙臂。

我問她有沒有多一只，於是她——基本上是用扔的給了我一副白色耳機。我把耳機戴上，旋即把插頭遞給她，她的雙眼完全沒離開過螢幕，迅速插進第二個音源插孔。

那名男子大步走進車站，站在大廳中央無人的詢問處左方。我聽見手機響起，黑衣男子接了起來。

「我是林區。」他說。

我往前傾，好將特殊指揮官林區的聲音聽得更清楚。

另一端的聲音低沉，毫無疑問是男性，並經過電腦變聲——應該是用了偽裝聲音的裝置。音量比林區小，但還是可以聽出來。

「**去男廁**。」那聲音說。因使用了過濾聲音的裝置，嗓音聽起來很破碎，甚至有些詭異。

林區朝螢幕走來時，鏡頭跟著他，接著他便消失到視野之外。幾乎在他從其中一個鏡頭消失的同時，哈波以食指劃過觸控板，新的角度由右邊角落跳出，替換先前的畫面。男廁外一個人都沒有，林區進去後，我們就失去了畫面。

但仍能聽見他的聲音。

他那雙橡膠底的鞋子透過麥克風傳出高頻而尖刺的刮地聲。

「**第三間**。」那聲音說。

探員遲疑了，我聽得出來。嘎吱聲停下，接著聽到門往後推開的聲音。先一扇、再一扇。我推測林區試了每扇隔間門（第三間除外），以確定這地方空無一人。

「我在這裡。」林區說。

「**掀開馬桶水箱**。」他說。

我們聽到沉重的蓋子撞擊男廁亞麻地板的聲音、手銬鍊子發出的聲響，以及陶瓷水箱蓋整個掀起、放到一旁的響亮回音，以此得知林區很可能正在馬桶斗上方俯身，看進裝滿水的蓄水箱。

沖馬桶聲——這絕對不會認錯——水箱排出水，接著是某個東西從水中被提起、急促的滴答聲。

「把鑰匙從袋子裡拿出來，去置物櫃。」那聲音說。

五秒後，林區再次出現在螢幕上，右手仍拿著手機，左手拉行李箱。他停在中央位置，看向車站另一端一排排的置物櫃。左邊是一排獨立式置物櫃，一面二十個，上方十個，下方十個；反面也一樣。

「左邊。」那聲音說。

林區開始朝那方向移動——一開始慢慢的，後來，他越接近那組松木置物櫃，步伐就越快。車站極為安靜，有如週六晚上的教堂。視線可見範圍內連個站務員、警衛，甚至清潔工都沒有。

「這傢伙一定是在開我玩笑。」哈波說，接著從鼻子哼出一聲笑。

「他要林區把贖金放在一個任何人都能公開出入的車站置物櫃，而且這裡還到處都是監視攝影機，一天二十四小時。要不是超業餘，就是陷阱。」她說。

目前為止，這場綁架在我看來一點也不業餘。犯罪者不著痕跡地抓走卡洛琳．霍威爾，沒有目擊者，目前為止沒留下任何線索證據。情況大有問題，竟將贖金放在靠近就會被目擊到的公共置物櫃，就我判斷是相當愚蠢。這與誘拐行為的專業水準相抵觸，徹頭徹尾假到不行。

林區確認了連在鑰匙圈上的金屬號碼牌，很可能是在找置物櫃的號碼。

獲得消息前，林區走得很慢。現在知道了行李箱最終要去向何方，給了他足夠的動機，前往置物櫃的腳步加快了一倍。

林區將箱子放在置物櫃前方，先打開手銬，接著把手銬鑰匙收回口袋，做好準備，拿出置物櫃的鑰匙。哈波選了觀看的最佳鏡頭，放大爲全螢幕。鏡頭距離林區約十公尺，對著他的右側。

林區打開置物櫃時，門往外晃開，蓋住了他的臉。

但也只有一瞬間。

我預期聯邦探員會打開置物櫃門，抬起箱子放進去，然後等待下一道指示。例如他應該將鑰匙放到哪裡，又該在什麼時候、什麼地方接卡洛琳。

行李箱依舊站在車站蒼白的磁磚上。

不管林區在置物櫃裡他媽的看到了什麼，都足以讓他僵在原地。

17

我快速回頭確認了一下，見到瑪西把腳抬起來蹺在吧檯上，並戴上耳機，一面讀著她的羅曼史一面輕輕在椅子上前後搖動。這也是好事一樁，因爲哈波跟華盛頓探員通話時完全壓不住聲音中的驚慌。

「這是在搞什麼鬼？」她說。

我只能聽到她這邊的對話。華盛頓沒像林區一樣戴著麥克風。

「先不要讓特戰小隊行動，不要洩露身分。先等我們知道那裡面他媽的是什麼再說。」她說。

華盛頓探員衝向置物櫃和林區，那道高大且氣勢逼人的身影出現在三個不同角度的螢幕上。特別指揮官毫無動靜。不管林區看到了什麼，都沒有做任何描述。

華盛頓在距離整排置物櫃一公尺處急停，於林區身旁打住腳步。我見到他詢問領頭的探員是否沒事，接著看向右側，面對打開的置物櫃。華盛頓的雙眼逗留在那個置物櫃上，不再注意林區。影像的畫質很差，但我們可清楚看見華盛頓皺起眉頭、微張的嘴唇因爲拚命想搞清楚面前景象扭成了詭異的形狀。

「怎麼了？」哈波說。

因爲聽到哈波的聲音，我看見華盛頓瞥了一下手機，接著立刻用手指滑了一下螢幕。

「他掛我電話。」哈波說。

「理由充足。妳看。」我說。

哈波和我一起注視華盛頓將手機翻過來，對著置物櫃舉起。我們兩人都看到閃光燈亮了好幾次。華盛頓拍完照片，林區輕輕將他推到一邊，好直接看著置物櫃裡面。

哈波的手機如電鑽般震動了起來，一次又一次，華盛頓拍的照片一張張傳來。

我注意到華盛頓一直與置物櫃保持距離，僅是注視著。他從臀部口袋拿出某個小小的、白的軟垂物品：一雙乳膠手套。他戴上手套，將指頭擠進去，弄得服順；先一手，再一手，讓乳膠緊貼每根手指間的皮膚，做動作的同時眼神完全沒離開置物櫃。我想像著他過去也是如此戴了上千次橡膠手套，並猜想是否每回都要將這儀式走過一遍。

哈波打開她搭檔傳來的第一個訊息。

她的手機螢幕相當大，足以讓我們兩人輕易看見畫面。空白螢幕上有個藍色圓圈在轉，下載著第一張圖片。

「這是什麼意思？」林區問。

「**雷奧納德．霍威爾有罪。**」那聲音說。

「你說雷奧納德．霍威爾有罪是什麼意思？」林區又問。

那失真且冷漠的聲音緩慢又小心地說。

「**現在就看你了，我會遵守承諾。**」

麥克風傳來「喀」一聲，林區從右耳拔掉耳機，綁匪掛斷了。

哈波手機螢幕上的藍色漩渦消失，白色畫面被彩色照片取代。

18

「什麼玩意兒……」哈波說。

我在置物櫃中看到兩樣東西：一個是手機，躺在置物櫃的木頭層板上。後方則看到另一樣東西，並立刻覺得眼熟又陌生。因爲位於置物櫃最後方，太暗，看不清全景。

華盛頓探員拍的第二張照片是近一點的特寫。

一件衣服，看起來跟卡洛琳失蹤那天穿的白色衣服一模一樣。衣服上染了紅色，在那道紅色汙痕底下還有更多紅痕，比較淺，並組成了一個句子。用紅色馬克筆或唇膏寫成。

或者是血。

霍威爾在地下室殺死了她。

此時，手機鈴聲響起。我的關了靜音，我看到哈波檢查自己的手機。什麼也沒有。然後我們兩個突然感覺一陣尷尬——遙遠的鈴聲透過耳機傳來。車站裡有支手機在響。一開始，我無法將螢幕上發生的狀況拼湊起來。林區和華盛頓面面相覷，接著一齊看向置物櫃裡面：手機上亮起白色的來電畫面。

我確認鏡頭上的時間。

三點十三分。

林區按下接聽鍵，停止了鈴聲，緩緩將手機帶到耳邊。林區什麼也沒說，只是聽著。

那個從手機中傳進林區耳機、並在我們的耳機中響起的聲音，聽起來很熟悉。

「她在哪裡？」霍威爾說。

「霍威爾先生？我是林區探員。」

來電掛斷。

我吞下喉中湧起的苦膽汁味道。

我站起來，撥了霍威爾的手機，快速走向廁所。瑪西仍在搖晃著讀小說，邊跟著耳機中一下一下脈動的節拍咬破口香糖。

轉語音信箱。

當我聽見霍威爾的手機答錄聲，便加快了腳步。我想把自己鎖進廁所，在我留語音訊息給他時遠離哈波的聽力範圍。

然而，我甚至來不及走到廁所。

地板顫動，餐館的每扇窗戶都扭曲了，杯盤砸碎了一地，瑪西從椅子上跌下來，我走到一半、僵在原地。

這裡再也不陰暗了。

遠方，在森林再過去的位置出現沖天巨焰的火柱，就在當晚我來的方向。八百公尺外，黑色山丘的頂點上，尊榮苑的一棟大房子將夜色燒出清晨的亮度。

19

哈波探員撥手機時，我關上她那輛道奇 Charger 乘客座的門。她打直了腿，踩下油門，好像這塊油門板欠她錢似的。我都還來不及把後腦杓抽離座位，車已經出了停車場、開上高速公路。負責管理尊榮苑的霍威爾家族保全人員透過電話向哈波證實了消息。

霍威爾的房子成了一團火球。保全打了一一九，請消防車和救護車到場支援。

哈波探員按下手機上的擴音鍵，往儀表板一丟，好方便換檔。她將車速推到將近時速一百四十時，我繫上安全帶。道路依舊因雨水而滑溜，車子的抓地力大概等同在玻璃窗板上爬的響尾蛇。只要方向盤一個轉得過猛，或油門的壓力高出半分，就會導致連哈波探員也無力控制的打滑意外。

哈波臉上的表情是專注外加憤怒的。她咬著下唇，雙眼定定地注視著路面。我能看出兩件事：哈波是名技術高超的駕駛，還有她其實沒有眞的專注在路上——她的心思仍在車站裡，仍在那個置物櫃裡頭。

哈波緊咬嘴唇，車胎則緊咬著路面。我們越是接近尊榮苑，天空就越是明亮。

「開門，我們再十五秒抵達。」哈波說。

就是這麼快，她將腳從油門板上移開，稍稍放慢速度，小心不踩到煞車，而是透過換檔讓車慢下來。每換一次檔都造成引擎的一次高速轉動，隨之而來的是馬達渴望加速卻遭否決而發出的抗議聲。

她以時速五十的一個左轉進入尊榮苑，過程中以無加速狀態跑了三公尺。我緊緊抓住車門上方的把手，仍在車裡被甩過來、甩過去。哈波搞不好曾是專業車手——她技術也太好了。

「妳在哪裡學開車的？」我其實也沒那麼感興趣，只是需要一些什麼來分散恐懼——我很怕我的腦袋會撞穿擋風玻璃。

「南達科塔。」

「泥土賽道？」

「不是，拉皮德城。我的童年非常精采。」

門已經開了。許多電視記者被自己的鏡頭打亮，伴著頭頂上方、從林木線探出頭的火焰，以及隨之而生的一片橘色火霧。

一進入尊榮苑渺無人煙的靜夜街道，哈波就放手讓車子跑，慢慢穩穩地駕駛這輛猛獸。她輕踩煞車，讓它過彎，接著在直線道路上將油門踩到底。

「我爸開車行，我十三歲起就在後停車場賣甜甜圈。」

也許是因為在講話，又或者是我們漸漸靠近火場，她錯判了通往霍威爾家單線道的轉彎。車子後方失去抓地力，向右打滑，無論哈波怎麼轉動方向盤，都無法搶在後乘客座掃倒出售標誌之前讓車再次抓穩柏油地面。

「該死。」哈波說。當我們撞上第一個坑洞，她失去控制，拚命在雙臂上使力，想開回直線——但這件事沒人做得到。接著她撞進右側的木頭圍籬。不過最後證明這個發展算是走運。在V8引擎時速八十的狀況下犁過平地，總比時速四十在單行道迂迴駛過一大堆坑洞來得好。

距離房子約五百公尺的地方就能感覺到熱度。我從沒見過這麼猛烈的火勢。房子至少有一半都該死的著了火，一道黑色身影踉踉蹌蹌從前門走出來。

「抓好。」哈波說。

我以雙手手掌撐住車頂，兩腳在車底踩穩，後腦杓簡直要陷進頭枕。但當哈波再次一頭撞穿圍籬、車輪騰空、接著落在礫石紛飛的石頭車道，我的腦袋依舊撞上了車窗。

她拉了手煞車停下車，我都還沒打開車門，她已下車朝房子衝去。

到處都看不到消防車。

哈波來到礫石車道上的身影旁時，我跟上了她。

那是一名制服警察。他彎身狂咳，臉被煙燻得黑黑的，臉頰上能看到的少部分皮膚變紅，並因熱度而起皺。

「所有人都出來了嗎？」哈波說。

警察搖搖頭，一手放在我肩上，低下頭，啐出一口髒痰。

「我睡著了。在地板鼓起斷裂時醒過來。那個跛腳的……還有……還有那個妻子……在樓上。」

我看著房子，火舌舔舐著地面層大部分的房間，以及一樓的某些房間，像南瓜燈裡的蠟燭似地將它們點亮。每扇窗戶都炸開，風勢助長了整棟建築裡的火勢。警察從前門出來，火勢還沒有侵佔門廳。烈焰發出的聲響極爲恐怖，聽起來像是活物，像某種巨大凶猛、會無情將面前阻礙的一切全數呑噬的野獸。

在火燒的聲音之外，我聽見消防車的警笛聲，消防隊不要多久就會抵達。我轉身想告訴哈波我聽到消防車的聲音，但她已經沒站在我身旁。直到這時，我才聽見她靴子的重踏聲。我一個抬頭，只見她衝越由前門噴出的煙柱，消失了身影。

「該死。」我邊說邊踏上石階，跟著她衝了進去。

20

這感覺恍若走過地獄的後門。大理石門廳有一大團旋繞的黑煙，兩側房間裡則是火焰打造的牆。我抬頭見到天花板也著了火，紅紅橘橘的東西吞噬畫作，像翻倒的水銀一樣擴散到每吋表面。

懸在頭上的巨大吊燈似乎仍震撼於房子的爆炸，持續搖晃著。一大塊跟餐桌一樣大的灰泥漿壁從天花板墜下，砸碎在我旁邊的磁磚地。我把外套甩到頭上，邊咳嗽邊跑上大理石樓梯。腳下的階梯感覺暖呼呼的，但沒有著火——目前還沒。

我在第一塊樓梯平台上喊著哈波的名字。左邊走廊已被火焰填滿，右邊也一樣。基本上根本別無選擇，端看我比較想被燒死在哪一邊。我彎低身體，第一次吸進了些空氣——簡直像是吸入燃燒的汽油。

再想不出辦法就死定了。

我努力壓抑咳嗽，閉上眼睛聽。

五秒鐘。

木頭裂開的嗶剝聲，電線發出的嘶嘶與火星，在這一切之外，是吞沒整棟建築的祝融發出的怒嚎。

還有別的。我的上方有重重的腳步聲。

到了第二道階梯，我一次上兩階。二樓並沒有底下那層那麼糟，細細的火苗從插座和牆上的電線入侵，但火還沒有掌控全局。我往右走，聽到這層樓的腳步聲是往這個方向去。走廊右邊最後一扇門微微打開。我用肩膀撞開——並搶在往下墜落六公尺摔到下層前拚命抓住門框最上方。

地板中央塌了。我低頭注視著一樓的臥室，透過濃厚黑煙看見了蘇珊．霍威爾，她面朝下趴在一張木材破裂、冒著煙的床上，哈波在她身旁試圖起身。她從地板的洞掉了下去。而我在一團混亂的木頭與灰泥漿壁中看見失去意識的喬治。

我轉過身，朝剛剛來的方向衝去，下了一層樓梯朝右走，想前往我剛剛從樓上看見的房間，卻瞬間煞住腳步。

我到不了她們那裡，走廊根本是一條火紅的隧道，我的西裝因高熱而悶燒起來。

快想啊。

左邊的門是開著的，裡頭可見洗手台和馬桶。我進去，並因這房間尚未完全淪陷而興高采烈。牆上的磁磚裂了，電器插座中燒出一團火炬。蓋著浴缸的幾條布簾在冒煙，我把它們扯下來，打開水龍頭，將布浸濕，盡可能動作快。

我現在眞的開始狂咳了，胸口好似遭強酸灼傷。

我將滴著水的布簾一把甩到頭上罩住，從廁所出來，在走廊上疾奔，跑到右邊最後一間房間。門已經垮了，我衝進去，護住喬治。

「起來，我們快離開這裡。」我將其中一條布簾丟給哈波。她已扶起蘇珊．霍威爾，讓她掛在自己肩上。哈波以右手拉過布簾，覆蓋住她們兩人。我拍著喬治的臉把他打醒，他一陣狂咳。喬治和蘇珊的狀況不同，他的臉因爲灰泥而一片慘白，臉上到處都是一點一點的血跡。

我讓他站起來，但知道自己搬不動喬治和濕布簾，於是把他夾在腋下，用布簾蓋住他的頭，朝門而去。

哈波慢慢跟上來。

「我們得用跑的。」我說。

但我們跑不了。這條著火的走廊到樓梯足足有三十公尺，太長了，我們甚至沒走到一半布簾就被烤乾，並著了火。

我們扔了布簾，半跌撞半踉蹌，拚命拖著腳步往樓梯前進，好暫歇片刻。

我們都說不出話，被煙嗆住了。四人擠在樓梯最上方，到不了門廳。哈波把蘇珊放在悶燒的地毯上，哭喊出聲。

下方的大理石門廳突然爆開一條巨大裂縫。因爲實在太大，絕無可能跳過去；腳下地面在樓梯裂成兩半的瞬間移動著往下塌。

蘇珊．霍威爾醒過來，朝牆上吐出黑色的血。她的臉因爲高熱而腫起，眼皮起了水泡，正在流血。

哈波拍拍蘇珊的臉，將她抱緊。

我們下不去、出不去。沒有空氣。

而火焰更靠近了，我能感覺到。

我看著地面層，努力思考，努力想著他媽的我究竟該怎麼辦。我咳得更嚴重，身體極爲痛苦，就像有火從體內燒出來，每過一秒就更強烈，撕扯著我的皮膚、肌肉、腳上的鞋子。我一面狂喘、一面乾嘔，再也無法意識到其他人，整個溺在肺裡的黑煙與臉上奔流而下的熱淚中。

接著，一雙黑靴出現在我面前的地上。我的雙眼變得沉重，當我失去意識，感到一雙強壯的手拉扯我的雙肩。

21

我在一張軟軟的床上醒來，有東西橫過我的臉，夾得緊緊的。我坐起身，大口吸入空氣，聽見不知道是什麼的玩意兒正在我胸中到處隆隆響。接著另一陣咳嗽發作，我拚命想將那個不知道是什麼的玩意兒從臉上拿掉。

一隻強壯的手壓著我的腹部，另一手則抓住我手腕。

「放鬆，只是氧氣面罩。你沒事，消防隊把你帶出來了，你出來了。」急救人員說。他個子矮矮的，光頭，長相和善。我躺下來，轉頭四望。就目前情況，我推測我在救護車後方，但似乎沒有要前往任何一處。我沒聽到警笛聲，也沒有車輛在車陣中穿梭移動的感覺。

在對面一模一樣的輪床上，我看到了喬治。他醒著，呼吸狀態比我好上很多。我在他面罩的鼻管看到濕濕的髒痰，也看到他的胸膛穩定地上下起伏。我們兩人都沒說話，只是盡可能吸入氧氣，在橫隔膜上使力，憋住咳嗽，盡量多把好東西吸入體內。醫護人員一定也幫喬治洗了眼睛。他的眼周有一圈粉紅，但臉頰、嘴巴和頸子依舊沾滿煙灰。

我甚至對醫護人員幫我右手燒傷處纏上繃帶的處理動作毫無知覺，而因爲看見了燒傷，它的躁動就變得再也無法忽視，我弓起背，想用意志讓它停止，祈禱著能回到看見燒傷之前，回到腦中的痛覺接收器還未被啓動、進入過激狀態之前的時刻。

「我會給你一些東西止痛。」醫護人員說著，從我視線中消失。他帶著藥瓶與注射器回來，量好劑量後便伏在我身上。我感到一陣拉扯的力道，見他在我左手腕上注射藥物。這劑藥眞是福音，它立刻麻木了我的手和胸口。

我有如整個人沉進冰一般寒冷的池子。

麻木無感眞是太美好了。我試圖說話，但吐出的話語破碎難解。我閉上眼。我他媽的到底幹了什麼好事？竟然跑進一棟起火的建築？有人會說這行爲十分愚蠢，他們說的可能一點也沒錯。然而我很清楚知道自己爲什麼要這麼做，就跟我同意幫助霍威爾的原因一模一樣。

這麼做是正確的。燃燒車輛與燃燒房屋的畫面在嗎啡中泅泳，接著，我見到一名金髮的十七歲少女，不太像卡洛琳．霍威爾，也不是那個年紀的我的女兒——但也許其實是兩者的綜合。她坐在瀰漫黑煙的房間中。

而包圍女孩的是一疊又一疊燒起來的鈔票。

22

現在大約早上十點，我正在醫院病床的隔簾後方，身上穿了牛仔褲與舊T恤。我的喉嚨感覺像吸過了排氣管，一手痛得要命。每隔一陣子，我就吐出黑色的唾液，然後再喝更多的水。晚上大半時間我都狂往喉嚨裡倒水。幾小時前，我一醒來做的第一件事就是打給哈利。他不知怎麼找到另一位代班法官接下那天的待審案件，自己則去我的公寓拿上幾件衣服開車來看我。

哈利在我病床隔簾另一邊等待時，我打了電話給我的妻子克莉絲汀。醫院今晨稍早聯絡過她，因爲她是我的直系親屬，而護士打的這通電話把她嚇得魂飛魄散。我知道這麼想不對，但我不禁因爲克莉絲汀替我擔心而覺得心情不錯。我們不久前分居，她帶走了艾米，並從我們在皇后區租的房子搬了出去。

「我沒事。」我說。

「你聽起來根本就很有事，我簡直要擔心死了。你昨晚到底在搞什麼鬼？」她語氣急迫。我聽著電話另一端的聲音，有人在背景說話，是男人。我確認了一下手錶。十點十五分。

「艾米在學校嗎？」我說。

「當然啊。爲什麼問？」

「只是想說我好像聽到她的聲音，只是這樣。」

「喔不是，那是凱文。」

「凱文是誰？」我說，嗓音中的力道比我預期得重了些。

「是某個朋友。」她說。

我正打算說點什麼，卻咳了起來。我又喝了一紙杯微溫的水，舒緩喉嚨。

「妳還在嗎？」我說。

「我在。你明天本來要來看我們的，我在後面房間鋪好了床。艾米一直很期待這次坐船旅行，但我想你應該不行……」

「嗯，我不行，眞的很抱歉。我會彌補艾米的，我保證。」

「我會跟她說。老天……艾迪，你接的這些案子……」

「我知道，但我沒辦法。是說這個朋友……這個凱文是誰？」

「就是朋友。」她說，掛了電話。

技術上，我們處於冷靜期。分居是個意義十分複雜的詞。我們似乎已這樣分分合合數年。一開始是因爲工作，它消耗了我的一切，讓我有如沒有明天那樣瘋狂喝酒。我戒酒後，不知爲何依舊能把一切搞得亂七八糟。我從事的工作將家人置於險境，但我想修正這情況，等我將事務所順利做起來，就能讓我們再次成爲比較正常的家庭，也許接些沒那麼危險的案子。在那之前，我們就維持分居。如果克莉絲汀想和人約會，沒有關係——只不過並不是眞的沒有關係，一點也不是。她搬到父母在漢普頓的住處，讓艾米遠離城市——遠離我。我似乎總是會接下一些案子，到頭來反噬了自己與我最親近的人。因此我做了決定，和家人之間拉開些距離好像比較好。幾個月後，克莉絲汀在瑞佛海德的一家小法律事務所找到了訴訟律師的工作，有了自己的房子，似乎也展開了新生活。

凱文絕對是初次出現。我不認識這人，也許他真的只是某個朋友。但即便如此，我依舊產生一股想用腳踹爆他臉的強烈渴望。我必須盡快見到艾米。她會告訴我關於媽媽這位新朋友的一切。

我把手錶戴回去，收起圍在床邊的隔簾。著裝完畢後，哈利將我打量了一遍。

「是說，你總可以幫我拿一下內衣吧？」我說。

「艾迪，我去了三次越南，是第一個在美國陸軍爬到上尉官階的非裔美國人；我曾在一大堆民權遊行中遭石頭和口水連番洗禮，我打了二十起蓄意謀殺案的官司，幾乎數不清這輩子總共收到多少死亡威脅——但我告訴你，打開你放內衣的抽屜基本上完全超出我勇氣的極限。」哈利說。

笑聲跟著咳嗽一起發作，哈利拍著我的背。

「你竟然進去裡頭，眞是有夠蠢的。」

「你也會這麼做的。」我說。

他聳聳肩，整了整西裝外套。哈利一向穿最好的衣服。海軍藍兩件式西裝，淺藍色襯衫，海軍藍領帶，上面有紅色斜條紋。只有他的一頭蓬亂白髮看起來比較邋遢。不過我知道，等到傍晚十點，領帶會繞在燈罩上，襯衫會打開，哈利的手中則會有一杯酒。不過，至少他總是以最佳狀態開始這一天。各個區域狀況都不同——紐約高等法官總是一身勁裝出現。然而，即便哈利洗了澡、刮了鬍子，穿上平常那派溫文儒雅的打扮，看起來仍不怎麼神清氣爽。他眼下的眼袋有點太大了，聲音也很沙啞。

「你找到了些什麼？」我說。

「蘇珊．霍威爾仍因吸入濃煙不怎麼好，輕微燒傷，但她沒事。另一個人也一樣，喬治．范迪克。沒人願意告訴我哈波探員怎麼了，只說她獲得治療，並在今天清晨出院。我跟林區探員聯絡上，他不願確認哈波探員的狀況，但說沒有任何人被落下，火場中沒有人受到重傷；還是沒有雷奧納德．霍威爾的任何消息或跡象。」

我點點頭。「謝謝你幫我付了醫院帳單，我會還你。」

哈利揮揮手，打發了我的心意。今天早上我發現我的醫療保險並不包含自己跑進起火建築這一項，而且大家都認爲騙子一定心懷不軌，是哈利幫我付清醫療費。儘管他這麼表示，我還是會還他錢。

我打了霍威爾的手機，一定是關了。一部分的我認爲應該打給調查局——要是霍威爾、麥卡利和馬龍死了，正躺在某處的某條大溝之中，而贖金不翼而飛怎麼辦？我用氣音低聲咒罵，決定多給他一點時間。也許一切都按照計畫進行，只是在風平浪靜之前他得躲在某個地方……雖然我很懷疑，但不能排除這個可能性，現在還不能。

我們坐電梯來到停車場，上了哈利的英國牌跑車。那感覺和美國跑車很像，除了在轉過彎時不會試圖奪你性命，而且看起來好像特別爲了比我體格小上許多的人打造。我的膝蓋卡到了儀表板，哈利開車載我們離開停車場，上高速公路。

「你確定要去霍威爾家？」他說。

「我想跟調查局談談，看看他們在火災現場找到什麼線索。」我說。

哈利嘖了一聲。

「眞正的原因是？」

我露出微笑。我還眞是沒什麼事能瞞得過哈利。「如果我黏調查局緊一點，也許能查出昨晚到底出了什麼錯。火災、車站，這都是有心人刻意設下的陷阱。我要知道誰在暗中操弄。」

我試圖用電話聯絡了霍威爾好多次，一次也沒有成功。我得見他，告訴他我在車站的攝影機畫面上看到了什麼。我請哈利確認報紙和新聞頻道，可是完全沒有針對綁架的報導——全都在講火災。

那件衣服，橫著寫在胸口的那句話。

霍威爾在地下室殺死了她。

我跟霍威爾相處的時間不長，但就我所見，他不會是殺人犯，他連女兒的一根汗毛都不會傷害。然而，光是想到置物櫃裡那件衣服我就渾身發冷。

ＭＧ跑車在公路上勉力加速到九十，儘管敞篷打開，七月的濕氣依舊讓我們在車裡汗如雨下。這對我來說特別不舒服。我的右手灼痛得快死了，汗水刺痛前額。我還沒洗澡，每過一陣子，我就會聞到頭髮裡冒出火的味道。

「總之，你昨晚衝進起火建築時，我正在思考麥斯．寇普蘭和我們那張傳票。原本的檔案和其他未解懸案都收於你在丹波區的出租倉庫空間，我去了那裡，付了天價，讓倉庫公司那個保全放我進去拿那些裝箱的檔案，花了一小時才找到那該死的東西。你是沒想過搞個歸檔系統嗎？」他說。

「那個，提醒我換家倉庫公司。」我說。

「總之，今天早上來接你之前，我把檔案看了一遍，影印了副本，並把原本留在你辦公室。等霍威爾的這些風波平靜下來後，你可以寄去給寇普蘭。」

「從檔案上有看到什麼嗎？」

「不太有，我只想起一點點。大多是火災的細節。茱莉有毒癮，一直在吸古柯鹼。消防隊長在房間找到吸毒用的碗，但沒有起火源；嬰兒房裡潑滿汽油，檢警當局主張她吸毒過嗨，打算燒了整間嬰兒房，讓女兒的死看起來像意外，但在途中某個瞬間，她無法進行到最後，火勢卻超出了控制——於是她就編出那個戴面罩男子的故事，好掩蓋自己犯的罪。」

「聽起來有點不合理，不覺得嗎？」

「但陪審團不這麼想。他們花了二十三分鐘就交出有罪判決。」他說。

他壓低聲音。最後這幾個字幾乎是用氣音說出來。這樁官司對哈利而言依舊很痛苦。哈利必須實踐民法與刑法，此事先於法務辦公室的營運。他將我納入保護，幫助我進入法學院，讓我當個職員、爲他工作。當我想和傑克·哈洛蘭一起開自己的法律事務所，哈利和他的舊搭檔給了我們一個開始：他們緩下接案的速度，將少數還在手上的客戶交給我們。我欠他太多了。在哈利的忠告裡，有一件事我會永遠記得：成功十分甜美，但會很快遺忘；可是錯誤會跟著你，永永遠遠。

他搖搖頭，我見他將瀕臨爆炸的情緒吞下。

「現在想想，我們根本還沒開始就被打敗了。她的頭上挨了一記，很重的一記，自己也差點沒命。但她想不起發生了什麼事，想不起全部細節。她記得看到一個穿全黑的男人，堅稱那人是凶手，唯一的問題在於：沒人看見他。警察問了每個當地人——幾乎是能力所及可以找到、當天有出門並且經過她家的人。她住的是一間小屋，非常偏僻，位在孤立又偏遠的地方。找不到任何陌生車輛或非當地人。她的一面之詞沒有人相信。」

「除了你。」我說。

「除了我。」

我們兩人都安靜了一會兒。我不想拿問題轟炸哈利。談論此案對他來說很艱難，但有些事情我得知道。

「你知道這個上訴爲什麼會突然在這個時候冒出來嗎？」我說。

「一點頭緒也沒有。可能是有新證據？我不曉得。」

「你還是沒告訴我究竟是什麼原因讓你相信她是無辜的？」

他安靜下來，雙手緊握著方向盤。

「我讓你自己去讀檔案。」最終他說。看來有些事甚至痛苦得令他說不出口。

去霍威爾家的路上，我跟哈利稍微提起我介入的過程，但保留了部分事實。這對哈利來說會比較簡單。無論如何，他仍是法官。幫委託人從聯邦調查局那裡把與探員的手腕銬在一起的一千萬摸過來，這種事似乎不該跟他提起。

即便我把一切告訴哈利，腦海深處也清楚他不會出賣我。他是我最好的朋友，年齡差距對於我們似乎完全不造成困擾。我想大喝特喝的時候，哈利依舊能以酒量壓倒我。謝天謝地的是，這些日子以來這種情況已經越來越少見，也離我越來越遠了。

距離尊榮苑還有二、三十公里，我們已經可以看到地平線上羽毛狀的煙雲。

我的手機響起。

是霍威爾。

「你沒事吧？救到卡洛琳了嗎？」我說。

「沒有。蘇珊沒事吧？調查局什麼都不肯跟我說。你還在醫院嗎？」

他的聲音粗啞，滿含淚水與驚慌。

「就我所知，蘇珊沒事。她還在醫院，我出院了，正在去你家的路上。跟你談判的結果相比，我想車站那裡好像不只是單純的陷阱，你打給林區的電話被放在用來交贖金的置物櫃，裡頭還有一件衣服，看起來很像卡洛琳失蹤那天穿的。上面有則訊息——『霍威爾在地下室殺了她』。墓園那裡到底出了什麼事？」

他安靜下來，呼吸在電話另一頭聽來顫抖、雜音嗡嗡。

「我們到了墓園，我應該要把錢給克萊斯勒紀念堂裡的某個人，麥卡利在我身後掩護，馬龍則在前面偵察。周遭空無一人，紀念堂裡什麼人也沒有，牆上只用膠帶貼了一張紙，上面寫了兩組電話號碼。我打了第一個，就是接通了林區的那支，第二個號碼則響了一聲就斷掉。我又試一次，但就無法接通了。我只記得這樣，接下來我就被照在臉上的太陽弄醒。有人從後面把我打昏。麥卡利和馬龍不見了。上面有電話號碼的紙也是，還有錢。」

「什麼？你覺得麥卡利和馬龍設計陷害你嗎？」

「我不知道，但我很懷疑。我現在在家，調查局的人在這兒貼身監視我。他們好像在考慮要逮捕我。」

23

在開往霍威爾家的那條單線道上，哈利抱怨了一整路。他車子小小的輪胎在柏油路上的坑洞蹦入蹦出、上下彈撞，我的雙膝和燒傷的手一次次感到灼痛。他努力想避開，但坑洞實在太多了。這條路開了好久，我看到哈波那輛車不到幾小時前壓出的重重轍痕就在旁邊的土地上，而躺在前方的是我們爲了開上車道撞破的圍籬殘骸。

我們來到路的盡頭，哈利將車調了個頭停下，讓我在警察封鎖線後下車。房子周遭半徑十五公尺的區域都成爲犯罪現場，以封鎖線隔離。兩輛消防車靜靜在屋旁待命，一輛消防車正將最後一點水傾倒在已成焦炭廢墟的房子上。一夜之間出現了更多警察和聯邦調查局的車；特戰小隊不見了，哈波的道奇 Charger 仍在那兒。所有人的注意力都在那棟房子上。一名戴著黃色消防帽的男人緩慢且小心地走過前門。我注視著昨晚曾讚嘆過的大宅許久，空蕩窗戶周圍的磚造結構有黑色汙痕，右側屋頂部分崩塌，煙嗆味依舊濃重、揮之不去。

我看見霍威爾坐在六公尺外一段崩壞的圍籬上。他看著我接近，一名探員從遠處監視著霍威爾。

「發生了什麼事？」我說。

他的眼神道盡一切：有失去、有困惑，臉上是毫無掩飾又緊繃的痛楚。他吞了口口水，擦去在臉上留下斑斑條紋的淚，雙手扒過頭髮。

「你還好吧?」我說。

「調查局不讓我接近房子。我打到醫院,蘇珊應該會沒事,喬治也是。護士跟我說是你把他們從房子裡拖出來的,謝謝你。」

「謝什麼。到最後還不是靠那些消防隊把我和那個女聯邦探員哈波救出來,是她先救出蘇珊的。是說,交贖金爲什麼會出錯?你怎麼想?」

「不管抓她的是什麼人……他們是想懲罰我,艾迪,這些混帳要我下地獄。他們爲什麼不直接拿槍射我就好?爲什麼一定要把我女兒牽扯進來?」

他弓起雙肩、瘋狂顫抖,彷彿就要崩潰。我一手放在他背上,把他轉過來,另一手也放上他肩膀。他不在乎什麼錢,不在乎坐牢,也不在乎房子,甚至不在乎他的太太。卡洛琳對這人來說就是一切。他差一點點就可以帶她回家——而今他卻什麼也沒有了。我沒有任何能對他說的話,沒有任何事物能給他安慰——就算只是一瞬間也好。他輕輕將我推開,頭垂到雙膝之間。霍威爾已得出結論:卡洛琳一定死了。我幾乎見到那念頭有如一隻暗黑且畸醜的生物,以爪抓撓著他的背。

我突然轉過身,有些動靜吸引了我的注意力。房子那邊有一名聯邦探員朝前門跑去,那個方向突然傳來一陣喊聲,有更多探員和警員上前。我見到林區從人群後方朝前飛奔,把擋路者一一推開。在那一小群調查局的人中可見華盛頓高大的身影,旁邊正是哈波。華盛頓靠在深色轎車的引擎蓋上,交叉著雙臂,同時跟哈波交頭接耳。她換了襯衫,狀態看起來比我好上許多。兩人都注視著房子的前方入口。

戴黃色消防帽的人在門檻處勉強可見,他跪下來,指著下方。少少幾名警察和調查局人員先上前將他包圍，沒多久我就連他人都看不到了。

我鑽過封鎖線，走到兩個人身邊。他們跟房子前門的人一樣戴著黃色消防帽，身穿安全反光背心。我經過他們時見到背心上的標誌：葛利結構工程公司。

沒有人阻止我接近房子，他們都忙著從門廳窺看裡頭的一片漆黑。我禮貌地以手肘推開那群探員和警員，直到能稍微看到裡面一眼。我往回一瞥，見到哈波對我揮了個手。我點點頭，轉回房子的方向。

消防帽將手電筒光束往下方照，林區在用對講機，專注地聽著耳中的麥克風。

「你確定是血？」林區說。

他聽著、等待著。

大理石地面早已坍塌，能夠直接看進地下室。從手電筒燈能照到的瓦礫堆和旋繞的白色灰塵中，我好像看到了什麼。接著，兩名穿戴白色防護衣和消防帽的犯罪現場技術人員從地下室爬出，手上抓了條繩索，順著爬上瓦礫堆，從地面層的洞出來。其中一人拿著一個很大的透明塑膠證物袋，我從裡面看見一把像長刀的東西。

「就是這個。」林區邊說邊從我身旁走過。

我對底下其中一名技術人員伸出一手，他握住了。我拉著他爬上最後幾塊磚的距離，直到回到地面層。

「你在底下看到了什麼？林區說了一些跟血有關的事。」我說。

那名技術人員在防護衣裡直冒汗，我迴避他的視線。目前我進入了犯罪現場的範圍，還沒有人把我丟出去——至少現在還沒。我猜最可能的原因是他們全都太興奮，而且很可能把我跟來確認現場哪些區域可安全進入的工程師搞混了。

我感到技術人員注視著我，於是遞給他半瓶水。

「謝謝，」他說：「沒有屍體，不過獲得的東西還算不錯：牆上有血跡噴灑，看起來血量很多，可能來自大動脈。她是死在底下的，沒有人那樣還能活。我們從牆上採集到足夠的血液進行現場檢驗——與卡洛琳的血型符合。我們也找到應該是凶器的東西。」技術人員說。

「這打從幾時變成了謀殺調查？」我說。

「從霍威爾搞了個假交換行動、偷走一千萬、試圖炸掉犯罪現場、隱藏證據的時候。」技術人員說。

我轉過身朝霍威爾奔去。

林區探員和幾個我不知道名字的調查局人員已來到霍威爾坐的那段崩塌的圍籬邊，告訴他這個壞消息，並在他身體一彎、發出撕心裂肺的吼叫時將他拿下。他發了狂，雙臂狂揮，臉面因驚懼而扭曲。他的身心都陷入震驚，有如進行一場自由落體，恐慌與痛楚正競相搶奪控制他的權力。

林區探員根本不吃這套。他知道霍威爾不會聽他說什麼，這人已陷入瀰漫著濃厚死亡氣息的悲傷中。林區沒被嚇倒，而我非常清楚接下來將如何發展。

林區揚起嗓音，幾乎用吼的蓋過霍威爾的哭喊。音量之大，足以讓我聽得一清二楚。

「霍威爾先生，昨晚之後我們打電話給你的承保人，贖金是一千萬元，我們只拿到兩百萬。霍威爾先生，現在我別無選擇：我們以謀殺你的女兒卡洛琳．霍威爾的罪名將你逮捕。你有權保持緘默，也有權與律師……」

這事發生時我人在三公尺外。一名聯邦探員把霍威爾轉過身銬住，林區和其他探員站在相隔不遠的位置注視著，聽著林區對霍威爾宣讀緘默權。

霍威爾則順勢扭身，借力使力轉過來抓住探員的手肘，將他在泥土地上摔個狗吃屎，接著再轉三百六十度，面向林區與其他探員。

一點五公尺外的我肺臟彷彿溺進某些黏糊糊的東西中，無法呼吸。

不知怎麼，我知道霍威爾打算做什麼。我幾乎能在腦中見他旋身。

他喉中逸出一個聲響，一個赤裸且原始的嗥叫。

他將手伸到身後。

一公尺。

那手帶著一把槍回到原處，林區和其他調查局的人從原先的站位稍退，作勢要拿武器。

但霍威爾不會威脅到他們。

霍威爾右手中的槍向側邊一歪上舉，他的二頭肌緊縮，手腕一轉，槍管朝向自己頭側。

我以肩膀朝他腹部一撞，槍聲響起。

我們一同滾倒在地。

他的槍落在我身邊。

我倉皇跪起，見到他躺在泥地上痛哭，人還活著，毫髮無傷，那一槍飛越頭頂。霍威爾立刻被數隻強壯的手翻過來，雙臂固定到身後銬起。

看出誰是騙子的方式有很多。情緒是很真實的，假裝不來。愛很眞實，恨也一樣，痛苦則比起上述一切要更眞切。我知道陷入痛苦是什麼模樣，而且能從霍威爾周遭的空氣嘗到那滋味。失去孩子是永遠無法痊癒的傷痛，傷口會就這麼綻開、汩汩流血，永永遠遠。

痛苦即真相。

那對我來說已經足夠。

「目前我的委託人無可奉告。」我說。

時間。

霍威爾需要時間冷靜；冷靜下來思考，冷靜下來想通一切。

但時間也可以很殘酷。時間似乎能記住你的每個承諾，即使你自己記不住。假使聯邦調查局沒有錯，那麼卡洛琳．霍威爾就是在她自家的地下室遭到謀殺的。

我見到哈波探員站在六公尺外，我們注視著彼此的雙眼，接著她移開視線。這場逮捕毫無榮耀可言，沒有誰勝利。頃刻間，我覺得哈波探員與我有著共同的信仰：不管卡洛琳．霍威爾發生何事，都不是她父親下的手。

但知道與設法證明，是非常不同的兩件事。

第二部

二〇一一，八月二日
東兄弟群島犯罪精神醫院，紐約

茱莉．羅森在那天之前從未有過訪客，現在卻來了兩個人探望她。護理員扶著她的手臂帶她到訪客室，茱莉在他身旁，慢慢地拖著腳步，抓著點滴架支撐身體。

兩名客人在等她。今天天氣不錯。

他們三個一起坐在家庭室裡，俯瞰著毗鄰的里克斯島。好長一段時間，茱莉無語地坐著，她希望自己帶了髮夾。每一次，只要有一綹頭髮從臉龐左側落下，她總會迅速、小心地把頭髮撥到耳後。人們不喜歡看到她頭側的疤痕，她也會仔細地用長長的棕髮把它藏起。同樣，茱莉也總是穿著長袖上衣，蓋住燒傷。高的那名男人站起來，立在窗邊，看著蒼白天空中成隊飛翔的雁。

她很高興那人走開了，高的那人嚇到了她。她覺得他的臉面好像有哪裡不太對勁。

另一人吸吮著一根冰棒，什麼也沒說。他也給茱莉帶了一根，是櫻桃口味，她的最愛。他告訴她，他們在遊客中心賣糖果棒、雪泥和冰淇淋。她謝過他，說要留著等會兒再吃。他們坐下來，茱莉開始說話。這人，這和藹的人，這溫和的人，茱莉喜歡他，但不清楚原因。她的藥讓她時而神智迷糊。她告訴那人好多事，她說自己害怕醫院會在她死前就關閉，要是這樣，那真的是世上最糟的事。茱莉也許不會喜歡新醫院的病房。那一定會不一樣，不會跟這裡一樣。這個新的病房會有新的角落、新的陰影，而過往的事物可能會在那些陰影中滋長。

單是想到這件事就讓她害怕。醫生告訴過茱莉，說她不該專注於任何會讓她害怕或心情不好的事物。當她那麼做，護理員會來把她綁起來、扎她針，讓她睡覺。

那人用蒼白的嘴吃掉木棍上最後一點冰。

他將她的手握在手中，對她低聲呢喃。

「妳寄了一封信給我。」他說。

然後她就想起來了。兩個月前，來了一封給茱莉的信，一開始她覺得這件事很陌生，而且對她沒有意義。但慢慢地，那些字句涓滴淌入心中。那紮實且優雅的黑色字跡透過受損的神經路徑迂迴穿入，將門解鎖，釋放出那道畸形的黑色身影，亦即在茱莉夢中不斷侵擾她的惡魔。一直到了那時候，茱莉才明白那些身影不是她想像出來的，是真實存在她記憶中。

然後，在她房間的冰冷寂靜中，她拿著信，想起了一切。她將信寄給了那位紳士，而今，他來了。

而且記憶隨他一起，一面怒吼一面回歸。她立刻意識到自己失去了什麼，太多了，多到沒有人能承受，在一個呼吸的瞬間失去了那麼多，她又感受了一次。她見到嬰兒房中的黑色人影，聞到汽油的味道，感受到那些恐怖火焰發出的熱度。但她已明瞭不能相信記憶。她的腦中有許多鬼魂，往往會讓一切變得——很奇怪。在這件事發生前她受到了一擊，至少她還記得這個。那天剩下的畫面仍然模糊，在古柯鹼菸斗冒出的煙雲與頭部傷口噴出的血霧中迷濛不清。

她看見了這房間，有如從一場漫長且灰暗的夢中醒來。玩具，褪色盒中的桌遊，老舊畫作擦光粉的氣味。她是多麼喜愛新鮮畫作散發的酸蝕氣味。這一切彷彿突然出現，卻又好像一直都在。只不過，現在她能再次看見、聞到這些——家人用過、人們用過、孩子用過的事物。

但這些東西對她來說沒有用。不要多久，無論是什麼都對她沒有用了。那位紳士初次見她時吃了一驚，她看得出來。她的皮膚從去年開始轉黃，接著開始胃痛。醫生向她保證只要洗腎就可以治療，但茱莉不想那樣。她的時間到了。現在，因為身上有汗水，她的皮膚看起來幾乎呈現金色，甚至連眼白都轉黃了，像頭大貓的雙眼。

她知道護理員正在看，所以她擦去淚水，緊緊握住那位訪客的手。

當她開口，聲音聽起來更強壯，也更清楚，不過依然像是幽魂的低喃，因為那嗓音中帶著人生被毀而產生的一切黑暗、痛苦與憤怒。

「答應我，」茱莉說：「你要讓他們吃盡苦頭。」

那名紳士站起，點點頭。他答應了她，向她發誓會確實按照她的要求去做，接著他便離開房間，高個子跟在他身後。

那名好心的護理員山姆讓她留在訪客室裡吃櫻桃冰棒。真的很好吃。冰冷卻了她咬破臉頰內側生出的潰瘍。沒有多久了，她可以感到自己的身體漸漸棄守，也許再一天，或兩天吧。

無所謂了。茱莉忍耐了那麼多，現在她知道，那些錯待她的人將承受超乎想像的折磨。她非常確定。因為那人如此對她承諾。

那位紳士不會食言。

24

尊榮苑火災後六個月

辯護律師麥斯．寇普蘭的辦公室跟想像中的有錢律師不一樣。但話說回來，我的辦公室也是兼作公寓，雖說客戶從沒機會看到後方的小臥室。所以，我想我那裡應該能達到工作空間的標準……算是吧。

寇普蘭的辦公室實行極簡風格，看起來更像瑞典的安樂死診所等候室。總機穿著貼身白色服飾，端坐在一張白色皮革椅上，位於玻璃桌後方。桌上的白色電話旁擱著一台白色筆電，幾根白色百合從玻璃花瓶中啪嗒落下，綠色莖幹是這彷彿消毒過的接待區唯一的顏色。訪客可以坐在U形白色塑膠長椅上，或選擇皮革沙發。順帶一提，沙發也是白的。

辦公室其餘區域看起來活像毛玻璃做的迷宮。

我在那裡整整站了六分鐘。

接待人員沒告訴我她叫什麼名字。她是位金髮女子，而且是那種十分有魅力卻讓人猜不出年齡的女性。我推測她在二十五到四十五之間……然後我就聽到金屬敲擊玻璃的聲音。

「你可以進去了，右邊第一間。」她說。

我鬆了一口氣。站在那裡總覺得光是我的存在就破壞了這地方的整潔。

差不多有六個月的時間了，羅森的上訴案幾乎什麼動靜也沒有。我想過直接去和寇普蘭正面對決，但哈利不肯。他說，只要讓上訴順其自然，不要挑釁寇普蘭，他也不見得一定會訴請聽證會，畢竟有非常多上訴提出又被駁回，哈利見過太多了。然後，三天前，寇普蘭提出申請，要在法庭上讓上訴進行完整的聽證，因爲他已完成調查。這樁案件會在兩週內來到上訴法官面前。

現在似乎是見寇普蘭的最好時機。上週以前，羅森上訴案什麼進展都沒有，而我一直拚了命地在準備霍威爾的官司，以及他訂在今晨的審判。在我投入這件事前得去見見寇普蘭。之後霍威爾的審判一開跑，我就不會有時間這麼做了。如果霍威爾不想進監獄，就需要我付出全部時間。所幸目前還沒有人搞清楚霍威爾是怎麼拿到銬在林區探員手腕上的一千萬美金。不過那也沒有什麼差別，尤其霍威爾可能因謀殺女兒的罪名身敗名裂。

哈利認爲羅森上訴案會自行落幕的判斷最後證明是毫無根據。我沒有告訴哈利我要來這兒，不然他一定會阻止——而且他很可能是對的。來這裡實在是大錯特錯，但我必須讓寇普蘭知道，如果他想將矛頭對準哈利·福特，就要付出相應的代價。說不定我可以讓他對上訴三思一下。

這條玻璃走廊帶著我前往右邊一扇打開的門。前方對側還有其他的門，但我予以忽視，直接按指示進入右方第一扇門。

這間辦公室至少還有扇窗。我能看見對面的熨斗大廈，以及更遠的建築屋頂上一層層積雪。辦公室本身跟接待處相去不遠，一側是壓克力抽屜收納櫃（毫無疑問，裡頭收藏著海量案件檔案），我看到另一側有玻璃桌面的桌子，桌後坐的則是寇普蘭。他掃視那疊紙頁時，以一手支頭。寇普蘭身穿漆黑的西裝，淡紫襯衫與黑色領帶。此人接近六十歲，有著濃密白鬍子，光頭。

他沒注意到我，只是持續閱讀。

「寇普蘭先生，我……」

「我知道你是誰。你想要什麼？」他說。

「我是在想，要是我也能搞一間這樣的辦公室，應該不錯。你確定你是在這裡做法務相關工作嗎？在我看來，你和外面那位有個性的小姐可以穿上白大掛，把這裡當實驗室開張營業。」

這話使他抬起了頭。寇普蘭的嘴唇緊緊抿在一起，看我的眼神彷彿我是他那塊香奈兒白地毯上沾到的屎。

「你想要什麼？」他說。

我慢慢朝桌子走去，讓他明白他嚇不倒我。

「我要你撤掉羅森案的上訴。茱莉．羅森被判有罪，這判決也許是錯的，又也許是對的——但她已經死了，願她靈魂安息。折磨爲她奮戰的律師並不能讓她死而復生。」

「有些人是能夠從上訴中看到好處的，我就是其一。如果你只是想來告訴我這些話，那你可以走了。」

「指示你這件案子的人到底是誰？就我們目前所知，茱莉．羅森沒有親戚或朋友，鐵定也沒有人能負擔你的收費。」

「我有客戶保密協議。現在呢，如果你不介意……」他按了電話操作板上的一個按鈕，螢幕一角立刻閃現紅光。

「爲什麼是現在？都過了這麼多年？」

「你可能還沒搞懂，但我不需要對你做任何解釋。」

「問題在於：我覺得你需要。如果是爲某人的清白奮戰，原因很正當，毫無疑問。但在這麼做的過程中並不需要毀了一個好人。」

「——哈利．福特——你就直接把法官的名字講出來吧。」他在辦公椅上往後靠，雙臂交叉在胸前，臉上展露出享受的神情。這是我第一次見到。

「是，福特法官。他比誰都努力爲她的案子奔走。想想你做的這些事。你過去傷害過非常多人，我聽說有很多殺人犯之所以能用自由之身在這城市到處來去，全是因爲付錢給你，讓你處理他們的上訴。而在這個過程中，你摧毀了很多優秀的律師。我不願意讓你傷害別人，尤其是哈利．福特。」

「如果他沒有做錯什麼，就沒什麼好怕。但我認爲他沒有對客戶盡應盡的責任，她根本不該受審。我會使出渾身解數替她打官司，這是我對我客戶的責任。如果在這個上訴過程中毀了一個好法官，那我只能說，這不過是附帶的好處。」

「那你對這裡市民的責任呢？你以爲買下一間他媽的乾淨到爆的空間、瘋狂接案，就能磨掉鞋底的髒東西嗎？你再想一下，你一邊說自己使盡渾身解數替客戶辯護，實際上一邊在做的是這個：因爲證據上的一個程序錯誤，就放強暴小孩的犯人逍遙法外。我們都欠這座城市一個責任，我們做的宣誓就是這樣在要求我們。不要拖著哈利一起萬劫不復。」

我身後的門打開，一名穿著黑西裝的高大男子進了房間。他頭髮理成平頭，與那副剛硬的五官很搭。嘴唇細薄，腦袋寬大，雙臂長且粗壯，雙手覆滿刺青。

保全。

「那麼你又打算怎麼做？弗林，你要寫信給律師工會嗎？要跟警察申訴嗎？去啊，我一點也不擔心他們。」

我靠向他的桌子，傾過身，雙手放在那片玻璃上。保全人員上前站到我身邊，做好萬全準備，只要我打算去動寇普蘭，他會立刻出手。

「你唯一需要擔心的人就是我。如果你對哈利出手，我會找你算帳。」

寇普蘭連眼睛都不眨一下。

「弗林先生，如果你這麼做，就眞的太蠢了——而且非常危險。你不過是隻小蝦米，與敗在我手下的其他律師沒有兩樣，我他媽的可是條厲害的大鯨魚。你知道我爲什麼會在上訴時拿律師當箭靶嗎？因爲我需要一個譴責的對象。檢察官和法官通常禁得起批評，但被告的辯護律師呢？沒人會爲那些人說話。此外，世上辯護律師越少，我的生意就越多。就算你來插手也什麼都改變不了。」

這人完全是鐵石心腸，無法動搖。我現在知道來這裡是大錯特錯了。我站挺身體，雙手在玻璃上留下濕濕的手印。寇普蘭看著桌上的髒汙，嘖了一聲，從胸口的口袋抽出一條紅色絲質手帕，憤怒地擦起桌子。擦完後他抬頭怒瞪著我。

「你怎麼還在？快走，不然就是被拎出去。你根本嚇不倒我，我遇過更了不起的律師，甚至可說是最厲害的律師——比你厲害得多。」他說。

「這我不懷疑，但我偷偷告訴你一個祕密——我**不是**什麼好人，完全不是。別碰哈利，不然你就會知道我可以多邪惡。」

寇普蘭的眼神越過我望向留平頭的男人。「熊仔，讓弗林先生的臉好好『接觸』一下人行道，知道了嗎？」

那傢伙的眞名絕對不是熊仔，我可以賭命發誓。如果你想要找私人保全的工作，必然要用個能助長威嚇感，或聽了讓人有安全感的名字。有在關注這行的私人保全都會有個什麼「熊仔」、「毒蛇」或「戰斧」的名字。要是能在保全大集會時負責寫個人名牌，鐵定樂趣十足。

「夠了，你該滾了。」熊仔說。

他往旁側身，來到我正後方。我感到他的右臂一把橫過我的喉嚨，右手指緊扣左上臂，往後一傾，勒住了我。當他開始往後走，我別無選擇，只能跟著他一起後退。

我把這場會面整個搞砸了。我對他施的巧計沒有成功，還讓他反過來利用哈利影響到我。這人知道我的底細，知道哈利對我有多重要。

眞是個愚蠢的錯誤。

爲了得到些空氣，我把熊仔的手臂往下拽。其實他抓住我的瞬間，我就打算讓他就這樣將我帶出辦公室。場面已經很糟了，再弄得更糟沒什麼意義。

「讓弗林了解一下那些威脅我的人是什麼下場。」寇普蘭說。

這話聽起來可不只是要把我扔到街上那麼簡單。那打手扣住我頸子的右臂反勾得更緊，左手因此得空，我的後腦杓遭到一擊，一陣尖銳的刺痛傳來。

「我一定會讓他了解的。」熊仔表示。從他回答的方式，我知道他在微笑。這人鐵定非常享受自己的工作。

我判斷我的處境應該只會更糟，因此沒有必要壓抑憤怒。要做的第一件事是掙脫束縛——

這簡單。我用拇指摳著他手掌中央，用力擠壓，直到感覺到骨頭——精確地說，是感覺到兩根骨頭。我先確認拇指壓在他中間那幾根手指的骨頭後方，再灌注幾分壓迫。他的手指立刻鬆開，箝制我的力道馬上減弱。

但我不是要解開他對我喉嚨的箝制，只是要他稍微張開手——他的確這麼做了——剛好能讓我抓住他的小指。

不管一個人的個頭多大、力氣多猛，只要內行人抓住你其中一根指頭，這場打鬥還沒開始就已宣告結束。

他往我後腦杓的一敲惹毛了我，而這是我第一次下手過重。

一個聲音傳出，像一袋爆米花在微波爐裡爆開。只不過，那個逼逼剝剝聲是來自細小的骨頭，精確地說，是那傢伙的指頭軟骨、肌腱和韌帶。

我放開手，轉身面向他。那人臉色刷白，張著嘴，渾身顫抖，汗水從前額滑下。他非常戲劇化地不去看自己的手，但當他真的看了，手指不自然的角度彷彿抽走了他整張臉所剩無幾的血色。他雙腿一軟，在屁股碰地之前趕緊坐到角落一張椅子上。

我有點後悔傷了這傢伙。即便在我一股腦兒扭轉他的骨頭、直到在我手中斷裂的當下，我腦海深處仍然明白自己並不是想弄傷那個保全的手，而是想傷害另一個人。

我朝寇普蘭辦公室的門走去，沒有轉頭看保全一眼，直接說道：「叫你的寵物把爪子收好，這件事還沒結束。」

在他辦公室門關上之前，我聽到他在我身後喊著：

「沒有錯，弗林，這一切才剛開始。」

25

我費盡千辛萬苦從亨利哈德遜公園大道離開曼哈頓，接著上鋸木廠河公園大道到揚克斯，在那裡找到布朗克斯河與另一條柏油路。公路一側的積雪已因往來車輛的廢氣和泥土轉黑，交通雖繁忙，但有在移動。這條從紐約前往白原市西徹斯特郡立法院的四十公里，我開車開了一個半小時。

在路上，我稍微得空回想過去這幾個月。

霍威爾家火災後幾天，我前去瑞佛海德看克莉絲汀和艾米。我先打了電話，確定她的父母不在家。我跟岳父母關係頗融洽——他們對克莉絲汀狂發牢騷、大肆抱怨我配不上她，而我對此予以忽視。嚴格說，這關係眞是相當完美。

探訪艾米變成常態，一週一次。最近她交到了些好朋友，有些週末會讓我找不到人，因爲她去好朋友家過夜或去露營——之類的。而我的工作也變得更忙了。一般大眾遭到逮捕時可是不會考慮到自己律師的社交生活。因此，我如果大多週五或週六夜待在分局，就表示常態性的每週探訪必須調整，變成在週日東一點、西一點的零散時間。那一天我仍時不時會咳出一些黑痰，手依舊痛得讓人想死，但十分享受跟女兒單獨相處一整天。

我放艾米在克莉絲汀的父母家下車後，克莉絲汀和我在門廊上談了一下。他們當晚計畫家庭聚餐，然而「家庭」二字似乎並不包括我。

克莉絲汀穿了白色上衣和淺藍色牛仔褲，棕色長髮隨處可見斑斑銀色。她看起來不一樣了。比我們初見時蒼老，但美麗依舊——而且是另一種美，會讓我想到自己錯過她多少的人生。艾米在她身後，坐在階梯上，拿著家用電話跟她一個朋友聊天。

我們一開始先閒聊幾句。她的新工作進展順利，在事務所接到一些有趣的案子，而合夥人凱文是一名高大、離婚、有兩個孩子的男人。

他來這房子裡做了些有的沒的雜活兒，幫克莉絲汀父親的忙。很顯然，他們的關係有如著火的房屋那樣迅速升溫。克莉絲汀常和他見面，像朋友那樣。

「妳確定你們只是朋友？」我站在門廊上，車鑰匙拿在手中。

在那瞬間，我沒有足夠線索能讀出克莉絲汀的心聲。她看起來有些悲傷，眼神凝重，但咬緊了牙，雙手緊握，所以我猜那情緒裡也參雜些許憤怒與挫折。

「你的工作把我們所有人置於險境，你很清楚，你自己也這樣說過，連我也知道。我們愛你，但你根本從來就不在。」她說道。而等到她講完這句話，憤怒的痕跡一概消散，轉為我熟悉的失望。我對這個語氣已經太熟悉了。

有輛車開上車道，來到我背後。我連頭都不用轉就知道是她的父母，巴布和黛安。他們來確認我有把孫女完好無缺地帶回來。

「妳還沒回答我的問題。」我說。

「我需要回答嗎？聽好，他是我老闆，還有——沒錯，我認為我們是朋友。他是個好人，你會喜歡他的。」

我很懷疑。

「好，我得閃了，我們下次……」

「艾米夏天要去營隊。」她迅速地說。

我說要離開時艾米一定聽到了。她把話筒放在鋪了地毯的樓梯上，跑出來，推擠過克莉絲汀身邊，給我一個擁抱。

「聽說妳要去營隊？」我說。

她放開我，凝視我的雙眼。我的小女孩就要十三歲了，她一天一天越長越大。

「我本來要告訴你的。沒事，爸，我盡量晚上打電話給你，八點，就跟我們以前一樣。我可以和朋友見面，一起玩之類的。我回來的時候還是可以見你。」她說。

「沒事的。我很替妳高興，有空就打給我，我一直都在。」我努力不讓情緒從語氣中顯露出來。這表示我夏天有一大半時間不會見到艾米。她又抱了我一下，跑回屋中，把電話講完。

我對克莉絲汀點點頭，說：「我會打給妳。」便轉身小跑回我車上。我死也不想和她父母說話，只想盡可能迅速離開這該死的地方。我覺得自己處於崩潰邊緣，不想被克莉絲汀、艾米或任何人看見我那副模樣。加速離開時，野馬跑車發出呼嘯，但我只開了兩個街區就停下車，狠狠狂敲方向盤一分鐘。我手上的燒傷開始流血，痛了起來，但是只要能讓我分心，我都樂見。

我駛離白原市主要大街，開過法院前方，找到一座室內停車場。我下了車，抓起檔案，再次回到街上，想著熊仔折斷的小指。我扭斷熊仔小指時想的不是他，甚至也不是凱文，而是在想自己；我想著我是個多麼蠢的蠢蛋。過去這幾個月，我漸漸明白，基本上我算是失去了家人，而且想不出任何方法能將她們找回來。我把外套掛到肩上，不顧寒冷地前往法院。

我從沒在這個法院打過官司，對這裡的工作人員、法官，甚至整個地方的布局都很陌生。

法院建築包括一座塔，保留給行政管理人員和該郡最高法院使用，還有一棟附屬建築物，是半圓形的白石建築，圈著一座將舊建築與新建築隔開的庭院。附屬建築物頂樓有一面曲面玻璃牆，使得這裡能完整欣賞到被雪覆蓋的庭院景色。

儘管玻璃牆非常能呈現建築之美，但只要你經手的審判能吸引到一點媒體的興趣，它就會成爲棘手的玩意兒。記者、攝影師、攝影記者、電視主播、部落客——眞是感謝這座玻璃牆——他們大老遠就能看見你過來。

電梯把我扔進附屬建築物頂樓時，我看到一整群人等在法院外，根本無法可躲。我持續低著頭、擠過人群，忽視那些問題與抓住我手肘的手。他們是一群打不退的傢伙，而且一路跟著我進到裡頭。

「無可奉告。」我說。

我無視那些人，走向辯護席。法庭裡沒有別人，只有我和記者。這些年來，我有機會認識一些曼哈頓的犯罪線記者，也有不少人我滿喜歡的。他們曉得最好的問法就是來軟的。我轉過身時，大半記者還在朝我猛丟問題。那些是小鎭當地人看的報紙，以及與白原市互爲競爭對手的新聞社。

我將檔案放在桌上，拿出筆和橫格筆記本，坐下來，閉上眼睛。等他們不再試圖引起我注意，已過了整整兩分鐘。

我調整領帶、拉緊領帶結，貼著那條深色的布料拂了拂，將它撫順。我在領帶結下方十公分處別了一只小小的領帶夾，那是個三公分左右的陶瓷夾，將上下兩片領帶夾得直挺。素面黑色夾頭，尺寸不超過鈕釦大小。

我昨天才買的。

由於審判十一點半開始，法官還有一個判刑，使得我在正式開始雷奧納德・馬修・霍威爾公訴案前仍有一個多小時的時間。

我們堅持進行妥速審判，因此，地方檢察官辦公室有如在聯邦調查局與警局的尊臀底下放了一把火。沒有確切證據顯示卡洛琳・霍威爾被帶過州界，屍體從未尋獲，但在地下室找到足夠血量，可判定謀殺成立。當聯邦調查局逮捕霍威爾，他們不能在聯邦法院上以聯邦綁架法案起訴他，便改將他交給郡來處置，在州立法庭上轉成聯邦調查局控方證人。

我想到火災後那天早上，想到心中曾湧出的那種渴望。我等不及要開始打這場官司，證明霍威爾的無辜。

我坐在辯護席，頭埋在雙手中。審判即將開始。沒有任何事物能讓我收回為我的委託人辯護的渴望。

心底深處，我知道霍威爾沒有殺害自己的女兒。當聯邦調查局告訴他當局認為他的女兒已經死亡，而且是被他殺害的，世上沒有一個演員能夠表演出我在他身上看到的痛楚。他的自殺舉動，他的哭喊、抓扒地面。那般狂怒與被控謀殺完全無關，那是因為失去了摯愛的女兒。

遭到逮捕的第二天，在新羅謝爾地方法院下方牢房的他要我申請假釋，這樣他才能自殺。他不想活在沒有女兒的世界。雷奧納德的心理狀態嚴重惡化，我讓他簽下指定我為代理人的文件，好為他照料財務，把公司裡幾個人升上來，使他的業務繼續維持。我很清楚，這些與生者有關的實際事務能讓他繼續活在這世上。

「我撐不下去了，艾迪，她是我的一切，竟然有人奪走了她。你懂的，她不一樣。我和第一個太太嘗試懷孕好幾年，那時我還在海軍，每次派任都出征，所以花了點時間。我們嘗試體外人工授精，沒有用。她眞的好想要個孩子，自己也很擔心萬一我在軍中出了什麼事。然後我們又試了一次人工授精，接著再兩次，最後一次終於成功。她開心得不得了。我還記得我最後一次出征結束後回家，她就站在那裡，而那一小團粉紅色的東西就在我太太的臂彎中。卡洛琳和我的關係與別人不一樣，不只是父親和女兒，你懂嗎？我的第一個太太可能有些……冷淡吧。她和卡洛琳與一般人不同，沒有好好建立起感情羈絆。卡洛琳一直都跟我最親。現在她們兩個都不在了，我沒辦法……我承受不了這件事……」

沒有任何事物能夠撫慰這傷口。時間不行，酒精不行，毒品也不行。

「雷尼。」我開口，但他沒聽到。我就將他的沉默當成接受了。

「你忘記了嗎？有人對卡洛琳做了這種事，現在還逍遙法外。如今，警察和聯邦調查局完全沒在找那些人，因爲他們認爲那個人就是你。所以，就算是幫幫我：馬龍和麥卡利在哪裡？有人打了你的腦袋。好好想一下。」

「我不相信他們跟這件事有關。抓走卡洛琳的人很可能把麥卡利和馬龍關在某處，又或者他們被槍殺了，分屍丟進哈德遜河。」

他的指節轉白、拳頭握緊。

「雷尼，幫幫我，不管你身邊還剩下什麼，用那讓自己繼續撐著。你還欠卡洛琳一件事：你要找到殺她的人。給我一點時間，我會把你弄出來。在我這麼做的時候，我們會找出幹下這件事的眞凶。我們可以一起做到的，我一個人沒辦法，我需要你。」

他的雙手碰觸桌子，雙臂和指頭都在顫抖。

「要是我們找不到他呢？要是你沒辦法把我弄出去呢？」他沒看我，雙眼焦點已經不在任何人或事或物之上。

「我會有辦法。」我說。

「要是你沒辦法呢？艾迪，我承受不了這一切。」

我點點頭。

「如果你答應我一件事，我就願意。」他說。

「什麼事？」

「答應我，如果我被定罪，我們又找不到抓走卡洛琳的真凶，你要幫我結束生命。」

我立刻退縮了。我不禁對這個念頭產生排斥。但在最初的強烈反感之後，這個想法卻變得合情合理。我知道，要是艾米或克莉絲汀出了事我會有什麼感受。她們也曾陷入危險——真正的危險。我知道，如果她們不在世上，我也不會想活。

「答應我！」他吼道。

警衛出現在地區法院深處會面室的窗邊，我揮揮手讓他離開，他便走了。

「我需要一個小東西：筆，或是藥丸。你可以的。你可以給我個什麼，會面時偷偷傳給我。如果你對我發誓，說假使我們失敗，你願意這麼做，那我就給你六個月。我要知道我還有退路，艾迪，不然免談。快發誓。」

他要聽見我的承諾，要看著我的眼睛，知道我是真心誠意。我絕對不可能讓他自殺，但我需要他活下來。如果這表示必須對他撒謊，那麼我已做好準備。

「我向你發誓，如果找不到凶手——如果你被定罪，我會給你一條退路。」

他盯著我看了好久。那雙飽受摧殘的雙眼細細地在我臉上尋找洩露破綻的跡象。但他沒有看到。

霍威爾沒申請假釋，我鬆了一口氣。至少，他人在裡面被看守著，獄方會嚴防他自殺。雖然在裡面待六個月無法讓他好好哀悼。霍威爾依舊視死如歸，而六個月之中完全沒有麥卡利、馬龍的隻字片語或一點蹤跡，包含那一千萬美金。如果眞有麥卡利和馬龍以外的綁匪，他們也沒有來接洽。

我坐在白原市法院裡，距離審判開始還有一小時。有兩件事我很清楚。

第一，由於這六個月中冒出的新證據，霍威爾很可能會遭定罪。

第二件事就是，當陪審團在一、兩天後交出判決，霍威爾會向我要那只陶瓷領帶夾。我昨天讓他看過，他掂了掂重量，測試邊緣，並不小心戳破了手指。他還給我後點點頭，心滿意足。這東西極爲鋒利，領帶夾中不含任何金屬，不會讓電子探測器嗶嗶叫，而且尺寸夠小，塞得進頰中。短時間內可以藏住，並不被檢測出來。

究竟怎麼做才算更有人性？任他受折磨，還是讓他一死？我有稍微思考過此事。最後，我之所以別上領帶夾，只是要讓他看見，作爲一個能讓他安心的見證，讓霍威爾能活到審判結束。如果審判後他想尋死，那是他的決定。但我不會當那個幫他的人。我知道我永遠不會給他領帶夾。爲了保他性命，我會對他撒謊。最終，我會向他坦承此事，而他會因此恨我一輩子。

26

霍威爾坐在我旁邊，身穿素色白上衣和深色褲子。他的目光遙遠，有些被告在審判第一天時也會出現這樣的眼神。他們不太知道該看哪裡，所以就看著遠方。陪審團耐心等候，法庭旁聽席民眾爆滿；法官安靜坐著，等待程序開始。

助理地方檢察官蜜雪兒．金站起身，繞過檢察席，站在陪審團前方。她穿著海軍藍的褲裝，淺藍色上衣，綁在脖子上的紅色絲巾爲她妝點上一抹色彩。我跟當地的辯護律師打聽過她。此人天資聰穎，腦子好，唸了不錯的法學院，也受到當地法官推崇。顯然她對脖子上的絲巾有著強烈喜好，並因這拿捏得宜的時尚配件，以及在法庭上自信且伶牙利齒的風格，贏得「絲鐵鎚」的封號。

有個辯護律師告訴我，不管你的委託人是被一嚬重的絲巾或是一嚬重的鉛砸中，那都無所謂，他們受到的損傷是一樣的。只不過，金會在你或你的委託人還搞不清楚狀況前就迎頭砸下痛擊。

她等待著，直到陪審團都放下筆記本和筆，目光集中在她身上。陪審團的人選還不算太差。答辯時，針對我的問題至少有四名陪審員表示，爲了保護陷入危險的親人，他們會盡一切手段，包含親自出手解決。這四人都是男性，四十歲出頭或接近五十歲，幹體力活，有家庭。其中兩名是非裔美國人，一個西班牙裔，另一個是白人。在一樁毫無勝算的案件中，他們是我唯一的希望。即使陪審團相信被告犯下了罪，仍有可能依據自身見解，帶著「無罪」判決回來——如果他們眞心這麼認爲。這種判決等同大膽地告訴檢方：「老子才不甩你。」

八個女性陪審員中，有兩名退役軍人，我認爲她們會帶給我最大的麻煩。接受過軍事訓練的人往往嚴守規定，他們不會質疑權威，絕對遵守規則，即便在攸關生死的情況下。再者，她們是陸軍，不會站在前海軍那邊。

另外六名女士混合白原市各種中產階級：銀行行員、雜貨店老闆、汽車代理商經理，三名家庭主婦。我已將迴避陪審員的機會全數用掉，以排除三名小學老師與一名退休證券經理人加一名幼稚園老師。老師多半傾向於追隨權威人物，我需要一些至少能想像出於善意而違反規則的情況的人。證券經理人之所以遭拒，是因爲我討厭證券經理人——沒有人不討厭。

如果要猜，我會說，就陪審員屬性分布而言，金的優勢比較多。我唯一的機會就是那四個人，讓他們跟隨本能去做每個父親都會做的事。這幾個人很可能剛好能使陪審團陷入僵局。有一名女性陪審員有被說服的可能，但我不很確定。我暗藏的王牌是四號陪審員：唯一的白人男性，而且他無庸置疑是團體裡的混帳。我有注意到他，那人總是拿鼻孔看女性陪審員。而且，作爲陪審團中的唯一白人男性，他似乎不怎麼自在。我之所以選他，是因爲他手臂上有個美國國旗的刺青，那表示他挺軍人。但根據他在椅子上彎腰駝背的模樣，我曉得他這輩子連一天的兵都沒有當過。他另一隻前臂刺了 AR-15 突擊步槍，表示他非常享受他的持槍權。被領進來時，他稍微對霍威爾笑了一下，我立刻知道這人會站我這邊。

我最早從陪審團判決中學到的事情之一，就是絕不能低估混帳的力量。我寧可獲得一個站在我這邊的混帳，也不想要一個眞的會聽其他陪審員意見的好人。如果混帳站在你這方，你百分之九十可以確定他會一直如此。混帳沒什麼想像力，他們不會打開心胸。

但在這一刻，與陪審團退庭交出判決之間，還有一百多公里的艱辛長路要走，而除非情況出現戲劇化的巨變，或是一些檢方證人沒有出現，大多數陪審員仍只會朝著一個方向去：有罪。

「陪審團的各位先生女士，我是蜜雪兒．金，我代表紐約州的公民，我在此的職責是要向你們呈上證據。我們認爲，這些證據證明了被告雷奧納德．霍威爾犯下此案。」

她停頓一下，退後一步，大大張開雙手。

「而你們的職責是要評估這些證據，除你們之外，別無他人。當我們將證據呈到你們面前，在花費時間仔細思考後，你們會深信，排除一切合理懷疑後，被告殺害了卡洛琳．霍威爾，也就是他自己的女兒。」

另一個停頓，她讓陪審團看著那名殺害自己孩子的人。

我跟霍威爾已先將這推演過一遍，我要他別看法官或陪審團，開場時只要專注在檢察官或我身上就好。

他要不是忘了，就是覺得再也沒什麼可失去。他看了陪審團，那個混帳也看回去，毫不畏懼與霍威爾對視。

「這起案件中呈上的部分證據可能會令人高度不適，我們會給你們看一些圖片。各位陪審團成員，我們不會輕描淡寫。」

檢方席助理檢察官的其中一人按下遙控器的一個按鈕，設在法官席兩側的兩面巨大電漿電視轉醒。有些陪審團員別開眼神，不想太早面對過程中的恐怖畫面，但身邊的其他陪審員扯扯他們的手臂，予以安撫，讓他們放下遮住雙眼的手。螢幕上出現的是卡洛琳．霍威爾的照片，來自她的臉書檔案。她穿著紅白條紋的上衣，站在自家前方對著鏡頭微笑。

「這是卡洛琳．霍威爾，一個眼前有著大好前程的美麗女孩。她每科拿A，在班上受大家喜愛，在社區裡也很受歡迎。她正面臨破產的父親將她帶到房子地下室，拿出一把刀，割斷她的喉嚨。這人對著警方和聯邦調查局撒謊，欺騙他的保險公司給他一千萬元當贖金。這筆錢從未尋獲，贖金交換也沒有發生。一千萬贖金消失了——連帶還有兩名被告深深信賴的員工，彼得．麥卡利和馬龍．布萊克。員工之一密告他的老闆，在卡洛琳的衣服上留下一個訊息，告訴警察她的父親在地下室殺害了她。而事實上到底發生了什麼事呢？當聯邦調查局將他們以爲的贖金送過去，雷奧納德．霍威爾正在遠處，啓動地下室的一個燃燒裝置，意圖毀滅犯罪現場。他是怎麼做到的？他用自己的手機撥通傳呼機，觸發地下室的炸彈裝置。」

陪審團的眼神一面在金和螢幕上的卡洛琳之間來回，一面聽著。

「他藏起卡洛琳的屍體。但是，儘管他做了這些努力，仍無法抹除他犯下的罪。我們的專家在地下室找到血跡，與卡洛琳．霍威爾的DNA相符。此外，還有更多這位受害者的血，從她車上尋獲的一副眼鏡上找到。這副眼鏡屬於她的父親，也就是被告。凶器也在火海中尋獲：一把上頭有卡洛琳的血與被告指紋的菜刀。當聯邦探員以殺害女兒的罪名逮捕霍威爾，他意圖自殺。他之所以這麼做是出自罪惡感，因爲他爲錢謀害親生骨肉。你們會見到他的罪惡感的，對此我毫無疑問。」

27

負責此案的法官將注意力轉往辯方。這位法官大人——派翠西亞・舒茲——我對她不熟。這是我在她面前打的第一起官司。但她的名聲我倒是聽過。當我發現是由她審理此案，便打給那幾個之前告訴我絲鐵鎚（也就是金）消息的當地辯護律師。舒茲是一名心胸開闊且值得崇敬的公正法官，而且認爲審判過程中她要做的事越少越好。

有些法官老愛插手干涉，對質詢提出異議、問問題、一堆評論和要求。幹這些事情只不過是拉長審判的時間，並惹毛每一個人。

舒茲法官則相反。她傾向讓律師自己進行，但同時腦袋又很精。她善於聆聽，如果你太扯、太偏離原軌，或不按規矩來，她就會讓你知道分寸在哪兒——而且她不會留情。嚴格，但公正。這我沒有問題。

我站起來，走到陪審團面前。這個位置不久前是由金佔據。卡洛琳車上出現的霍威爾眼鏡鐵定是金萬無一失的勝利籌碼。鏡片上的血跡已證實屬於卡洛琳，目前我還沒有辦法去圓這項證據。因此，我決定讓陪審團思考一些別的。

「各位先生女士，我先正式介紹一下自己。我是艾迪・弗林，很榮幸能爲此案的被告雷奧納德・霍威爾辯護。你們剛剛已經聽到金小姐所說，她適切地描述了她和各位在此案扮演的角色。但我要在這裡告訴各位一些不公之處。我之所以說不公，是因爲雷奧納德・霍威爾竟以被告的身分坐在這法庭上。他應該要在那裡，看著那個綁走他女兒的不知名人士，接受漫長的牢獄判決——那才叫公平、那才是正義。雷奧納德·霍威爾深愛他的女兒。今日坐在這裡的他，是一名被失去孩子的悲痛擊潰的人。你們無法緩解這種折磨，可是，只要給他符合正義的判決——只要一半即可：就是讓他無罪釋放。這起案子的證據，也就是金小姐剛剛稍微提過的，說好聽是依情況而定，說難聽一點：根本是假的。」

「雷奧納德·霍威爾在綁匪聯絡聯邦調查局後另外接到對方的電話。綁匪告訴我的委託人，如果他想要女兒活著回來，就要把一千萬元帶到交換地點。他們警告他，如果告訴警方或聯邦調查局眞正的交贖金地點，他女兒就死定了。在那種情況下，你會怎麼做？」

我其實是不能問陪審團任何問題的，但這是一個反詰句。我保持安靜，能保持多久就多久，讓陪審團捫心自問。我得讓他們站到霍威爾的立場，那正是贏得陪審團青睞的祕訣。我不開玩笑，陪審團審判就是一場心理遊戲，每個辯護律師都曉得一定要將陪審團抽離原位，放到被告的立場上。視角就是一切。

舒茲法官看穿我的招數，但沒有點出，而是清清喉嚨。而我將此當作可以繼續下去的暗號。

「我的委託人與兩個人一同前往交贖金地點：彼得·麥卡利和馬龍·布萊克，他的長年朋友與員工。在交贖金地點有兩個電話號碼，我的委託人兩個都打了，接起第一通電話的是聯邦調查局探員，位置在他被通知的交贖金地點，透過一支拋棄式手機接起電話；第二通電話啓動我委託人家中的爆炸裝置。那天晚上，我委託人的妻子和他公司的其他員工都在家中，他絕不會刻意將他們置於險境。接著，雷奧納德·霍威爾從後方被人擊中頭部。當他醒來，贖金、上面有電話號碼的紙條，以及他的朋友，全數消失。」

我再次暫停，讓陪審團在腦中把這些再思考一遍，讓他們感受一下。

「金小姐說，各位的工作就是評估、衡量證據，這麼說一點也沒錯。因爲無論這證據是以偏概全，或是以全概偏，其實什麼也無法證明。你們會聽到檢方的理論，亦即雷奧納德·霍威爾意圖詐騙保險公司的贖金，並聲稱這場由被告設計的綁架動機完全基於金錢。」

「但這理論有一個問題：它不合理。」

我緩慢大步上前，帶著眞相（我心中希望它確是眞相無誤）逐漸靠近陪審團。

「你們之中有孩子的人、有摯愛家人的人，深知將孩子抱在懷中是什麼感覺的人，請你們問問自己：你會爲錢殺死孩子嗎？」

這次的暫停較短，因爲這是一個很簡單的問題。每過一刻，我就感到更多名陪審員在心理上更傾向被告。他們的眼神越過我的肩膀，想像自己坐在那張椅子上的模樣。

「嚴格說，這世上有任何金額能讓你傷害一個孩子嗎？沒有。沒有一名父母能做到，我們甚至連想像都無法想像。檢方沒有辦法說服你們雷奧納德·霍威爾會做出這種事，他們說服不了你們，相信他會因金錢的動機去做這件事。你們知道爲什麼嗎？因爲當我看著你們每一個人，我知道沒有任何事物能說服你們傷害自己的孩子，而雷奧納德·霍威爾就跟你們一樣。因此，在這場審判的每一個階段，都請你問問自己：這個人有可能殺害自己的孩子嗎？我認爲你們都已知答案。」

我退後，轉過身，朝著提出異議的金走去。法官同意陪審團應將我最後的論點予以忽視。

「弗林先生，我知道你在曼哈頓的地區法院有十分豐富的經驗，但在我們這裡，做事方法不太一樣，」舒茲法官說，「你在最後要陪審團倉促地對這起案件做出決定。我在這裡重申，我不會容忍辯護人這樣的行為。」

我點點頭，道了歉。法官轉向陪審團說：「各位必須忽視辯方最後的發言。請不要對這起案件預設任何觀點。首先聆聽證詞，了解所有證據，做評估與判斷的時間是在這場審判結束之後，也就是你們退庭考量判決的時候，而不是在之前，理解了嗎？」

陪審團點點頭，金對我火大得要死，但不肯顯露出來。要陪審團忽視任何事物的問題在於，你只能在馬匹跳出馬廄、滿路狂奔得大老遠後才能叫牠別跑了。

我說完了結語，坐下來寫筆記，遞給霍威爾。他讀了，從桌上傳回來給我。

檢察官彎身伏在她桌上，低聲對助理講話。

我已經猜出她的招數。因為我做出了這種開場陳述，金的首要任務就是毀了被告的可信度，讓他看起來像個騙子。原本金打算找林區探員當第一目擊證人——我看過她的目擊證人名單了。林區是個不錯的起手式，他可以即時為陪審團說明案情大部分的發展。但此時，她必須先毀了霍威爾。

我給霍威爾的紙條上寫著：

不要有反應，檢察官會換新證人。越壞的狀況越早結束越好。

霍威爾點點頭，我拍拍他的背，低聲和他說話，讓他冷靜。

一名助理檢察官離開法庭，估計是去傳達這樁訴訟案件最新的排序。他會去召集目擊證人，給他們新的清單與咖啡，通知必要的人他們很可能在午餐之前都不用上場。

蜜雪兒．金站起身，傳召她的第一名證人，亦即她最強的證人之一——某個認識霍威爾的人，會在陪審團面前將他抹得漆黑的人。至少我早已算到，也先告知了霍威爾。絲鐵鎚做好了萬全準備，打算使出全力，給雷尼致命的一擊。

「庭上，公訴人要傳召蘇珊·霍威爾。」

28

火災後的那個早上，蘇珊．霍威爾仍處於病危狀態。醫院人員並未准許雷奧納德．霍威爾探望，他得到的通知是先等候。於是他回到還在悶燒的家，也就是在那裡，在他回家不久後就遭到逮捕。而就在霍威爾遭逮捕且未獲保釋後，她的狀態神速恢復。我跟委託人確認過，也確認了里克斯島的訪客紀錄，蘇珊．霍威爾沒有訪客，沒有電話。火災後兩人連一個字都沒有講過。

約三個月前，我們在里克斯島的數次法律探訪中談過蘇珊一次。

「火災三天後，警方逮捕了她進行偵訊，沒有起訴就釋放。我這裡有她的供述。」我說。我將供述滑過法律探訪室的金屬桌面，他掃過一遍，朝我推回來。

「我不是那種天眞的男人，她跟我在一起是爲了錢。向來如此。她很美，也讓我挺愉快。我本以爲她能成爲卡洛琳的好媽媽，但在我們結婚後，她對我女兒毫無興趣。當財務狀況變得困難，我也看得出她在找退路。她的眼神開始不集中……你懂我意思。」

我的心神迅速回到第一次見到蘇珊．霍威爾那時，見到她撫摸馬龍的背；那個停留了太久的觸碰。

「她要和我離婚。」他從監獄的連身服胸前口袋拿出一封摺起來的信，推過桌面。高爾與潘寧事務所，這裡最好的離婚事務所之一。那兩人活像羅威納犬，近幾年拆散了大半名人夫妻，並以贍養條件打殘了紐約一些富人的雙足，因為他們很可能得花上餘生才能付清。那封信上提了一個條件：百分之八十五的資產，交換一次快速且低調的離婚。

「我們先把這件事擱到一旁吧。」我說。

「艾迪，說真話，我一點也不在乎。」霍威爾說。

我在他更消沉前改變話題。我得讓他開始動腦，那樣一來，至少他會開始努力，而這麼做可以讓他活下來。

「雖然很難，但我要你仔細聽好：檢方會宣稱卡洛琳在地下室被謀殺，他們有血濺模式分析師，表示地下室的西面牆壁沾了她的血。他會說那很可能是來自大動脈噴灑。有人清理過牆壁，但血跡使用發光胺還是能看見。他們找到一把菜刀，藏在一個盒子裡，但盒子被火燬了，刀上有你的指紋。跟贖金要求一起傳來的卡洛琳的照片很可能是在你的地下室拍的。」

「我完全不知道這些。你也看到外面有多黑了，本來不該這樣的。我們樹上有彩色小燈，庭院的家具上點綴了燈光。電力是通過車庫一個電表箱供應，我檢查過燈……想不起來是什麼時候，可能在火災發生的兩、三天前吧，我看到電線燒掉，但一直騰不出時間去換。很可能有人在地下室傷了她，趁暗把她帶出去。」

「從卡洛琳失蹤算起，你在哪段時間有去過地下室？」

「我沒辦法很確定。她一直不喜歡那兒。她還小的時候我有在那裡做過一點木工，她會下來看我，但堅持地下室門必須開著。」

「地下室一直是鎖的嗎？」

「不是，一直是開的。」他的目光失去焦點。我幾乎能見到那眼神移向黑暗之中。

「DNA檢驗確認地下室和我眼鏡上的血都屬於卡洛琳？」他說。

「是，確認了。」

他已不在我身旁，他的心神飄開了。我得把他喚回來。

「卡洛琳失蹤那天蘇珊有不在場證明，沒有物證能將她和地下室、火災或卡洛琳的屍體連起來。從字裡行間判斷，我覺得警察可能認爲她與你共謀，但如果是那樣，就永遠無法告她有罪，如果起訴你們兩人，現在你就會和她一起受審。但他們沒有蘇珊涉案的證據，這其實可以成爲你的優勢。如果他們將案件當成你們策劃了綁架和謀殺，很可能覺得與其讓蘇珊成爲被告，不如拿她來做別的用途——例如檢方證人。所以說，除了她在供述中確認了不在場證明，還可能說出什麼危害到我們的事？」

「我完全沒頭緒。」霍威爾說。

「火災至今你怎麼會都沒跟她說到話？」

他定定地看著我。

「即使只是看著她、跟她說話，甚至和她待在同一個空間，在在提醒著我她是如何一次又一次讓卡洛琳失望。卡洛琳的母親跟她沒建立起什麼深厚的感情，我猜是產後憂鬱吧。我以爲蘇珊可以做得好一點，但她把事情搞砸的程度也沒有差到哪裡去。當時這感覺起來都是小事，我也沒多留心。現在……現在她不在了，那一切就令人感到傷痛。每次卡洛琳試圖和新媽媽說話，她都隨便打發。每個沒赴的約、獨奏會、啦啦隊彩排，如今一看眞的太多了……」

他不再說話，閉起顫抖的雙唇，拚命壓下痛苦。

「我恨她的行爲，我想我女兒也恨她，而今我也一樣。她在沃特面前講不出話，我們差點就拿不到那筆錢。」

「那麼地下室的爆炸裝置呢？」我說。

「那怎麼樣了嗎？」

「法醫說是傳呼機，連接到一個小小的引爆器，而你的手機撥通啓動引爆裝置的號碼，整個看起來就像是你把所有人從屋中清空，好讓你毀滅犯罪現場。地下室浸滿汽油。你在海軍服役時有學過怎麼裝設那種遠距遙控裝置嗎？」

「沒有，但我看過很多。你一打通傳呼機，發出的震動就會完成回路連接、啓動爆炸。這些我都沒嘗試過。」

「汽油呢？」

「我們在車庫裡有一些，幾桶二十公升的。蘇珊會固定用完，她永遠記不得要在加油站加油。」

我點點頭，放下筆，往後靠著椅子。

「你認爲蘇珊會爲你說話嗎？」我說。

「我認爲會。她不會提起贖金，絕無可能。如果她告訴警察她知道這件事，是可能從他們那裡獲得某種交易，但保險公司會追著她要錢。除此之外，我只能祈禱她說實話了。」

證人席上，蘇珊．霍威爾就是個從頭到腳散發輕蔑的妻子。黑色褲子套裝，白色上衣，手帕已捏在手中，而她的雙眼——儘管仍大而明亮——則裝滿對霍威爾的惡意。

「妳和被告結婚多久了？」金問道。

「目前五年。」她的聲音與我印象中的不一樣，在法庭上聽來更柔和、更羞澀。

「你們的婚姻生活好嗎？」

「我想是吧。我們非常相愛……但去年很艱難。」

「是什麼原因呢？」

「怎麼說……雷尼的生意一落千丈，有些合約沒有續，我們在財務上很辛苦。這樣的話無論什麼關係都會變得壓力很大。」

金對蘇珊．霍威爾點點頭後看向自己的桌子，翻過一頁，閱讀著，雙手在腹部交叉相握。陪審團的每個人都能理解憂心財務會給婚姻帶來何種困難，她要陪審團與蘇珊產生共鳴，讓他們覺得她也是他們的同伴。

「那麼你們是如何處理財務問題的？」

「他變得怕東怕西，把更多時間投注在工作上。我們必須做出犧牲，所以賣了佛羅里達的套房，一些車，但還是補不了太多。最終，在支付薪水給部分員工時出現困難，雷尼決定在我們和房貸公司出現更嚴重的問題前把房子拿去賣掉。」

「關於你們面對怎樣的債務，妳有任何概念嗎？」

「有。計算數字時，算出來大約一千萬左右。」

兩名男性陪審員露出痛苦的表情，從口中吐出大氣。這確實是會讓人狗急跳牆的債務，而金就是在玩弄這個。她在蘇珊身上約莫花了十分鐘，問出那個數字，將之與各種現實細節緊緊相扣。等她進行完這輪質詢，已有好幾名陪審員或搖起了頭，或在筆記本上給數字畫底線。這便是檢方唯一的眞正目的，而且他們一定要玩這招。能多大肆渲染，就多大肆渲染。

「有沒有任何能讓生意起死回生、承擔一些債務的可能?」

「就我所知沒有。我想雷尼是想辦法說服了兩家比較小的保險公司,把綁架和贖金的相關業務帶回來。可是除了一個主要客戶,加上他找回來的兩個,雷尼失去了大約百分之四十的生意。」

「我想要繼續往下問了,霍威爾太太,請妳談談卡洛琳.霍威爾失蹤當天。那是七月二日,那天妳人在哪裡?」

「在夏威夷,跟一些女生朋友在度假。」

「那天妳有和先生說到話嗎?」

「大約早上七點,我接到雷尼的電話,紐約應該是下午一點左右。他打來時我還在睡,所以他留了訊息。我起了床,洗了個澡,在早餐時聽了他的訊息。他聽起來很激動,所以我打回去,他說他在辦公室,忙一些東西忙到一半,等下再回撥給我。之後我跟姊妹們出門爬山,去做SPA。他打來問卡洛琳那天有沒有和我聯絡已是當天傍晚。我跟他說沒有,他就掛了。我在知道她失蹤第二天就立刻坐飛機回家。」

「妳的丈夫在生什麼氣?」

「抗議。庭上,誘導回答。」我說。

法官一點頭。「抗議成立。」

檢察官沒有反對,她專注於證人,迅速地繼續問下去。

「妳那天和丈夫講電話時他感覺起來怎麼樣?」

「很不尋常。通常我都能猜到他是因爲什麼事而困擾。那天他跟我講得很簡短,最後也沒有像往常一樣說再見。我認爲他是焦慮，而且因爲某些事很不爽。」

「妳回家前還有和他交談嗎？」

「有。我在機場打給他，他只說，『回家。』只有這樣。」

「妳搭機回家後發生了什麼事？」

「我看到房子外面有警車，那景象讓我理解了實際上到底發生什麼事。一開始我以爲她一定是碰到了某個男孩、逃家幾天……十七歲小孩的叛逆不都是這樣的嗎？我就有過。但警車讓我害怕了。當我走進家中，實在需要喝點烈的，讓自己冷靜下來，而且要馬上。我就是不想去處理那種事，我也有我的問題，像是房貸、債權人……」

我看著金隨著蘇珊．霍威爾的回答點頭，但我知道她心底有如熱鍋螞蟻。陪審團中有三名女性已對霍威爾太太產生厭惡，完全可從她們的表情看出來。她們收起下巴、抵住脖子、揚起眉毛、頭轉向一側，臉上的表情簡直像是尖叫著說：「我眞不敢相信妳剛剛講了那種話！」繼女失蹤、遭到謀殺，這女人卻只顧著述說自己受到什麼影響、有什麼感受，一副都是女兒太自私才會做出這種事的模樣。

「但爲了丈夫，妳還是有堅強起來？」金說。

「抗議，誘導回答。」

法官看過去一眼。那就已經足夠。

「卡洛琳失蹤前幾天妳還記得些什麼？」金壓低聲音，慢下態勢，好將一些情緒灌注給她的證人。

「爲了雷尼，我努力堅強起來，這眞的很難。家裡一直塞滿警察、聯邦探員和雷尼的人。

記者連一點安寧都不給我們。媒體關注真的是最糟糕的，我實在是受不了。」

我將她的回答毫無遺漏全部記下、畫上底線。那就是我要切入的點。

29

在霍威爾太太給自己帶來更多傷害前，金趕緊繼續。

「在卡洛琳．霍威爾宣告失蹤的十九天中，妳進過自家地下室嗎？」

「沒有，我想我只去過那兒一次，是在搬進來沒多久的時候，因爲我要找些東西。我不喜歡地窖，它們讓我很毛，所以再也沒下去過。」

「就妳所知，卡洛琳據推測失蹤的那幾天，妳有看到丈夫下去地下室嗎？」

「有。」蘇珊很有自信地說。

我忍不住朝霍威爾扭過頭，他跟我對上了眼。

「妳是在什麼時候看到妳丈夫進去地下室的？」

「火災那晚。」

「告訴我們妳看到了什麼。」

「大概是在午夜之後，我在廚房弄點喝的。很多人都離開了房子，呃……我想是因爲換班之類的吧。大部分警察都離開了，聯邦調查局探員或大多探員也出去了。我拿了飲料，回到走廊，打算上樓看電視，讓自己別去想一些事。就在樓梯之前，有一條走道，通往主要走廊左側，我看到雷尼打開走廊最後面地下室的門，走下樓梯。」

她回答得很好，無庸置疑是經過練習——而且練了很多次。金很可能把這個問題問了一遍又一遍，讓她盡可能多加入細節。你可以用人爲的方式，利用細節虛張可信度，金也很清楚。

她壓低了音量，恍若呢喃地問蘇珊說：「妳確定是他嗎？」

「非常確定。我從後面看到他穿著他的黑衣服走下階梯，拿著某個很大的桶子。」

「有可能妳看到的是別人嗎？」

「不可能。那時候我完全沒多想。我記得自己經過那裡、走到主要走道時看到彼得．麥卡利和馬龍在講話。在這屋裡不可能有別人了。聯邦調查局不會這樣晃到某人的地下室，我們的司機喬治，他……呃……他沒辦法正常走路，所以不是他。只可能是雷尼。」

絲鐵鎚將所有可能退路一概截斷，百分之百確立她的證據。

「妳剛剛說他拿著一個桶子，可能是汽油嗎？」

「我沒有清楚看到桶子，我想有這可能。」

儘管部分陪審員是那樣地討厭蘇珊．霍威爾，依舊往前坐了些，想聽聽最後的答案。有些人做了筆記，其他人則把注意力轉回霍威爾身上。他們在心中評量著：這人可能殺死自己的女兒嗎？

「在那之後發生了什麼事？」金說。

「屋裡又塞滿了人，滿是警察和聯邦調查局。我記得那個保險公司的人帶贖金來，接著基本上所有人都離開。有一名聯邦探員留下來，喬治人在樓下。大約凌晨三點，整棟房子都搖晃了起來，我努力想睡著，但被嘈雜聲吵醒，接著就看到屋裡所有窗戶都被震破，喬治衝進房中……那之後的事我就記不太得了，都有點模糊。我努力想出去，卻掉了下去，一定是撞傷了頭。可是，在某種程度上我知道整棟房子燒了起來，但我爬不起來。也許喬治想嘗試搬起我……也許吧。然後我就昏過去了。再接下來我只知道自己在醫院醒來。」

蘇珊・霍威爾逸出一聲顫抖的呼吸，用衛生紙擦了擦眼。

「當妳得知地下室中找到卡洛琳的血，妳的反應是？」

「一開始……我不敢相信；我完全無法理解。也許是因爲震驚，或是我頭受傷之後還殘留什麼後遺症，但有好長一段時間我都無法消化這件事。接著我知道火車站交贖金是作假，雷尼從保險公司拿到一千萬，不是他告訴聯邦調查局的兩百萬，再加上我們那年累積的財務問題……我不用多久就看懂擺在我面前那麼久的眞相：雷尼騙了所有人，爲了偷……」

「抗議，庭上。」我說。我不能讓她把這個評論說出口。但即便如此，陪審團早在心中幫她把句子講完了。

舒茲法官往前傾身，直接對著證人說話。「霍威爾太太，妳在這裡是要根據妳對相關事件的記憶提供陪審團證據，不是來這裡表演推理的。」

「我很抱歉。」她說，並在完美的時間點爆哭出聲，簡直像早就準備好在法官教訓她不要越線的瞬間噴出眼淚。

「霍威爾太太，請冷靜一下。」金說。

在蘇珊道歉並用袖子沾眼睛時，我們靜靜等待。然後金走上前，遞給她一條新的手帕，那上頭迅速沾滿睫毛膏。檢察官慢慢退回桌後，讓陪審團看著哭泣的證人。她哭越久，陪審團會給予她越多同情。

我往後坐，看著金。她聳了聳肩膀。

「霍威爾太太，我知道這對妳來說有多難，但我有最後一個問題：妳的丈夫是否要妳加入詐騙保險公司一千萬的計畫？」

「有。他要我在他帶著保險業務進來家裡時引開林區探員的注意力。我拒絕了。」

「謝謝妳。」金說。

我回想三個月前我與霍威爾在手機上的對話，他絕對想不到蘇珊會這麼做。我轉向我的委託人，見他整個人洩了氣，但還沒完全被擊敗。他垂著下巴，幾乎要碰到桌子，無法直視蘇珊的雙眼。

我思考過金可以利用這名證人到什麼程度。她確實不討人喜歡，卻能將霍威爾描繪成一名揹上債務的憤怒騙子。她看見霍威爾帶著一桶汽油走下樓梯進入地下室的證詞，正是這裡的重點，但我不能立刻跳入圈套，必須先走懷柔路線。

在我站起來進行交互詰問前，感到一手放上前臂。是霍威爾。

「對她下手輕點。」他說。

我從眼角餘光看見有人將一臂伸過隔開律師和旁聽席的欄杆，便轉過身，見到哈波探員。她的裝扮十分休閒：皮外套、牛仔褲，頭髮看起來和我最後一次見到她那天一模一樣，往後綁成馬尾。她手中拿著一小張紙，而且是要拿給我的。打從霍威爾遭逮捕，我再也沒見過哈波。她對我稍微笑了一下，當作招呼，但在把紙條交給我後，那抹笑旋即消失。

我接下來，打開紙條閱讀。

不要問蘇珊．霍威爾那通打到夏威夷的電話。

我停留在這張紙的注意力出乎意料地久。哈波在耍我嗎？還是想救我避開一場始料未及的災難？她坐回去，我見她掃描群眾，林區探員交叉著雙臂，看了哈波一眼，頗有恨不得勒死她的意味。

我撕碎紙條放進口袋。

此時此刻，我不太確定這是不是在演戲，是不是哈波和林區爲了避免我拉動檢方案件敏感線索的一場演出。從火災那晚我們有限的相處時間判斷，我知道哈波對霍威爾是否涉入此案也保持存疑態度。她推測出火車站的交贖金是虛晃一招，現在霍威爾也證明了此事。也許她信了？也許沒有。她若不是還沒完全信服他有罪所以想幫我，就是打算設計陷害我。我決定忽視這個警告。這通電話根本沒那麼重要，我只要問她對於丈夫那通電話做何感覺就行了。如果那證詞中冒出什麼驚人之語，我早該知道。雖有風險，但並不高。如果當場搞砸，至少我會知道哈波是站在哪一邊。

30

「霍威爾太太，檢方問了妳卡洛琳失蹤最初幾天的事，妳記得妳針對剛剛的問題回答了什麼嗎？」我問。

「不太記得。」她說。

「那我來提醒妳，我做了筆記。妳說：『記者連一點安寧都不給我們。媒體關注真的是最糟糕的，我實在是受不了。』沒錯吧？」

「嗯，我的確是那樣說，我就是這種感覺。」

「所以在當時，妳的繼女可能遭綁架、強暴或謀殺，並非妳最憂心的事？」

我還沒講完，立刻見到她一絲抽搐。她的腦袋快速地、小小地顫動了一下，眼睛一眨，嘴角一個下垂。在她意識到自己犯下錯誤、尋找改正方法的瞬間，這一切動作一閃而逝。

「我最憂心的當然是她，我擔心卡洛琳擔心得都要瘋了。媒體給我增加的壓力讓一切變得更糟。」

髮絲輕輕一甩，她認爲自己又回到正軌，慌亂已經結束。

「妳和丈夫漸行漸遠，沒錯吧？」我說。

蘇珊·霍威爾沒回答。她的眉毛幾乎要打結，只是張著嘴注視我。我想她是沒理解這個問題。

「霍威爾太太，妳和丈夫已經不在一起了嗎？關係結束了？」

「我不知道還有什麼方法能繼續下去。」她說。

「所以妳會申請離婚？」

「在這一切結束後，我會。」她把一綹金髮塞到耳後。

「妳的離婚律師是哪位？」

她的雙眼圓睜。

「呃……我……這有什麼關連嗎？」

「回答問題就好，霍威爾太太，有沒有關連我來決定。」舒茲法官說。

蘇珊點點頭，舉起了雙手，交叉雙腿。

「高爾與潘寧事務所的傑佛瑞．潘寧。」她毫無遲疑地說。

「潘寧先生專門處理名人的離婚訴訟，對吧？霍威爾太太？」

「我想是的，是，他非常成功。」

「我想潘寧先生一定向妳解釋過，如果妳的丈夫被判謀殺，餘生都待在牢中，妳能夠獲得比較好的離婚條件？」

又是同樣的腦袋一抽，簡直像被釣魚杆收線扯動。她什麼都沒說。

金站起來想抗議，但舒茲法官已在檢察官連嘴都還沒張開前對她搖搖頭。陪審團必須知道證人究竟有沒有立場公正——或可能有一筆鉅額離婚協議為動機。

「霍威爾太太？」

「他可能提過類似的事。」

「妳的意思是他確實說過那樣的話？」

她注視著自己的鞋子，撫了撫大腿，抬起頭。

「是。他是有說過。」

「如果妳的丈夫被判謀殺，州政府會負責他的下半輩子，他不會需要任何資產或收入就能活。他沒有活著的親屬，那麼妳可以得到……多少？這婚姻中的百分之九十……還是九十五的資產？」

「也許吧，我實在不知道。」

「妳告訴陪審團說，妳和丈夫負的債約是一千萬美金，但有七百萬都是未償房貸，是否正確？」

「是。」

「你們最近一次做的家族財產評估是怎麼樣的？」

「我不確定。」

我看著陪審團，無視證人。幾名女性陪審員與至少一名男性陪審員點起了頭。他們自己很可能也經歷過離婚，知道霍威爾太太以近似備戰的程度爲這場離婚做了準備——只要有錢得分，就會發生這種事。

「霍威爾太太，妳的離婚律師要妳準備一份婚姻資產的完整文件，有沒有這件事？」

「呃，有。」

「所以妳對妳的財產、股票、股份、車輛、遺產等等，全都進行過評估，對嗎？」

「喔抱歉，對，我想起來了。房仲認爲我們在房子上可以拿到一千兩百萬美金，不過現在拿不到了，房子現在變成了廢墟。」

我的下一個問題已經問過雷奧納德．霍威爾，他對答案非常確定。

「霍威爾太太，房子保的險是一千五百萬元，是否正確？」

「呃，我想是的。」

「妳想是的。房子是兩人名下共有，保險公司難道還沒把理賠支票付給妳嗎？」

一陣死寂。她思考了整整五秒，決定不要對此撒謊。

「有，他們付了。」

爲了產生效果，我停頓了一下，說：「剛剛有一瞬間，妳一不留神忘了自己拿到一千五百萬元的支票，是不是這樣？」

她搖搖頭。

「還有共計約超過四百萬的其他資產。」

沒有回答。我繼續說，她恍若在走鋼索。

「而你們的債務——總共幾分幾毫，妳知道得一清二楚——是一千萬。所以妳戶頭現在有一千五百萬，以及離婚後可拿到四百萬，是嗎？霍威爾太太？」

她花了些時間鎮定下來，努力想出脫身之道。她從塑膠杯啜了點水，將杯子在證人席的邊緣擺好，身體靠向椅背，回答之前先交叉起雙臂。

「說老實話，這是我最不放在心上的，我要卡洛琳獲得應有的正義。弗林先生，我才剛失去我的繼女。」她說。

「妳還是沒回答我的問題。除了保險理賠的錢，如果雷奧納德．霍威爾被判謀殺，妳就能拿到接近四百萬元。如果他無罪釋放，妳大概可以拿兩百萬嗎？」

「是，」她大聲地說：「我還是看不出我離婚跟這件事有什麼關係？」

關於這件事我得快快帶過。舒茲法官在座位上稍微往前傾，準備要向證人解釋他們的責任是要回答問題、不是問問題。我則省去法官這個麻煩，遞給證人一份文件。

「霍威爾太太，妳認得這個東西嗎？」

她朝文件瞥了一眼，點點頭。

「是我給警察的供述。」

「妳在家中發生火災後給了警察這份供述？」

「的確如此。」

「在第三頁最下方有一個簽名，確認這份供述句句屬實且正確無誤。這的確是妳的簽名，對嗎？霍威爾太太？」

她迅速翻過，找到文件上的簽名，說：「對。」

「妳簽名前有讀過這份供述嗎？」

「有。」

「霍威爾太太，陪審團一定會想知道妳為何在先前的證詞中撒謊。我想問你，這是因為妳認為自己離婚的話可以更好，還是有其他原因？」

蘇珊．霍威爾張開了嘴，先看了看檢察官，再看向法官。

「我說的是眞話。」她說。

「妳確定嗎？」

「我當然確定。」

「霍威爾太太，在先前的證詞中，妳告訴陪審團說，妳看到被告在火災當晚帶著一桶汽油進入地下室，但在給警方的供述中沒有提到？」

「沒有，當時我不覺得很重要。」

「霍威爾太太，妳在房子被燒得精光後就與警方談話，卻不認爲應該告訴他們妳的丈夫在火災幾小時前帶著一桶汽油下去地下室？」

她聳聳肩膀。我沒有追問答案，因爲我就要把答案告訴她了。

「妳也沒跟警方提到被告想要妳加入某種詐騙保險公司的陰謀。這個妳也沒有提起？」

沒有回答，只有更多淚水。

「霍威爾太太，妳是什麼時候打算編出這個故事的？」

「這不是我編的。」

「火災三天後，妳完全沒對警察提到上述任何一件事，是不是因爲妳坐在律師辦公室討論離婚時，記憶力有了突飛猛進的進步？」

「這跟我的離婚沒有一點關係，我就是看到有人走下地下室。」

「有人？所以妳不確定到底看到誰？」

「我已經解釋過了，那只可能是雷尼。」

我暫停下來，檢查筆記。目前的進展十分理想。陪審團懷疑她，而我只需要做到這件事就好：灌注懷疑。

交互詰問中最困難的部分就是懂得該在什麼時候該死的閉嘴坐下。在你說完之前，不確定感總會不斷叨叨絮絮——我有問對問題嗎？她的證詞中有沒有什麼部分非常重要，但我沒涵蓋到？我做得夠了嗎？

而你只能透過經驗漸漸感受，哪一個瞬間是必須停下的瞬間。雷奥納德．霍威爾的人生懸於一線，而這線就拉在我的手中。也因此使我壓力倍增，比原先更懷疑自己。

再追加一擊。

「霍威爾太太，妳描述了在夏威夷時與妳丈夫的語音訊息和電話交談，那時也大約是卡洛琳．霍威爾失蹤的同一時間。妳說妳的丈夫很憤怒、很激動，但他予以否認。」

「他是很憤怒。」

「霍威爾太太，被告將會作證表示他並沒有如妳所說那樣憤怒。有沒有可能是妳誤判？那其實是因爲憂心他女兒的安全？」

我一說完這個問題，就知道自己犯下巨大的錯誤。證人沒有看我——她看著金。我瞥了檢察官一眼，見到那心照不宣的微笑。

我剛剛幹了什麼好事？

31

「他在電話上很生氣。」蘇珊說。

我點點頭，坐下——雖然晚了好幾個問題的時間。我在心裡對著自己尖叫，表面卻沒有顯露出任何跡象。如果我顯露出來，陪審團在毫秒之間就會注意到，而金將會使出全力，讓這變得更明顯。我還來不及將椅子從桌下拉出來，她已走向證人。

「霍威爾太太，妳被告知妳丈夫的舉動並非如妳描述，妳確定妳記的沒錯嗎？」

「確定。」她又看了我一次，眼中閃著勝利光芒。

「庭上，我想提出聲請。」金說。法官讓陪審團離席，將我們兩人召到旁席。

「有什麼聲請？」舒茲法官說。

「提出被告和證人的手機資料。」金說。

一陣惡寒在我皮膚上擴散開。

「法官，這根本是來陰的，所有相關資訊都應該在證據開示時上呈。還有，警方是怎麼獲得這個資訊的？有發出搜索狀嗎？因爲我根本沒看見。」我說。

「庭上，是辯方主動跟證人提出這條質詢，弗林先生向她提及，她針對丈夫在這些電話中的印象有撒謊之嫌。我們不知道會有這種爭議，也正好有相關證據可以讓陪審團思考這一點，以求陪審團公正，他們應該要知道事情的全貌。我們有通話語音訊息和相關手機資料。」金說。

我沒有反駁，這一分已經失掉。舒茲法官會讓手機證據上呈的。

「我批准這項聲請，讓陪審團回來。」

如果我太強硬表示抗議，很可能會冒著被法官厭惡的風險，那幫不到我任何忙。所以我點了頭，像什麼也沒發生一樣轉身走回我的座位。這是我第一次有機會能完整看到群眾。我在檢方席後面看到他們的證人散坐在人群中。有意思。檢方證人通常會坐在檢察官後方，辯方證人則在辯護席後方。就許多方面來說，刑事訴訟就像一場沒有人想參加的教堂婚禮。我看到火災調查員、一些專家、特別指揮官林區，以及喬治。霍威爾的這位司機坐在那裡低著頭，揉著自己的膝蓋。可憐的傢伙，坐在狹小的長椅上對他的腿實在不怎麼好。

更後方，靠近法庭門處，我見到哈波看著我，臉上的失望極其明顯。我應該聽她的才對。只要一有機會，我們一定得談談。

有張臉出現在哈波後方努力地想偷看。光頭，白鬍子，那正是我今早見的第一個人，麥斯．寇普蘭。他很可能想來確認一下對手實力，衡量我一下，看看我在法庭上怎麼表現。

如果我是他，應該不會覺得多刮目相看。

「金小姐請繼續妳的再次直接詢問。」法官說。金從檢方檔案的一個皮夾中拿出兩個USB隨身碟，一個交給我，另一個插入最靠近證人席的巨大電漿電視右側插埠，手輕輕掠過電視下方，將它打開。一名助理檢察官把遙控器交給她，她則拿到身後。

「霍威爾太太，妳說妳的丈夫在打給妳的電話中顯得很生氣時，弗林先生表示妳可能在說謊。可以請問妳是否把他在卡洛琳失蹤當日留下的語音訊息存起來了？」

「我存了。」

「是這個語音訊息嗎？」

她突然反手一揮，按下播放。螢幕轉成清晰的藍色，我聽到語音訊息的開頭語。

「儲存語音訊息。您有一則儲存訊息。是我，我在辦公室，回我電話。」

「就是這個。」蘇珊說。

有一瞬間，我以為我得救了。訊息很無害，而且不算誇大，他聽起來是有點不爽。

但金還沒要收手。她回到檢方席，翻閱一份擱在桌上的淡紫色資料夾中的檔案，拿出幾份複本。我看過這種報告，聯邦調查局鑑識部的標誌清楚明白地出現在開門頁右手邊角落。她將一份複本遞給我，一份給法官，一份給證人。

「霍威爾太太，這是由聯邦調查局針對被告手機進行的鑑識分析。這份報告編錄出頁面左上方這支手機號碼在美國打出電話的原始位置。首先，妳能確認這是妳丈夫的電話號碼嗎？」

「這的確是他的號碼。」蘇珊說。

金指示證人翻到特定頁。

我則遠遠超前。我讀了那通關鍵電話的日期，繼續翻到地圖頁（附在這份報告的最後），接著將整份報告推到霍威爾面前。我以為我的委託人會拿起報告，至少翻閱一下，他卻留在桌上沒有拿，甚至看也不看一下。這不太妙。這表示霍威爾知道接下來會發生什麼事，而且他並不在乎。我垮下雙肩，覺得原先壓在胸口的重重鉛塊彷彿一路落到肚腹。法官點點頭，助理檢察官開始將報告傳到陪審員那裡。

我看著金，她甚至懶得指明語音訊息中散發的憤怒。陪審團有耳朵，自己就能聽出來。金正在將球棒往後拉，準備擊出一支全壘打。

「霍威爾太太，請翻到這份報告的最後一頁。妳會看到聯邦調查局已將這通電話在地理位置上與維吉尼亞的基地台連起，妳同意嗎？」

霍威爾太太研究著報告。

「是，看起來這通電話的確是在那裡打的，時間符合。」

「所以妳的丈夫留給妳一通憤怒的語音訊息，說他在辦公室，要妳回電，而這個證據指出妳的丈夫是從維吉尼亞打的電話。霍威爾太太，妳丈夫的辦公室在哪裡？」

「曼哈頓，他在語音訊息裡跟我撒謊。他不在自己說的那個地方。」

「霍威爾太太，再最後一個問題我們就結束。妳會看到報告最後一頁的地圖上有藍色和紅色的點，分別在旁邊標記『1』。爲了讓陪審團能理解——藍點是找到卡洛琳車子的地點，紅點是被告打電話、並留給妳語音訊息的大致位置。霍威爾太太，妳的丈夫似乎是在妳繼女失蹤當日打給妳，並留下訊息，而且是在距離最終找到妳繼女車子八百公尺的位置。妳知道妳的丈夫爲什麼會是在那個地方，不是在他辦公室嗎？」

「我不知道。」

「妳有沒有任何概念他爲何對妳隱藏他那天眞正的位置？」金說。

「他要幫自己弄一個假的不在場證明。」蘇珊說。

我提出抗議，法官表示有效，並告知陪審團必須對證人最後的發言予以忽視。然而，希望他們忽視這個發言的可能就跟我打贏這場官司一樣渺茫。金招招完美，如果我沒問那通電話，她也不會召回蘇珊·霍威爾，並提出這項證據，對此我一點也不懷疑。她最高招的就是讓我自己打開這扇質詢的大門，這麼一來，陪審團和法官就能親眼見證她將門甩在我臉上。這完全出乎我意料，陪審團也很清楚，並使得他們對我產生懷疑，也對我的委託人產生懷疑。如果你能讓強而有力的證據看起來是由對手提出，那麼這個證據就更強大。審判就是心理遊戲。檢方會設法利用一切機會破壞我和我的自信。他們要我質疑自己的戰術，讓我害怕問問題。

我絕無可能讓這種事發生。

我的手指拂過領帶，往下撫順。這是緊張的反射動作，我總叫自己不要這麼做。我的手指每觸碰那只領帶夾一次，我就想到霍威爾。只要我們兩人還活著一天，我就不會把這夾子交出去。

32

法院下方灰暗無彩的會面室隔間裡，霍威爾在桌面上一派委靡。他手肘撐桌，手指插進髮中，彷彿想將腦袋硬生生塞進這張松木桌裡。

我前方椅子空著，背靠著這個八乘六大小的房間門，腳跟抵門，雙手插口袋，注視著磨損的海軍藍方塊地毯。我們兩人都沒說話。我無法爲這樣的人贏下案子：一個決心自我毀滅的人，一個對我撒謊的人，一個對我有所保留的人。當我踏進法庭，知識就是力量。我必須比任何人都清楚這樁案子；這是我的專長。剛剛我才因檢方比我知道更多而遭到狠狠修理，這樣成不了事。我檢視手錶，在回去之前還有五分鐘，我必須想出辦法，將一切從蘇珊·霍威爾手中拯救出來。我還有最後的壓箱寶。

「雷尼，除非你把一切都告訴我，不然我就要走了。如果你不跟我合作，我就沒辦法幫你打官司。你想死在監獄嗎？很好，那也不要帶著我一起死。不能有隱瞞。別忘了，你六個月前打給我，要我加入，所以就好好利用我吧。如果陪審團現在就要做出決定，你將因爲謀殺她的罪名入獄，而讓眞正的凶手逍遙法外。難道你希望變成這樣嗎？」

沒有動靜。那雙無神的眼睛死盯著某個過往重罪犯深刻入桌的姓名。

「六十秒，你只有六十秒。不開口，我就走。」

他的左手從腦袋後方滑下，軟軟地落在桌上。霍威爾悠悠閉上雙眼，彷彿再輕的動作都會帶來痛楚。

五十秒。

我聽到他桌下的腳輕輕發出叩、叩、叩的聲音。這空間唯一的聲響剩下我的呼吸、他的呼吸，與便宜鞋子踏在單薄且鬆脫的方塊地毯上的聲音。

三十五秒。

守衛的鑰匙圈發出輕柔悶響，他從會面室隔間走開、回到保全辦公桌，那聲音也越顯遙遠模糊。

二十秒。

我將腳一蹬，離開門邊，站挺身體，雙手深深插進口袋，最後一次注視著霍威爾。

「那就祝你好運，你女兒的事我非常遺憾。」我邊說邊轉身離開。

門把轉動約四分之一時，他說：「我在墓園。」

我僵住了，思考著說不定扭開門把、丟下霍威爾自己去面對命運更爲明智。在法庭上遭到金的壓制讓我氣壞了，忘記了剛剛問霍威爾的問題是開放性的。天知道他會告訴我什麼。如果他告訴我他抓了卡洛琳，我絕不幫他辯護。該死的。我沒有考慮周全。在應該對他下重手、讓他做好面對這輩子最重要審判的準備時，我卻像對小孩子一樣過度溫柔。

「哪座墓園？」我問，手仍抓著門把。

「綠牧場，維吉尼亞。」

「你在那裡做什麼？」

「掃墓。」他說。

我把門把轉到底，「喀」一下打開門鎖。

「等一下、請等一下，艾迪，對不起——我是去看我的第一任太太。」

我放開門把，聽著門自動退回原位關上的聲音。他抬起了頭，注視著我。我拉開椅子，坐在霍威爾對面。

他點點頭，往後靠，從褲子口袋拿出一張照片。那張照片小小的，上了膜，好讓它在口袋中不會遭到磨損。他把照片遞給我。霍威爾的第一任太太長長的棕髮在雙肩散開，她身穿花朵圖樣的洋裝，坐在一堆石頭上望向海面，脖子上掛著一條懸著蝴蝶墜子的銀鏈。

她很美。

「我們第一次約會時我買了那個墜子給她，她幾乎每天都戴。」他說。

「所以是某種週年紀念嗎？是因為這樣你才去墓園嗎？」

「就某種程度，是的。」

這答案還不夠好——事實上是相當薄弱。的確，比起因為綁架女兒並丟掉她的車才出現在該區域，這個理由有好一點。但霍威爾依舊沒告訴我他為什麼要對現任太太撒這個謊。

「你每個週年紀念都會去看她嗎？」

「我曾經每週都去，但在我認識蘇珊後不久就不去了。她不喜歡我花時間在那裡。不知怎麼，蘇珊很嫉妒，也許是因為我們從未分離，現在她死了，我們更不可能分離了。有一天晚上，蘇珊跟我說，這感覺就像是我在和我死去的太太出軌。老天……我為什麼沒有快點跟蘇珊斷了關係……」

「所以你才沒老實告訴她你在哪兒？」我說。

「對。」

「那爲什麼你特別要在那天去那裡？」

「那天是她過世，七月二日。」

我點點頭，說，「好，但還有一件事我不懂。你留那通語音訊息時那麼火大，爲什麼？」

他起先沒回答，而是低下了頭，呼吸變得急促。

「那裡是她家的土地，多年來只有我的第一任太太和她父母在那兒。但我那天到墓地時，土被翻過了，一定有其他人也被放進那塊地……在她……她的上面。」

他站起身，來回走動，大口大口吸氣，再從鼻孔噴出，一副隨時可以殺人的模樣。

「雷尼，稍微冷靜一下。我得知道這件事，這很重要。」

我安靜坐著，給他時間。他必須靠自己緩下來。我讀過霍威爾的服役紀錄，他曾接受授勳，受過嚴格訓練，離開海軍後直接帶著卓越超群的推薦加入警界。在他離開警界、創立霍威爾保全時，這都給了他極大的幫助，綁架和贖金的棋局正是專爲他這種人準備的。他曾屬於組織：海軍，警界，外加聯邦調查局。但即便擁有那些勳章與特殊訓練，他在組織裡的各種傳言依舊層出不窮。像是嫌犯遭毆打致死、不如內部調查局所判定那麼清白的致命槍擊。這是我第一次看見過去的霍威爾：他不好惹。如果你敢弄他，你的結局很可能是進棺材，而非進監獄。

「我第一任太太的妹妹幾年前過世，埋在別的地方——至少我聽說是那樣。但她下葬的墓園搬遷，發展委員會重建了那塊地。我是去年知道的。當時我收到一封相關信件，因爲家族土地的文件在我這裡。我回了信，叫他們把她的屍體丟到河裡，我不想要。總之他們應該是移走了她，並和其餘家人一起放在那塊地上最後一個空間。」

「你這話還是說不通，雷尼。你是要告訴我你過世太太的妹妹最近才下葬——然後這件事讓你很火大嗎？」

他朝我這邊一個扭頭，同時，我聽見他的頸子發出悶悶的「喀」一聲。霍威爾的雙眼閃著淚光。

「她會死就是因為她的妹妹，我不要她的破屍體靠近我太太一步。」

我對此一無所知。我不知道他已故的太太竟然還有個妹妹，更不知道她得為她的死負責。因爲實在沒別的東西好問，我只好說：「抱歉，那麼你太太的妹妹叫什麼名字？」

「茱莉・羅森。」他說。

33

我小心翼翼不讓臉上表情洩露出我認得這個名字。我的心臟好比從一座漫長的山丘滾下，翻著跟斗、撞上大石，偶爾在撞到樹時翻滾會停止（雖然只有非常短的瞬間），而在那一瞬間，我心中幾乎形成一道影像，但當翻滾再次開始，我的整個世界又天翻地覆。

我努力逼自己問出這問題——實在很不好意思，畢竟我應該要知道的——是否可提點我他第一任太太的名字——瑞貝卡。除了這三個字，霍威爾不肯再多說。我已把他逼得太緊，他再次撤退回自己心中，而我思考著是否要再次威脅他我要離開。不過我知道，這一次他會直接放棄。他已把能說的全告訴我，再逼他多講只會有損他的理智，而那其實也所剩無幾了。

我站起來，離開會客室的隔間。

哈利接了我打的電話。我原本以爲他會在法庭上，所以我很驚訝他竟然能接到。

「是我。我需要你去拿茱莉．羅森的檔案過來白原市這裡。有辦法嗎？」我說。

「你說『有辦法嗎』是什麼意思？」哈利說。

「你難道沒有排滿一整天的案子得出庭嗎？」

一片死寂。

「噢，那個啊，我想我一定可以找到另一個法官幫我代班一天。你住在哪兒？」

「不遠有個旅館，就在最靠近法院的天橋再過去。你覺得你什麼時候可以到？」

「我一小時就能抵達。怎麼了？發生什麼事了？」哈利說。

「你到這裡時我會告訴你。只是覺得你能過來我很高興。怎麼這麼好？今天真的沒有跟山一樣高的案子要處理嗎？我以為你很忙的。」

我聽到另一端冒出幾聲苦笑。

「感謝你啊，艾迪，我多了不少空閒——我現在留職停薪——如果不這樣，就是停職。我大概半小時前接到司法申訴委員會的電話。」他說。

「他們威脅要停你職？什麼原因？」

「試圖影響調查結果。很顯然，你今天早上去了一趟麥斯．寇普蘭辦公室。」

我用拳頭把走廊牆壁剝離的破舊灰泥漿打掉一大塊。

「哈利，對不起，我只是去跟他說說話，我沒威脅他……呃，也許有威脅一下，但那是他的保鑣先對我出手。」

「我知道你認為自己在做正確的事。無所謂，他們很可能不管怎樣都會把我停職。寇普蘭今天早上提出他的最終上訴理由書。他宣稱茱莉．羅森的辯護人不適任，以及她的心理狀態不適合受審。」

「他的意思是她瘋了？」

「對。我有茱莉的精神報告，但是在她被判罪後才委託他人進行。兩年前，那名精神醫師死於心臟病，所以他沒辦法出來維護自己的立場，說她其實處於可接受審判的狀態。我們所知的是，她在判刑後一年內就被宣判精神失常。如果寇普蘭能說服法官，當時她精神上就已不適合委託律師，就將自動獲得一次新的審判。而因為她已過世，無法再次受審，很可能會直接宣判無罪。」

「那你會怎麼樣？」

「如果我是律師，很可能會丟了執照。但因爲我是法官，則會直接出局。你想想，光是我在初步證據的判決就有偏頗，以後我的任何決定都變得不可信。因爲這起案子，我做出的每一個判決都將自動上訴，我站不住腳，職業生涯完蛋，爲了走到這裡付出的一切奮鬥、犧牲……全部付諸流水。委員會會堅持讓我辭職。」

「這種事不會發生，我絕對不會讓這種事發生。」

「你無計可施。而且，你到底爲什麼需要羅森的文件？爲什麼突然這麼急？」

我心中糾結著是否要在電話上告訴哈利。如果他認爲我會危害到羅森案上訴，很可能會拒絕前來。但我信任他。而且，比起自救，對哈利而言眞相更重要。

「和卡洛琳・霍威爾的案子有關。我的委託人在卡洛琳・霍威爾失蹤當天早晨去探訪她太太的墓地，他說，他太太的妹妹是茱莉・羅森，而且茱莉跟他太太的死有關。哈利，這有讓你想起什麼嗎？」

一開始他沒有回應，但我可以聽見他的呼吸在電話中突然變得急促。

「我太震驚了。這我是第一次聽說。我是說，我知道她有家人，但茱莉不跟他們來往，也不讓我們接近。除了殺嬰和縱火之外，茱莉沒被起訴其他罪名。也許那是巧合？也許只是同名，但不是同個茱莉・羅森？」哈利說。

他也可能是對的。我謝過哈利，說跟他在法院見，便回頭朝法庭去——並見到哈波靠著一根柱子，啜著外帶咖啡。靠近她前，我先打量了一下走廊四周，確認林區沒在偷看。他不在，或至少我沒看見。哈波對我點點頭，我走上前。

「現在相信我了嗎，這位辯護律師？」她說。

「妳爲什麼要警告我？」我說。

哈波啜了一口咖啡，說出答案時眼睛盯著杯子裡。「我還是不認爲他殺了自己的女兒，他不會爲錢將她置於險境。不管證據怎麼說，我相信自己的直覺。」

「眞希望妳老闆也那樣想。」我說。

「我也是。」

「我得說，就聯邦探員而言這樣的立場眞的相當詭異。妳不認爲是他做的，我理解。但妳爲什麼願意爲了霍威爾危及前途？妳根本不認識他，這到底是在搞什麼鬼？」

「反正我的老闆沒看到紙條，他也永遠不會看到。總之你還是問了那個蠢問題。他不能怎樣，我還是冒了風險，但不大。我也沒有搞鬼，我不要霍威爾的錢，只是不想看一個無辜者受到栽贓。」

我彷彿在哈波的嗓音中感覺到了什麼。

「我總覺得妳和林區之間有些小小的過去。是和他有關嗎？是要證明他錯了嗎？」

「你知我知——我們的確有點過去，但不是什麼好的過去。可是這依舊不會改變我的信念，也不是我這麼做的原因。」

庭務員打開法庭的門，喊所有人回去。休息時間結束。

「妳爲什麼要這麼做？」

哈波把咖啡丟進垃圾桶，站挺身體。「就只因爲這麼做是對的，所以我要去做。這有什麼問題嗎？」

五分鐘後，法官和陪審團重新回到座位上，我則再次回到案件中。

「霍威爾太太，妳的丈夫前往維吉尼亞的那個地點，是要探訪他第一任太太的墓地，對嗎？」我說。

她似乎更為放鬆，也許是深知她在作證時做出了幾個成功的攻擊，再也不用擔心了。

「我不太確定，也許吧。」蘇珊說。

「他每年都去那裡，在她過世的週年。妳不記得了嗎？」

「我剛才說了，也許是，也許不是。我人又不在那裡。」

「一點也沒錯，妳不在那裡。霍威爾太太，所以妳也無法確定妳的丈夫為什麼會在那裡，又或者是在做什麼，對嗎？」

「對。」她說。

我不敢再往下問。由於金用了那種方式給我設下陷阱，天知道我還可能走進什麼詭計之中。我決定結束交互詰問，在霍威爾太太捅出更多洞之前讓她離開證人席。

「對於這位證人我沒有其他問題了。」我說。

蘇珊站起來跨出證人席時，眼神停留在霍威爾身上。我發現自己很難解讀這一眼，其中可能混合了知道自己將要勝出、以及最終他還是將她看透的苦澀——而且是直接看見了她的內心深處。埋藏在人心中的醜惡，是人們守護得最滴水不漏的祕密。他們不希望被他人看見藏在其中的野獸。

「妳怎麼能這樣？」霍威爾說。他沒有吼叫，只是平平淡淡地開口，音量足夠讓陪審團聽見。

他的太太一手遮嘴。起先我以爲她是要忍笑，但不是，她是要回應他的輕蔑，這麼一來陪審團才會看見霍威爾的話傷她多深。

「低調。」我低聲說。

法官把全副注意力放在霍威爾身上，隨時準備在他再度失控時立刻將之攔截。

「卡洛琳一直很恨妳。」他說。

一聽這句話，蘇珊立刻雙膝一跪，哭得像是腹部遭到重擊。我聽到陪審團中傳來幾聲倒抽氣與壓低音量的交談——鐵定是幫電視節目選角的人吧，因爲她的精湛演技而驚訝得五體投地。

法官用力跺了跺腳。「霍威爾先生，在這法庭上，你有律師代你發言，不要說話，除非是和律師。我不會容忍任何人在我的法庭上遭到欺凌。這是你的第二犯，再失控一次，我就讓你離庭，審判會在你不在場的情況下繼續進行。你明白了嗎？」

但是霍威爾什麼也沒說，只是回瞪著法官。沉默籠罩了整個空間，從長椅上擴散開，影響到每一個人。霍威爾的眼神已然失焦，失在一個無人能減輕他折磨的世界中。舒茲法官的眼中有著憐憫，她知道這眼神屬於一個失去這輩子最重要的人的男子，而那般痛苦幾乎要將他逼瘋。

「雷尼，夠了。」我說。

他的目光重新回到地上，眼中湧出新一波淚水，但他忍了回去。他還剩下一些些決心，而我誠心希望那足夠讓他撐過去。

下一名檢方證人站起來，已準備就緒即將要來到席上。金本來要傳喚他們，但停下來等待霍威爾和蘇珊演完陪審團面前的這場大戲。而今，她準備好了。那個瞬間已結束。

「庭上，公訴人傳喚下一名證人，達拉斯・伯奇醫生。」

我的委託人遮住了臉。雖然我盡了一切努力，幫他做好準備，但沒有幾個父母能承受這件事。伯奇醫生是一名經驗豐富的血液噴濺分析師，他檢查了地下室找到的血跡，做出兩個結論：第一是卡洛琳在地下室被毆打致死。第二個結論是：她被自己的父親毆打致死。細節可說極度聳人聽聞、無法入耳。我立刻知道，無論霍威爾還剩下些什麼，都撐不過接下來的二十分鐘。

二〇〇二年，五月
紐約上州

一輛車停在小木屋外頭，茱莉聽見輪胎碾過碎石的聲音。現在快要下午四點，她知道姊姊總是早到——不是沒禮貌的那種早，只是早幾分鐘。有禮、嚴守時間，非常可靠——她們的母親總這麼說。就連姊姊的守時都成為母親眼中用以比較的源頭。CD播放器的音量轉得很低，這麼一來她才能聽見車聲。她們過去這麼多年一直存在著競爭並相互厭惡，直至去年，茱莉和姊姊之間的狀況漸入佳境。茱莉想維持這種和諧狀態。

這是很重要的。

她聽見姊姊的鑰匙在前門發出的聲音，便以流暢的動作拿油布蓋住畫布、放下刮刀、脫下連身工作服。

若在一個月前，工作服可能會直接丟在地上，她輕輕鬆鬆跨出去即可。這些日子就不是這樣了。茱莉必須挪來挪去地拉下工作服，褪過她隆起的肚子。她把工作服丟在這個臨時工作室一角，離開房間，把門關上鎖好。

「我帶了妳所有喜歡吃的，全都很棒。巧克力豆餅乾、蔓越莓冰淇淋、冰棒——當然是櫻桃口味。我後座有四包洋芋片，但妳應該知道那是額外的點心吧？妳得先吃有機水果沙拉。穀物麥片……」廚房傳來的聲音說道。

那是瑞貝卡。她的雙臂捧滿棕色牛皮紙袋，義大利麵、法國麵包幾乎滿溢出來，甚至還有豎立的鳳梨蒂頭從袋子邊緣戳出。她柔軟的棕髮垂蓋住臉。那張臉，那乾淨、柔滑的肌膚，在陽光之中看起來幾乎呈現金色。

在茱莉印象中，與瑞貝卡的外表強烈對比的是眼睛的模樣。茱莉知道，瑞貝卡有著和母親一樣的雙眼，冷酷、易怒，有時會硬生生損害到她天生的美貌。

但今天不會。

瑞貝卡稍彎下膝蓋，將那些紙袋放在桌上，吐出一口氣。茱莉看著她挺直身體、稍做伸展。她以左手壓著下背部，右手輕撫腹部的隆起。她穿了孕婦裝，身材仍纖細，卻凸出一顆球。

茱莉感覺著自己隆起的腹部，注視著姊姊的肚子。

她們隆起的尺寸相同，大致一樣。茱莉的小一些，而且比她姊姊的沉重。母親會說瑞貝卡長得好看，但一直沒告訴茱莉她獲得了什麼特質。當茱莉漸漸長大，她便明白，姊姊得到母親漂亮的肌膚、高高的顴骨與纖長的骨架，而自己承繼的是母親令人討厭又充滿惡意的嘴。茱莉繼續成長，並且了解，與瑞貝卡相比，其實她與母親有更多相同之處。

茱莉承繼了她的心，還有隨之附加而來各式各樣扭曲、多刺的思想。

這記憶突然襲上心頭，而當茱莉再把注意力拉回現在，看到自己的姊姊注視著她。不，不是看著她，是看著她隆起的肚子。

姊妹兩人都沒有說話，無須預演或提醒彼此，就這麼靠向對方。她們只相距一尺之遙，都在另一人的腹部上握著對方的手，用手指拂過她們衣服的布料，感覺著對方腹部的弧度。

瑞貝卡的眼睛蒙上一層淚水。

另一輛車開上車道的聲音嚇了兩人一跳。她們分開來，一同轉向廚房中面向車道的那扇大窗户。

「是誰？會是誰？」瑞貝卡問。

茱莉知道那是誰，但什麼也沒説。

「不要告訴我是那個人，不要告訴我你打給他。」瑞貝卡一面退後一面搖頭。

「該死，貝卡，我在這裡好寂寞，都好幾個月了，我完全沒碰，寶寶也很好。我只是有點快發瘋。」

她的姊姊又往後退了一步，轉動眼珠，注視餘光中所見的景象，打算説點什麼，但茱莉在同時間説道：「不是發瘋啦，妳放輕鬆，這個詞用的不好……我就只是很寂寞。」

「但他……我們談過了。」瑞貝卡説。

「他改了，他現在有在工作，我向老天發誓。雖然不是朝九晚五，但口袋裡是有錢的。他也沒碰毒，而且我們很好，我有小心，相信我。」

通往廚房的後門打開，史考特站在門口，右手像爪子般抓著幾個購物袋。

「妳好啊，瑞貝卡。」他説。

她暫且予以忽視，眼神持續注視茱莉。茱莉走向史考特，輕輕握住他的手，領他進入廚房。

「貝卡，妳還記得史考特·巴克嗎？」茱莉説。

瑞貝卡點點頭，注視他的同時像要保護什麼似地將雙手蓋在肚子上。

「我對上回見面的情況記得非常清楚。史考特，你呢？」

他什麼也沒說，看著地板，吸了口氣。

「我記得非常清楚，」瑞貝卡繼續說：「我把茱莉從你公寓拖出來，她身上滿是瘀青和嘔吐物，然後我在她用毒過量之前把她帶到急診室。她差點死了。不過你嗑得太嗨，沒注意到。」

「我現在很乾淨……」他說，但沒機會把話講完。

「茱莉也是，她的皮膚也是。她跟你在一起時身上一堆瘀青、燙傷、割傷。你很乾淨、很清醒，我懂。但你還揍女友嗎？」

史考特說：「那個也有人幫我改了，我已經變了，茱莉也變了。我們現在都更好了。」

茱莉把整個人縮進史考特臂彎中，看著姊姊朝著門廳和前門退後。

「噢，也恭喜妳懷孕了。」史考特用無感情的語調說。

瑞貝卡的手指在腹部伸開，作保護狀。「茱莉，我們之後再談。」她邊說著，邊轉過身，出去時甩上了門。

茱莉用鼻子蹭了蹭史考特的胸口，說：「謝謝你。對不起，我不知道你這個週末會過來。我應該先告訴你瑞貝卡會在。」

「無所謂的。」他說。

「我想你是對的。只要我們在一起就好，我只要這樣就好。」

「我知道，而且我們會在一起的。妳、我，還有寶寶。我再接一個工作，然後就收手。」他說。

他們親吻，茱莉在史考特的唇上嚐到一些熟悉的東西，辣辣的，橡木氣味，酸酸的。她用雙手捧著他的臉，說：「答應我一件事好嗎？」

「什麼事？」

「答應我你不會告訴她。」

「我答應妳。」史考特說。

34

陪審員至少有一半不知道血液噴濺分析是什麼意思，露出一臉迷茫。當伯奇醫生解釋他如何分析血跡，並判定這樁案件有多麼暴力，陪審團中冒出一陣竊竊私語。他們知道將有壞事降臨：照片。將有一名年輕女子死去的細節要被公布——而且死得很慘。我能看到部分陪審員力持鎮定、呼氣吸氣、轉動肩膀、咬著嘴唇。兩名男性陪審員一臉戒慎恐懼，尤其是那名年輕男性。他身穿白色有釦上衣，胸前口袋插著一排筆。女性陪審員似乎對於即將面臨的場面較有備而來。身穿黑色上衣與牛仔褲的女士坐得更直，將筆拿在手中，準備寫下筆記。

「伯奇醫生，請告訴我們，爲何你有這個資格替這起案件提供專業層面的證詞？」

伯奇醫生勾起了嘴角，看向陪審團。此人十分熱愛談論自己的經歷。

「因爲我在警界服務了十二年，對血液噴濺分析漸漸發展出興趣。而且就算是在我還是業餘人士的時候，我對血液噴濺的解讀都在數起案件中提供決定性的證據，並直接促成逮捕或定罪成立。我認爲這是我的天職。於是我離開警界，到聯邦調查局接受血液噴濺分析的訓練。在獲得血液噴濺分析的證照後，我便開創自己的顧問公司。目前爲止，我已執業超過十五年，並參與大約三百起案件。」

我做了一些筆記，看著陪審團打量達拉斯．伯奇醫生。他令人印象深刻，體型十分巨大，人格也與此相配。他穿著灰色褲子、白色上衣，以及藍色運動外套；頭髮短而俐落，一如他說出口的答案。

我研究過伯奇這人。我打了幾通電話給和我夠好、肯和我說話的當地辯護律師。伯奇幾乎算是這座法院裝潢的一部分。他開始做血液噴濺分析的時間點，差不多能一路追回這門學科剛開始成爲警方調查採用依據的時候。而因爲他在進入這領域前曾於白原市擔任警員，所以血液噴濺的案子都給了他。警察永遠會照顧自己人。

即便他準備了如山高的報告也全都對警方有利，這人也只做過兩次證。在大多案件中他都不需要出庭，因爲嫌犯都認了罪，或辯方沒有對他的報告提出質疑，只在紀錄中讀一讀了事。而就算上述全如實發生，伯奇仍會來法庭旁觀，一如辯護律師們告訴我的，伯奇就像這兒裝潢的一部分。

金得讓專家證詞這段盡快推進，於是她立刻切入。

螢幕上的第一張照片是火災後房屋的廣角照片。屋子還在冒煙，一部分結構已經崩塌。

「我接受白原市警局委託，對被告地下室找到的血跡、被告的眼鏡上的血跡，以及死者車輛中找到的血跡進行分析。」伯奇醫生說，口音似乎來自與德州相距不遠的位置。不過話說回來，無論哪裡都跟德州相距不遠。

他繼續說：「根據消防隊長和結構工程師的說法，火勢蔓延至煤氣管線，造成地下室爆炸，並因此危及鋼骨結構。地面層部分大理石板塌倒，因此我必須等到工程師撐起該區域，確保它安全後才能進行檢驗。」

金手腕一轉，按下遙控器，叫出地下室的照片。一角有明顯的爆炸痕跡，但房間其餘地方顯然沒被黑煙損傷。

「醫生，請和我們談談這張照片。」金說。

「如各位所見，爆炸位於地下室一角，其餘牆壁表面仍有一些煙，但幾乎可說是完好無缺。爆炸的威力直接往上衝進房屋其餘部分，而地下室牆壁磚頭上的白漆仍很乾淨，且相對明亮。」

遙控器按了第二下，叫出新的一張照片。這次，他們並沒有為了拍照而以明亮的燈光打亮地下室，整個空間呈半漆黑狀態，除了照片左側的牆壁。那裡可見一抹詭異的藍色。

「伯奇醫生，這張照片呈現的是什麼呢？」

「犯罪現場鑑識人員使用生物性發光物質，例如發光胺或他種物質，搜尋遭到清除或肉眼看不見的潛在血跡。你們在牆上看到的藍色圖案其實就是血。」

「當你前往現場、看到血跡，你做了什麼？」

「我首先將調查與評估的程序走過一遍。我從現場警官那裡先獲得相關資訊，檢驗牆上的噴灑模式。我能否看一下照片五？那對我會有點幫助。」

「當然。」金從螢幕叫出照片。那是一張藍色血跡模式的特寫。

「如各位所見，這是很典型的噴濺模式。我檢驗這模式中的獨立血滴、進行測量，並判別它們的行進方向……」

「抱歉，我可以先在這裡暫停一下嗎？你是如何判別牆上血跡的行進方向的？」

「其實相當簡單。如果血滴行進的速度夠快，並且以傾斜角度擊中表面，會即刻製造出血滴痕跡。如果要簡單形容，會是圓形；如果血滴呈完全垂直落下，會製造出環形，邊緣有微微的鋸齒狀；而由特定角度滴落的血會製造出近似氣球狀的痕跡，氣球圓大的那端會是血液最先接觸表面區域的位置。」

「我懂了。因此，透過血滴的形狀，你能看出它們來自哪個方向？」

「是的。我用拉線法來計算最可能的起始點。基本上，我將一條線連到牆上，沿著行進軸連到血跡。我能夠據此制定角度和起始點。在這起案件中，發生流血事件的情況是在距離這道牆兩公尺處，血液來自從地面算起、一百六十公分的高度。」

簡短一個暫停。我聽見霍威爾的指節在桌下喀啦作響。他捏緊了拳頭，使得雙手和手指的皮膚泛白。我輕輕將一手放在他臂上，努力想在不吸引注意力的情況下讓他冷靜。

金之所以要暫停，是爲了讓陪審團消化此事。這都是些技術數據，其實不代表任何意義——總之，在她下一個問題之前沒有任何意義。

「醫生，你知道受害者的身高多少嗎？」

「知道。就她這年齡而言，卡洛琳算高：死者是一百七十七公分。」

「死者……」霍威爾壓低音量呢喃道。對霍威爾來說，審判上說的每一個字都使得她遭謀殺一事更爲眞實，有如他吸入身體的每一口氣。

「醫生，請告訴我們你根據科學調查對這個現場所做的分析。」

我往前傾——我、陪審團以及法庭上大多數人都這麼做了。這便是那些藍色痕跡、繩線與計算加總之後得到的效果。

「牆上的模式看起來像是典型的中速度撞擊噴濺。在地下室找到的沾血刀上有死者的血，因此證據確鑿。就我看來，噴濺模式與遭遇刀或尖銳物品攻擊、切斷頸動脈造成的血濺一致。一開始，血管上出現開口，因有來自心臟的完整壓力，迫使血液以高速弧線噴出。之後，當血管上的開口變寬、血壓下降、噴灑弧線也下降。這類受傷造成的痕跡有極高的指示性。受害者的身高，以及我對發生流血事件的起始點的計算，精準符合喉嚨上致命的一擊。」

「你如何確定你的理論？」

「我可以在測試環境下用針筒模擬流血事件，並重建同樣的噴濺模式。」

伯奇旁邊的螢幕跳出一個白色房間的影像，牆上有同樣的模式，只是這次變成了紅色。我之前看過這照片，但直到現在才看見測試區域的地上有幾滴血。我翻閱我的檔案，找到發光胺標示出血跡的那些照片。它們的確一致：都噴灑在牆面，只有幾滴在地上。

「在接下來的報告中，你是否能得知牆上找到血液的ＤＮＡ？」金說。

「是。我得知血液與卡洛琳·霍威爾的ＤＮＡ吻合。」伯奇說。

「先前你將受害者脖子上的傷描述爲**致命傷**，你怎麼確定這個傷口就是致命死因？」

「血液模式的形狀與排列是典型由動脈噴出的鐮刀狀。如果有人打開你的頸動脈，你在幾秒內就會失血過多，除非旁邊有外科醫師，以及一整個急救團隊待命——即使那樣你還是很可能會死。」

「不！」霍威爾尖叫出聲。他站了起來，臉上神情狂亂。

我也站起身制止他，並感到他抓了我的外套。我們對上眼神，霎時間，我覺得霍威爾像個正在溺斃的人；他的臉上有著絕望而原始的表情。

他以雙手緊緊揪住我的上衣。「讓我出去！讓我出去！我聽不下去了，艾迪，讓我出去……」他懇求道。

我正要申請歇庭，舒茲法官卻搶了我的台詞。

「霍威爾先生，這是你第三次違規，我已經警告過你了。警衛，請將霍威爾先生帶去牢房，你必須在那裡待一小時。等你回來，如果再發生更多失控事件，我會判你藐視法庭，剩下的審判過程你都不能再回來這裡。將他帶走。」

他低喃了一聲道歉，放開我的外套，用手撫順我的外套和上衣。被帶走時，他一面哭泣，但我沒聽見——我正忙著和法官爭論，可她不聽。陪審團則沉默地看著整個場面。群眾中爆發一陣交談，音量之大，蓋過了我的聲音。我左邊通往牢房的門「砰」一聲關上。

我花了點時間冷靜下來，抹了抹嘴。伯奇醫生對我微笑。他知道我們只能就此罷手，而且他自信滿滿。我沒有血液噴濺分析的辯方專家，現在連委託人都沒了。

35

法庭在霍威爾製造的騷動之後又冷靜下來。對於伯奇醫生，金已經結束了她的質詢。她謝過他，坐了下來。

一如網球比賽，當球狠狠朝我擊來，法庭上每一個人都認爲我絕無接到的可能，更不要說打回網子另一邊。

我的雙手既熱又濕。從眼角餘光，我見到一名陪審員往後一靠、交叉起雙臂，一副「**老兄，你還有什麼話好說？**」的模樣。

事實證明伯奇醫生的確是個很有說服力的證人。他的證詞清楚明瞭，陪審團似乎相當理解其重要性，也欣然接受。現實中，我其實沒有多少餘地可爭辯。

但現實不重要，眞相也不重要。畢竟，我們是在法庭上。

我在事前早已計畫妥當要使用什麼策略。即便如此，我仍然可能在任何時刻一敗塗地。就算你知道自己將做出什麼攻擊，也不代表無論怎麼出拳都能打中目標。

我站起來，從辯護席走出去，站到法庭中央。該處位於法官，陪審團、證人席與檢方包圍的正中間。我手上沒有任何筆記。伯奇醫生咳了幾聲、啜了口水，調整眼神看著前方。這是專家證人時不時會使用的基本技巧。不管哪種證人，最不希望發生的情況就是在交互詰問中發脾氣，那往往會成爲失去可信度的前兆。避免爭執最簡單的方法就是避免眼神接觸，專注聆聽質詢，開口回答前三思後行。這樣一來，你就不會因太快回應或遭挑釁的問話方式被牽著鼻子走。即使伯奇於職業生涯中沒眞的在證人席上度過多少時間，爲了作證，他仍多次接受一堆檢察官的訓練，而他們大多會傳授這個技巧。其實相當簡單，但極其有效。

「伯奇醫生，剛剛你告訴法庭的一切全是屁話，對不對？」

一陣停頓。伯奇沒與我有眼神接觸，金也沒提出抗議。她不想顯得對這名證人過度保護。我的目光對準他，但在視線邊緣看到幾名陪審員立刻坐直了身體。法官放下了筆。我能感覺到她凌厲的目光，不怎麼友善。

「不對，完全不對。」他說。他的回應慢了，更加字斟句酌。他的語調也放緩，好往回答中灌注更多權威感。我見過證人使用這樣的技巧，但從來沒有一次全用上。我因此思索，也許伯奇醫生在證人席上學到了紮實的一課，而且絕無再次情緒失控的可能。只要他有好好聽從檢察官的指示，便會清楚在交互詰問中存活的祕訣。

「你在先前的證詞中說血跡噴濺分析是你的『天職』，對嗎？」

又一陣停頓，他的眼神看著地面。

「對，我熱愛我的工作。」

「在開創自己的鑑識顧問公司前，你曾是一名警察，對嗎？」

問題與回答間的延遲縮短了約半秒。

「是，我離開警界去追尋我的天職。」

「而你也順應這個天職去了聯邦調查局，並在那裡接受這門學科的訓練。你是這樣告訴法庭的，對嗎？」

延遲時間又回到整整一秒。開口回答前，他仔細地將答案思考了一遍。

「沒有錯。」

「你受的訓練與取得的資格，是在維吉尼亞州匡提科、聯邦調查局國家學院的法醫鑑識與研究中心，對嗎？」

我們等待著，然後他說：「正是如此。」

現在輪我放慢步調。我朝陪審團上前一步，面對他們，停下來，說：「伯奇醫生，聯邦調查局國家學院餐廳入口上方的標示寫了什麼？」

又來了，是他習慣性的延遲。兩秒過去，五秒。我沒看伯奇，而是看著陪審團，陪審團則看著他。到了第十秒，陪審團成員的表情開始變了。當沉默來到第十五秒，起初普通無害的好奇，現在轉為緊迫盯人的注視。這是前所未有的死寂，彷彿擁有自己的人格，像是某種有分量且高密度的質性，促使泅泳其中的每一個人都感到那分不自在持續增加。兩名女性陪審員以雙手遮眼，在默然無聲中蜷曲身體、別開眼神。我認為是混帳的那名陪審員往前傾身，兩個手肘支著大腿，其餘陪審團則超越了那分尷尬，好奇了起來：有些人用手指撐著下巴，戴眼鏡的年輕女性把筆的上方按得喀喀響，準備好筆記本要寫下答案。其餘陪審員則注視著伯奇。金的椅子發出嘎吱聲，打破安靜。她往前傾，簡直恨不得拜託伯奇張開那該死的嘴說點話，說什麼都好。

「我可能記不起來。」最終他說。

這是個爛答案，我要攻擊他了。我開口時，收近了我和他之間的距離。「你是說你記不起那個標示寫了什麼嗎？」

他的手指在腹部緊緊交纏，但兩根拇指正以瘋狂的速度相互打圈繞轉，猶如正在他腦中旋轉的齒輪。

「我不知道那個標示上寫什麼。」他承認道。

「你之所以不知道那個標示寫了什麼，是因爲事實上你根本沒去過匡提科的聯邦調查局國家學院，是不是？」

他無聲地動著下巴，頭側的肌肉鼓了起來。

「沒錯。」

「所以，當你說你覺得自己記不起那塊標示上寫什麼，是在說謊，對不對？」

「不對。」

「如果你從沒進過國家學院，那麼你應該同意我說你從沒看過那塊標示，對不對？」

「對。」

「那麼，你就不可能『記不起來』那塊標示上寫什麼，因爲你根本連看都沒看過？」

「對。」

「也就是說，當你說你記不起來那塊標示上寫什麼，是在說謊。是嗎？伯奇先生？」

「不是。那不是說謊，我只是說錯話。此外，請叫我伯奇醫生。」

他現在立刻就回答了問題，音量加大，聲調也隨著血壓一同往上揚。我從他面前轉開，回到辯方席，抓起一張紙舉在身前，讓伯奇看不到，說：「當你作證說你從聯邦調查局得到血液噴濺分析的證照，你眞正的意思其實是：你完成了ＢＰＡ——也就是血液噴濺分析（Blood Pattern Analysis）的線上函授課程，而這門課程是在聯邦調查局的協助之下創設？」

「他們的確協助了課程教材的準備。」他說。

「那麼，實際上你的ＢＰＡ合格證明是從哪一所大學取得的？」

起先他的回答含糊不清，我沒聽懂。

「伯奇先生，是不是可以請你再說一次？」

「迪布洛大學。」他說。

「迪布洛大學在哪裡呢？」我說。

「我不確定。」他說。

我現在比金更靠近陪審團，我可以發誓聽到她壓下嗓音、低呼了一聲「老天爺」。這一切在她眼前活生生變成一場世紀浩劫，而她對此完全無計可施。達拉斯．伯奇，法庭裝潢的一部分，他在這裡的時間太久，久到檢察官辦公室根本忘了——或根本不在乎——他是怎麼獲得待在這裡的資格。我做了功課。血液噴濺分析是法醫鑑識許多灰色地帶之一，主觀意見與科學結果尷尬並存。分析師在該領域待得越久，越不可能取得現行的、更正式的資格。他的資歷聽起來很棒，但當我一開始調查，就越顯四分五裂。

「伯奇先生，我可以幫助你記憶：迪布洛大學所登記的地址，郵遞區號是在克里夫蘭。你稍微想起來了嗎？」

「可能是吧。」他說。這次，我聽到他抓住椅子扶手發出的嘎吱扭轉聲。雖然那也可能來自他咬緊的牙關。事實上究竟是哪個，對我來說並無所謂。

「你也是從那裡拿到你的博士學位嗎？」

「是」這個字隨著一個短促的呼氣冒出來。

「你所接受的訓練來自一所沒有校園、沒有教學廳，甚至連小小的教室都沒有的大學。你接受線上課程，透過電子郵件收到學歷證明。我這麼說正確嗎？」

他沒回答。

「而如果你想要博士學位，只要再多花兩百美金，但其實不需要再多做什麼額外動作，對嗎？」

「我不記得了。」他說。

「只要兩百美金你就能拿到血液噴濺分析的博士學位，或物理治療，或營養學——甚至美髮？」

「我不知道。我只有上血液噴濺這一科。」他說。

該繼續前進了——趁著陪審團還在搖頭。

「在你分析受害者的身高、包含在刀上找到她的血之前，就先收到了資訊？」

「沒有錯。」

「你做出來的分析也是這樣，對嗎？你只是根據那個資訊做出報告。卡洛琳‧霍威爾的身高能夠給你一個大約的著手點，好估出血跡是由受害者的喉嚨噴出，是否正確？」

「我進行了完整且詳細的分析，並且根據結果做出這個發現。」他說。

「在你分析這些血跡噴濺前，對於由紅血球和白血球造成的血液黏稠度差異的容差是？」

停頓一拍。

「零。」

「你是否同意，所有頂尖的血液分析專家廣泛認爲，血液黏稠度可能會影響噴濺模式？」

「是。」

「你分析血液噴濺時，對於牛頓定律的容差是？」

伯奇的椅子發出「喀」一聲，嚇到兩名陪審員。他差點弄壞了椅子扶手，並嘶著聲音說：「我不確定牛頓定律到底是什麼鬼，或者這跟我的分析有什麼關係？」

「抱歉。牛頓定律更廣爲人知的名字是地心引力定律。我猜克里夫蘭的郵政信箱裡大概沒這門課。在任何情況下，假使液體在空中前進，你是否同意地心引力對於它的行進會產生影響？」

「我同意。」

「但在你的分析中並沒有對這因素做出解釋。我可以一直這樣繼續講下去，但就讓我長話短說吧：伯奇先生，你是否完全沒有受過創傷病理學、流體力學甚至物理方面的訓練？」

「沒有，我不需要。」他說。

「那麼，可能就是因爲這樣，你沒能理解這狀況下的**地心引力**？」

他站起來，而且速度很快。伯奇齜著牙齒，扶手與證人椅的椅背在他起身的瞬間被連著一同拔起。他仍抓著扶手，臉變得通紅，正打算對我大肆言語攻擊時，金站了起來，說：「抗議。」這足以讓伯奇閉上嘴。他丟下椅子其餘部分，打量四周，決定繼續站著。

「庭上，」我說，「我想請求全面撤銷這名證人的證詞。他並非這個領域的專家——」

我還沒能講完，金就打斷了我，我們就這麼相互討論了好半分鐘，直到金看見陪審團開始瞪她。她犯下的錯在於找了個老是提供檢方想要結果的血液噴濺專家。她找來的殺手剛剛在自己的腳與她的案子上射穿一個巨孔。

我甚至還沒請法官排除證詞就知道她不會答應。但陪審團看見了我作勢要問，而且我認為，也許有幾人腦中也有同樣的想法。

二〇〇三年，二月
紐約，奧爾巴尼，弗利法院

茱莉．羅森用輕緩且溫和的方式拂過頭皮上隆起的紅色疤痕。那裡還是很痛，但一下一下的疼痛讓她能維持清醒、保持專注。她雙臂上的燒傷癒合良好，再也不會困擾到她，而且可以把傷疤遮起。頭上的傷口令她思緒混亂，她也養成了用指尖反覆撥弄傷口、將之撬開的習慣。也許，她在某種程度上悄悄希望這麼做能對她的記憶有幫助。她試圖專注於哈利。他相信她，她很確定，一如手指下摸到的疤痕隆起的脊頂。有時，在審判中間，茱莉會對哈利感到抱歉。她讓他失望了。他們為了這天演練這麼多次，多到茱莉頭都疼了。她記得那個黑衣人，汽油，以及火焰吻上她肌膚的感覺。但那些畫面都好模糊，她想不起那些事到底是以什麼順序發生，又或者事發的全程有多久。有時，她甚至完全想不起那個黑衣人。

而當她的回憶沒有缺漏、開始談起那名入侵者，說出口的言語總令她失望。她常會說：「我不記得了，那個黑衣人大概是打了我……一定是他放的火……」

問題就在這裡。在準備審判的會議中，每當茱莉說「他大概是」或者「我想不起來了，但這件事一定有發生」，哈利總會瑟縮一下。

「盡量不要說『他大概是』，因為那聽起來就好像妳根本不確定。如果妳在庭上被問了問題，妳只要回答『他有』或『他沒有』就好。因為那樣會顯示妳是根據記憶說的，不是『猜測』可能發生了什麼。妳明白其中的差異嗎？」哈利說。

茱莉點點頭，表示她懂，可是在證人席上卻忘得一乾二淨。又或者，她只是說出了真相，畢竟她的確不記得那天發生了什麼。哈利必須小心翼翼地談論那起案子。當他提及寶寶，茱莉緊擁著自己哭了出來。而這淚水總會轉為痛哭，再引起恐慌症發作。只有一次除外。哈利問起茱莉和寶寶，也就是她和艾蜜莉的關係，茱莉安靜了好長一段時間，搔著頭的一側。

「我不記得她的臉。」茱莉說。當她把手從頭皮移開，手指因血而染紅。

現在，哈利正在和陪審團講話，茱莉則努力地聽。上回她如此努力要專注已是好久之前。即便她想盡力這麼做，依舊分神了。哈利講話時，她在橫線筆記本上畫泰迪熊、畫彈力球，或是空空的嬰兒床。鉛筆的筆觸使這些圖呈現孩童塗鴉的模樣。

「陪審團成員，檢方沒有直接的目擊證人證詞可反駁茱莉・羅森對於那個可怕日子發生的事件的説詞。這名嚇到我委託人的男子，這名燒燬她的屋子、殺死她小孩的男子正在逃逸。我的委託人並非犯罪者，她是受害者，她失去了她的小孩。應該獲得您的仁慈與同情，而非您的審判。」

當哈利在她身旁坐下，她將一手放在他臂上，給他安慰。他盡了全力，而茱莉知道，就算這樣也還是不夠。在她腦海深處，她想要受到懲罰。她小小的艾蜜莉值得更多，也應該獲得更多。像是人生，像是在美麗的屋子裡長大的機會，有一個美好的家，和一隻小狗。而茱莉知道她讓艾蜜莉失望了。她失去了她的孩子，活該受審判、被懲罰。那對她來說是有幫助的。

陪審團退庭。當茱莉站在那兒等著被上銬帶回牢房等候，她轉過去看著身後的群眾，史考特不在。審判中，她有好幾次感受到他的存在，卻從沒瞥見過他的身影。他一定恨死她了，她想著。

茱莉身穿藍色衣服在牢中等待，但沒有等太久，陪審團很快就回來，不到半個小時。當警衛告訴哈利這個消息，茱莉看見他的臉垮了下來。他立刻知道判決是什麼。

她跟著哈利回到法庭，並在陪審團宣讀判決時徒手畫了些完美的圓圈。

有罪，所有罪名。

可憐的哈利似乎因為這個判決相當崩潰。茱莉則鬆了一口氣。而這一次，當她離開法庭，她看見他了。

他站在後方，穿著一件黑色外套。史考特。他在哭。但茱莉知道，那些眼淚不是為她，那些眼淚是為了艾蜜莉。那是鬆了口氣的眼淚，因為謀殺她的人將受到懲罰。史考特的眼淚迅速乾涸，雙眼又再次回到痛恨過往愛人的狀態。

茱莉暗自祈禱，希望最終他能原諒自己。

36

金沒有進行再次直接詢問，而是放達拉斯．伯奇去舔傷口。她翻閱一下自己的筆記，思考下一個人該叫誰。金手上最強的證人是林區，所以會把他保留到最後。我們時間已經不太夠。基本上，不管她叫什麼證人上來，都可能無法在下班休庭前把證詞說完。

在她喊來下一個證人之前，我試圖請法官讓霍威爾重回法庭。法官說他還沒關足時間，明天就能再回來：他必須知道，就算干擾的是他自己的審判，也不可能逃過懲罰。我只好回到座位上。

「庭上，公訴人傳喚喬治．范迪克。」金說。

傳喚喬治對金而言實在是一大風險，卻也是不能不承擔的風險。她之所以傳喚他，是因為在房子陷入火海前他就在屋中，並說出了確認霍威爾財務狀況已無藥可救的證詞。我猜想，喬治的身體狀況也在其中扮演了重要的角色。檢方沒有屍體——因此沒有能拉動陪審團情緒的著眼點。但是，假使金讓陪審團看見喬治巍巍顫顫地走來，覺得「霍威爾明知啓動爆炸裝置時喬治會在家中」，便能讓檢方看見與眞正的受害者相去不遠的事物。

他拖著腳走在中間走道，打開分隔律師、委託人與民眾之間的小小松木柵門，拽著那條不良於行的腿上證人席。隨著痛苦又不便的每一步，他鞋子底下連著腿支架的金屬橫片便在磁磚地上敲出喀喀聲。

一名小個子的金髮女性書記官遞給他一本聖經，問他是否願意發下神聖的誓言，證明所說一切皆爲事實。

我很同情喬治。他看起來活像是準備要吃子彈。他的背部微駝，並因腿的緣故曲著身體。他的黑色西裝外套釦子扣在腰際，領帶彷彿快要把自己勒死。如果他試圖站直……可能根本無法站好。

他按照書記官的指示，將聖經拿在左手、舉起右手。

書記官說：「請跟著我唸。我對全能的上帝發誓……」

喬治盯著手中的聖經。

「我對全能的上帝發誓……」書記官再次催促。

我看著金，發現她沒在注意，正伏案做筆記。

書記官有些不知所措，而正在往回翻閱檔案文件的法官被那股尷尬的死寂吸引，注意到了喬治。我站起身，靠到金的身旁。

「蜜雪兒，他的口吃非常非——常嚴重，妳沒發現嗎？我以爲妳提醒過書記官了，叫她稍微耐心等一下。」

喬治臉和脖子的皮膚轉爲蒼白。他注視著手中那本書，僵在那兒。口吃的症狀完全癱瘓了喬治。要一對一說話對他來說已經夠難，在紛擾的法庭面前開口顯然遠遠超出他的能力。

「先生？」法官說。

「庭上，范迪克先生患有嚴重口吃，我希望能稍微給他一點時間。」金說。

「當然，我誠心致歉，范迪克先生，稍微冷靜一下，慢慢來，我們不會催你。」法官說。

喬治好像完全沒聽見法官的話；他垂下了右手。我想舉著右手太久應該會讓他的背痛得更厲害，那種扭曲的站姿一定相當痛苦。我見他左手中的聖經開始顫動。

金身旁的一名助理檢察官掩住了嘴，從證人席前方別開眼神。我看到他的肩膀因壓抑笑聲而擺動。法庭中有些旁觀者開始竊笑，直到法官特地從座位上站起，往群眾方向看去、尋找罪魁禍首時才停下。

我一動也不動，耐心等待。

我看著喬治。一部分的我恨不得拿外套把頭蓋起來。眼前景象真是尷尬到令人痛苦。他的雙眼簡直要瞪穿手中劇烈抖動的聖經封面。

然而現在書不再抖了。

他閉上眼睛。

他轉了轉腦袋，挺直背脊和脊椎，似乎長高了兩吋。

但他的姿勢並沒有回到原先的彎曲狀態，他維持挺立的姿態，一派泰然。接著，他提起右膝，將被支架束縛的腿踩上證人席的座位。他將褲腳拉過小腿，露出皮帶，輕而易舉取下鉤住的釦環，從腿上一把拆下皮帶，小心翼翼摺好，放在椅腳邊。

他以右手活動了一下腳踝，用手指測試測試肌肉，將腳從座位舉起，轉了轉，好讓血液流通，然後放下。

他站得很直，貨眞價實，身上的年歲似乎一瞬消失無蹤。

他的表情變了。

不對，不是表情。是眼神。

清明而充滿決心。

他拿起聖經、舉起右手。當他開口說話，聲音清晰、準確且明快。

「我對全能的上帝發誓，我將提供的證詞全爲事實，也僅有事實，絕無其他。願上帝助我。」

書記官踉蹌退後，法官睜圓了眼，金沒有動作，只是打開雙手舉起，因爲這個變化震驚得發不出聲音。

「請說出你的姓名。」書記官說。

喬治放下聖經，解開西裝外套釦子，說：「我的名字是史考特．巴克。是該結束謊言的時候了。」

37

民眾從沒見過這種情況，我也沒有。一名被傳喚到席上的證人表示他根本是另一個人——一個完全不知道什麼身分的人。在這空間中的每一個人都感覺到剛剛發生了一件不可思議的奇事；一件出乎意料且非常非常不對勁的事。

驚愕的氣氛猶如靜電，在空氣中滋滋作響。

金站在那裡瞠目結舌，完全愣住。她所做的一切準備付諸流水，對於下一步該怎麼辦，她沒有任何頭緒。

那名自稱史考特．巴克的人坐了下來，我見到他的下顎顯露出緊繃感。

當然，他再也不是喬治了。他看起來完全是另一個人。

我腦子開始緩緩過濾這一切資訊，一點一點剝落阻擋我思緒的驚訝之牆。

喬治．范迪克可能從不存在。

該死的，這傢伙到底是誰？

法官的眼神先望向金——沒得到回應，再改成看向我。

我猜法官、金和我有一樣的感受。我再也不覺得自己像是律師，在這場遊戲中，我扮演的角色已然改變，她們也一樣。在剛剛發生的事件中，我們再也不佔一席之地，全都成了目擊證人。

世界彷彿傾斜，地板好似崩塌。

我踩下煞車。

「庭上，我堅持我的委託人必須在場聆聽這名證人的證詞。如果我的委託人缺席，那麼，這場審判的公信力將會有問題。」

她點點頭。舒茲法官很清楚，讓霍威爾離開是她做得太過。而現在她別無選擇。

「我會暫時休庭，給你一點時間和你的委託人談談，讓他了解最新情況。我們半個小時後重新開庭。」

舒茲法官將椅子轉向證人席，對喬治說話。

「你剛剛以……巴克先生的名字宣誓，並受到誓言約束。現在，在你完成作證之前不得向檢察官訴說此案，或是和任何人進行討論。我同時也對你發出傳票，由於我判斷檢方可能希望將你當作敵意證人。完成作證之前，你不得離開法院的轄區範圍。」

這名證人沒有什麼反應。巴克只是用冷漠疏離的眼神注視法官。法官對一名警衛示意，那人走到她面前，在她給予指示時仔細聆聽，而我不用聽也知道她說了什麼。法官一點也不喜歡巴克，她要確保這人不會開溜，這名警衛將會貼身看守他。

我將我的文件留在辯護席的桌上。舒茲法官一起身離開，我就箭步如飛地朝通往牢房的那扇門奔去。我的手才放到門把上，就聽到後方有快步靠近的腳步聲。

「艾迪，這和你有關係嗎？」金說，臉上帶有控訴之情。

我打開門，邊走出去邊說：「我完全不知道發生什麼事了，很抱歉，我得去見我的委託人。」

小小的走道只有光禿禿的水泥牆，盡頭是一扇漆成深綠色的鐵門。距離鐵門最後六公尺我是用小跑過去，接著提起拳頭敲門——沒有反應。我又敲了一次。

門上一道窺孔打開，有雙眼睛填滿那道空間。

「你要找誰？」

「霍威爾。不久前他進來這兒，現在法官說他可以回法庭，我得立刻和他說話。」

窺孔「啪」一聲關起，門另一邊有悶悶的交談聲，填滿冰冷的走廊。

窺孔又「啪」地打開，那雙眼睛說：「抱歉，你得明天才能見他了。」

鐵片就要滑上，我搶在那之前吼道：「等一下，我得見他，讓我和他講話。」

「不行，他不在。」

「什麼？」

「一分鐘前囚車離開了，獄卒以爲霍威爾今天已經結束了，所以我們讓他上了最後一班接駁車。」

啪。金屬撞上金屬。我壓下想瘋狂揍門的衝動。這不會有任何幫助，我他媽的得冷靜下來。

我深深吸氣、吐氣，扭了扭脖子，撫順領帶。

有點不對勁。

即便我的理智和肌肉都已緩和下來，卻突然之間更感害怕、焦慮。我的心臟狂跳、腹部翻攪，產生一股想要奔跑、搏鬥、馬上做點什麼的衝動——但那到底是什麼？我他媽的實在不知道。

巴克的大變身完全把我弄得暈頭轉向，但不管剛剛在走廊上發生了什麼，都似火上加油般餵養了這股不安。我扯了扯領子，將之拉鬆。

接著，我彷彿不知該將手放哪兒，有個東西在潛意識中一踏一踏地踩著拍子。我再次撫順領帶。

在那恐懼的一瞬間，我知道了。起先我並未意識到這件事，但在那猶如炸彈爆開的一刻，我知道了。

領帶夾不見了。

38

我回想霍威爾被勒令回牢前在法庭上抓住我外套的翻領。不管是用什麼方法，他一定摸走了領帶夾。然而我一點感覺都沒有，直到現在才發現。我根本連戴都不該戴那東西，我應該換別種方式讓霍威爾願意出庭。太蠢，實在太蠢了。

霍威爾就想被送回牢房，他想上那輛囚車。

而在從法院回新新懲教所的途中，他會用那枚夾子切開血管。

我狠搥那扇鐵門。這一次，守衛沒有推開窺孔，而是直接將門一把打開。他個頭很大，禿頭，一副隨時能攫住我喉嚨的模樣。

「那輛車……你得打給他們。我的委託人有武器，他會傷害自己。你得攔下那輛車、把他弄出來。」

他花了幾秒才消化此事。

最終，他說，「我們沒有無線電，囚車是受矯正機構管轄，不是執法機構。運送過程中我們沒有任何方法可聯絡他們——你得打給監獄。」

我轉過身、衝向法庭。我跑回法庭時門在身後「砰」地關上。

陪審團已經不在了，金正在和她的團隊講話，巴克依舊待在證人席，一手摸著下巴，陷入深思。我衝過辯方席，進入中央走道，並匆匆穿過那些正朝出口走去的群眾。

我一路推擠過緩慢移動的群眾，同時搜尋每張臉，並引起不少罵聲與憤怒的瞪視。我看到麥斯・寇普蘭不帶感情地坐在那兒，往一本黑色筆記本上潦草塗寫。我無視他，對每個人道歉，繼續努力擠過這堆人。

在法庭門口，我看到我要找的人了。

她坐在法庭外面，就在那個被玻璃牆壁包圍的橢圓門廳旁，正用壓低的音量和喬・華盛頓說話。

我喊了她，並爲了讓一名身穿棕色外套的高大男子別再擋路，用肩膀撞了他後背，害他踉蹌了一下。我停下來扶好他。當我來到那兩名聯邦探員那兒，他們都詫異地看著我。

「哈波——雷尼・霍威爾——他不知怎麼弄到了尖銳物品、帶進法院。他正在回新新的囚車上——他會在路上自殺的。我們得聯絡監獄，找人攔下那輛車。」

華盛頓立刻做出反應，在哈波詢問「他手上有什麼？」時迅速按起手機上的號碼。

「我不確定是什麼，但他是認眞的。妳也看到了，他們在房子那邊以謀殺罪名逮捕他時他試圖做出什麼事。那種囚車有給犯人的單獨安全隔間，警衛和司機不會知道他在做什麼，要是到那時候就太遲了。」

華盛頓緊握住手機，說：「這得花上幾分鐘，接通監獄保全要稍等一下。囚車什麼時候離開的？」

「我不太確定，可能只是幾分鐘前。」我說。

兩名探員交換了眼神。

「跟我來。」哈波說。

39

身為執法人員的好處之一就是擁有停車優勢。我得停到八百公尺外的立體停車場，哈波則可以將她的道奇停在距離法院門口不到十五公尺的地方。

華盛頓跟著我們去到外頭，但沒上車。他人高馬大，而這輛道奇不需要再多加重量，讓車速更慢了。

「你們兩個去追囚車，哈波，我一接到矯正署來電就會立刻打電話給妳。」華盛頓說。

「跟我走，艾迪，得有人說動霍威爾。」

哈波說。

我們上了車。

我感到自己腦中彷彿困了一隻蟲。即便緩慢，但毫無疑問會把我的腦子蠶食鯨吞。那是一隻黑色的蟲子，你可以叫它愚蠢，也可以叫它罪惡感。我感到那東西啃進頭顱，而且我從未如此肯定。我繫上安全帶，哈波猛地將這輛高性能的車掉頭轉向，以靴子狠狠踏下油門。一手抓方向盤，一手對著用塑膠支架附在儀表板上的衛星導航系統打字。

我們一路被人按喇叭、踩煞車。有輛旅行車一偏閃過，駕駛狂按著方向盤中央的喇叭。

哈波全部予以忽視，使勁踩踏離合器，敏捷地轉換排擋、催下油門踏板。我咬住自己的指節，狠敲儀表板。這全是我的錯。

哈波的手機上接到一通來電，她按下方向盤旁控制台上的按鈕，藍芽系統透過車內音響將電話接起。

「監獄運輸無法和囚車取得聯繫，」華盛頓說：「無線電壞了一個禮拜，他們還沒騰出時間修好。現正試著聯絡駕駛和警衛的手機，但目前沒有結果。我只透過追蹤器獲得一個位置：他們在塔利鎮路上往北走，並在不到一分鐘前開上往二八七洲際公路的岔道，西向。」

「了解，不要掛掉。」哈波說。

我們風馳電掣開過主要大街的十字路口，往左一個急轉彎，上漢彌頓路。我以意志力期望車子能開得更快，右腳幾乎要插進車底。

前方交通壅塞，遠處可見一輛白色廂型車，我的心臟搶了一拍。它可能就是那輛囚車。我坐起身，但立刻後悔這個決定，因爲哈波往右一轉，閃過一輛摩托車，千鈞一髮之際避開防撞護欄，再把我們帶回線道。廂型車現在更近了，當我看到那其實是一輛露營車時忍不住出口咒罵。

「放輕鬆，」哈波說：「我們會趕上的。」

我對紐約這部分很陌生。這些路對我而言都很不熟，即便我可能在過去某段時間有車開經過。車子此刻在一條兩線道上，速限每小時九十公里。當我們如箭一般衝過露營車旁，哈波早已加速催到一百四十。我聽到露營車司機的喇叭聲，便轉過頭去看，那輛廂型車的整個側邊都因風速顫動不已。

道奇突往左傾，接著又右迴矯正方向，我差點被摔到哈波的大腿上。幸好我抓住門把，才勉力在自己位置上坐正。

「那裡就是上二八七的岔道。他們現在在哪兒？」哈波說。

「**等一下**。」華盛頓說。

我們太快開上單線岔道。哈波輕踩煞車，車開始搖擺蛇行，後端不斷晃動。道奇的車尾岌岌可危地要將我們甩去撞道路兩側其中一道防撞護欄，同時間，哈波拚命抓穩方向盤。

「**他們剛經過皮爾森中心的出口**。」華盛頓說。

道奇繼續跟哈波對著幹，直到我們轉上二八七。這是一條三線高速公路，繁忙且快速，上頭沒什麼車，速限仍是九十。

誰要開九十？

又一次加速，將我釘在座位上。哈波帶著我們超越大半車輛，在快車道穿入穿出。一過轉彎，我們就看到了囚車。

「聯絡駕駛有沒有新消息？」哈波問。

我咬著嘴唇，暗自祈禱。

「**沒有**。」華盛頓說。

白色廂型車後方有兩扇小窗，位置很高。車子穩定地以時速九十幾開在中央線道。哈波將腳從油門移開，開到與廂型車平行處，車在我們右側。

「開警笛。」我說。

「這是私家車，沒有閃燈，也沒警笛。」哈波說。

同樣的小方窗位於廂型車駕駛座側高處，都是強化玻璃，也高得沒有人能看到裡頭。我們唯一的機會就是跟駕駛座拉平距離，對駕駛揮手示意。

當我們開到與廂型車駕駛齊平，哈波按了喇叭。

「拿著。」她邊說邊將聯邦調查局徽章和證件交給我。

我轉下窗戶、亮出徽章，對著廂型車駕駛比手勢，要他停到路邊。哈波的喇叭聲吸引了駕駛的注意。

他再次將眼神轉回路上，車子加速。

我對著駕駛狂喊，但在引擎的吼聲與我們抄截而過時的呼嘯風聲下，他聽不見。

「該死的，他是沒看到徽章嗎？」哈波說。

「他看到了，」我說，「而且很可能認爲是假的，我們只是想劫走被監禁者。」

哈波加速跟上廂型車，調整角度、靠得更近，叫我再試一次。也許廂型車駕駛這回會看仔細些。

結果還是一樣：他加了速。只是這次，他踩下油門前對我們比了個中指。

每過一秒，我就往道奇的乘客座門拍一下。每一次爲了給駕駛看徽章而將手伸長，我都感到這一切似乎已經太遲。

「再二十分鐘就到新新，」哈波瞥著她的導航螢幕。「嚴格說這一整路大概都是洲際公路，往下十六公里我們都不會碰到交通號誌，你覺得我們可以等那麼久嗎？」她說。

我將兩手收回車內，絕望無助地思考還有沒有能吸引到警衛注意的方法，而我根本不需要判斷我們還有沒有另一個十分鐘停下廂型車。不知怎麼，我深深知道我們連一分鐘都等不了。

「我們得攔下這輛車，現在、馬上。」我說。

「你有多確定他會自殺？」

「百分之百。」我說。

「喬，手機有沒有什麼好消息？」哈波說。

「他們還在試，警力與急救人員都上路了，五分鐘內到。」華盛頓說。

哈波往方向盤一拍。「抓好。」她說。

40

「你在做什麼?」我說。

「我要讓廂型車到我這側，然後射破前輪。」哈波說。

她踩下煞車，任廂型車超越我們。我們落後，跟著進入右線道，接著再加速。這麼一來她就能十分靠近廂型車。

「如果妳射破一輪，車子會翻，而在這種速度下會害死所有人。」我說。

哈波將手伸進外套，拿出一把克拉克放在雙腿之間，放下窗戶。

「等一下——靠近點，打輪胎上方——打引擎。」我說。

「那樣停不了車，單用手槍我打不穿汽缸。」她說。

「是不行，但妳可能可以打中進氣系統或配電盤，那可以立刻讓引擎停下。」

她看了我一眼，再回去看前方的路，再次將車開到與廂型車並肩平行，只稍稍比駕駛座前面一點。她的右手握著方向盤，左手抓緊克拉克，將手臂伸出窗戶。哈波的腦袋迅速在路上和槍管末端的視野間跳轉，接著加重踩油門的力道。

兩車幾乎平行。

「**等一下！我們聯絡上警衛了，他們要停車！**」華盛頓說。

無庸置疑，在駕駛踩下煞車時我們飛速經過車旁。哈波將手收回車中，往右打方向盤、開到路肩。我在座位上轉過身，見廂型車跟上我們、緩緩停下。

哈波將道奇完全停下，從儀表板抓起證件，一把打開門。她的動作比我下車還要快，但在抵達廂型車時，我跨大步伐跟上她的奔跑。一名警衛拿著獵槍站在外面待命，槍托抵肩，手指放扳機上。

哈波舉起徽章，而我跑過他們兩人身邊，朝車後方去。門是開的。我跳了進去，心臟幾乎衝到喉頭。車後方沒有其他警衛。

六座移動式單獨牢房，六扇強化玻璃門。

我對著警衛喊。「我需要鑰匙，哪一個是……」

左腳在我身下一滑，我急忙伸出一手穩住身體。

不需要問霍威爾在哪個隔間了。

三號門底下擴散出一灘深色。

「現在就打開這扇門！」

警衛跳進廂型車時，我感到車底顫動，並往下一沉。我往後退，好讓他將門打開。他打開門的瞬間，右腳也是一滑、往後跌倒。他站起來，呆然注視著打開了門的移送用牢房。警衛沒有衝進去幫忙，沒打電話叫支援，他什麼也沒做。我一把將他推開，用力甩開門，而當我一看到裡頭，再也無法對警衛發火。

眼前的景象解釋了一切。

「我的老天爺。」警衛說。

移送用牢房是一個半坪左右、四四方方的盒子，空間只夠讓人坐著。通常會漆成工業灰，有著隆起的塑膠地板和鐵製座椅。沒有安全帶。

但那灰色已經看不到了，幾個字眼從我腦中浮出。

無處不是，紅色，和死亡。

那個方格中是滿目瘡痍的鮮血。

我心中彷彿有什麼崩壞了。

霍威爾沒有動靜。他從座位上滑下，躺在下方，雙腳詭異地折在身下。我將雙臂伸到他腋下，把人從那裡抬出來，平放在廂型車的地板上。

我檢查脈搏。

很微弱。我只能勉強感受到下顎底下虛弱的跳動。警衛已度過最初那一波驚嚇，從廂型車前方抓了急救包，用力打開蓋子。霍威爾的頸子很快被包上繃帶紗布，強大的血流正從喉嚨該處的傷口穩定汩汩流出。警衛叫我持續對傷口施壓，我盡可能用力壓住他頸子右側。霍威爾的臉幾乎變成淡藍，而他連兩手手腕都割破了。守衛抓了繃帶，以雙層的方式在他兩手手肘上方位置緊緊綁上止血帶。

不遠處，我聽見警笛的哀鳴。

警衛拍著霍威爾，掀開他眼皮，拿手電筒照他眼睛、喊他名字，而我在一旁看著，警衛用盡一切方式想將他叫醒。

在那小小紅色牢房一角，我瞥見我的領帶夾即便在血泊之中亦閃爍光芒。

我分神去盯警衛，維持一手壓著霍威爾頸部的姿勢，另一手則伸了出去。領帶夾濕淋淋、黏答答的，我將它放進褲子口袋。我抬眼，警衛仍在急救霍威爾，哈波背對著我站在廂型車外頭，對急救人員狂揮手，招他們過來。我能在遠處見到救護車閃爍的燈光。

「他心跳要停了，移開，持續施壓。」警衛說。我閃到一邊給他空間急救，他開始進行胸部按壓，以套著紙套的橡膠漏斗覆蓋住霍威爾的臉，這麼一來，就能在不嚥到血的狀態下將空氣吹進他體內。

我感到霍威爾的血浸透我褲子的膝蓋位置，我的上衣和雙手都是血。我不斷想著：是我讓這件事發生，都是我的錯。

急救人員停下車，哈波轉身面對我。

然後她就看見了——我臉上的罪惡感之明顯，一如我雙手上的鮮紅，藏也藏不住。

這次，我絕對逃不過。

41

開回法院的車程比出來的時間更久。然而，即便有這麼多的時間，哈波右轉離開主要大街前，我們依舊什麼也沒說。

「艾迪，他用什麼東西割喉嚨？」

「我不知道。」我說。

「他們在車上什麼也沒找到。」

「也許他還放在身上的某處。」我們開過法院時，我望出窗外。

她答應帶我到我的車那裡，好讓我換上備用的西裝和上衣。

「你知道他之所以能活下來都是因爲你吧。」她說。

我沒有感謝她。因爲他之所以差點沒命，也是因爲我。他失去大量的血。買那枚領帶夾全是我的錯。我當然不可能交給他，我只是要讓他看到，這麼一來他才會願意合作。我應該要拒絕的，應該要堅持的。

哈波說：「你怎麼知道他要自殺？」

「我就是知道。」我說。

她點點頭。「我想，有的時候你就是得跟著直覺走。」

引擎發出陣陣脈動，聲音侵入車內。哈波陷入沉默。她的眼神在我膝蓋、雙手、上衣和外套袖子的血跡上游移。空氣裡鮮血濃重的鐵鏽味之強烈，彷彿能從口中嚐到。

「聽好，聯邦探員出手幫我這種事不會天天發生，我要知道原因。是，妳是不相信霍威爾有罪，我懂。但是妳冒著丟工作的風險幫我，這需要更多理由。如果妳幫我有其他的目的，我要知道；我必須知道。」

車流又擁擠起來，哈波輕踩煞車，讓車速慢下緩行。

「我離開學院大概一年的時候跟林區一起進行了一項監視任務。我們在車裡、廂型車和冰冷的公寓中坐了兩個月，死死盯著澤西的一棟屋子。只要一有機會，林區就主動與我搭檔。那行動由他負責，而我是經驗最少的菜鳥，所以我想，他大概是要指導我吧。你知道的，就是盯好菜鳥，以免我搞砸。」

我點點頭，但什麼也沒說，怕會打擾她說故事。

「有天晚上，我們單獨在一棟公寓，他就對我動手動腳了。我清楚表示我對局裡任何人都沒興趣，但他不接受我的拒絕，他抓住我，把我壓在牆上。那晚實在不怎麼愉快。」

「我的天……後來怎麼了？妳有舉報他嗎？」

她確認了一下後照鏡，深呼吸兩次，猶如要給自己做好心理準備，回顧那段過往。

「沒有，我沒有舉報他。我盡可能迅速把他推開。一開始我不知道該怎麼辦，所以和華盛頓談了這件事，他站在我這邊，一直如此。我們就此爭執過。喬就像一尊堅實的花崗石雕像，是局裡一切正直善良的化身。他花了兩天試圖說服我提出申訴，但我知道，林區的說詞一定會和我有出入，所以我什麼也沒說。而就因爲我什麼也不打算說，結果反而得花上一小時說服喬不要折斷林區的脖子。」

「結果，監視任務到了隔週變成逮捕任務，那是我第一次逮人。我們原本預期屋中會有武器的藏匿處，結果只破獲一把老舊的點三八，而且還是嫌犯過世的老媽的。但反正他也沒有那把槍的執照，所以我還是逮了他。」

她的聲音緩下，變得更爲清晰。當她將手握緊，我聽到方向盤皮革發出嘎嘎聲。

「打從那晚，只要林區和我一起工作，就老想往我頭上扣帽子；他想毀了我的信譽，以防我可能在未來提出申訴。現在已經太遲了，八年，我以爲他會放下，但顯然沒有。而今他已有兩次爲了從沒有成眞的申訴指控我，並把我踢出行動。」

「例如火災當晚在霍威爾家，他說收到妳攻擊我的申訴。」

「沒錯，根本鬼扯。」

「所以妳幫我的其中一個原因是妳認爲霍威爾無辜，而另一個原因是妳想耍林區一次？」

「如果能證明他弄錯，是還滿棒的，但眞正的原因不是那樣。我第一次逮人時，把那個持有老媽的點三八的那傢伙抓了起來，但那人根本不知道家裡有這把槍，不過他也沒假釋。六個月後，他在牢中上吊。都怪我。我把槍給他看的時候可以從他臉上看得出來：他根本不知道屋裡有那東西。但我還是逮捕了他，而這害他賠上性命。我絕對不能再讓任何人因爲根本沒做的事落入地獄，在能力所及的範圍，我絕不允許。說實話，也許這原因很自私吧，因爲我眞的不知道自己還能不能再經歷一次。絕對不行，我會直接放棄辭職。」

我將注意力從哈波身上轉開，看著前方的路。

「妳不會放棄辭職的。」我說。

「爲什麼這麼說？」

很明顯啊。哈波身高僅一百五十公分，女性，比我見過的許多人更強悍。而她卻在這兒，身在聯邦調查局前線，在一個上司即使做了錯誤決定也不用擔心受罰、還能被賦予責任的組織的最前線。

「妳字典裡沒有放棄。」我說。

她臉上綻開一股暖意，在駕駛座上稍微坐挺，說：「好，那換我了。關於達拉斯．伯奇，以及你交互詰問時問的匡提科餐廳上面的標示，我有問題要問你。」

「問。」

「我也在學院受訓，他媽的差不多每天都在那餐廳吃飯，我完全沒印象門上有什麼標示。所以，那上頭**到底**寫什麼鬼？」

「如果我知道就眞的見鬼了。」我說。

「你不知道？」

「不知道。我連到底有沒有標示都不曉得——直到妳剛剛提起。我甚至不知道那裡有沒有餐廳。」

哈波開入一座立體停車場，迂迴繞上三層樓，直到看見我的車。對面正好有個空位，她倒轉車子停進空位，我下了車。

我先前開進這個車位時，車子前端幾乎要碰到水泥牆。哈波下車，點起一根菸。

我那輛野馬的後車廂有一套淡藍色西裝，一件乾淨的白襯衫與幾條領帶。我「啪」地打開後車廂蓋，剝下身上染血的外套與上衣，從外套裡拿出手機，把衣服丟進後車廂一個袋裡。我的手機有兩通未接來電，哈利．福特。他留了訊息，說他人在白原市一家爵士酒吧，等我回電。我將手機放進後車廂，看見自己的雙手時頓了一下。我還沒洗手。紅如赭的乾燥血跡深深染入我手掌與指頭的溝紋，指甲底下積藏的血深濃而漆黑。

哈波說：「就一名律師而言，你疤還眞是不少。」

我的雙手垂到身側，朝她轉過了頭。她正在盯著我的胸口和雙臂，甚至掃過我指節上的疤痕組織。當她發現我在看她，便迅速轉過身，咳了咳，看著上了漆的水泥地板。

「刀傷、骨折，甚至穿刺傷——早就癒合了。」我說，打開放在輪胎撬棒旁的水瓶蓋子。我把水倒在手上，開始用指甲把血挖出來。過去幾年，我有過幾次帶傷進急診室的經驗，但我不在乎。總讓我夜不成眠的多半是手裡那些洗不去的血跡。

哈波的手機響起，鈴聲在停車場中迴盪。

她接了電話，站得靠近些，讓我也能聽到另一端華盛頓的聲音。

「艾迪．弗林跟妳在一起嗎？」華盛頓說。

「我就站在他旁邊。」她說。

「把他帶到白原市警局，不要回法庭。我們現在就需要他。」

「怎麼了？」

「史考特．巴克剛剛往霍威爾案丟了一顆震撼彈。」華盛頓說。

42

華盛頓在白原市警局的大廳等我們。他不時不耐地轉換站立的重心。他告訴哈波，法官將案子從今日抽掉，審判重新排定在早上九點開庭。現在快五點，所以，對法官和陪審團而言也到了該退庭的時間。

「發生什麼事了？」哈波問。

「我還沒聽簡報，但林區一副額頭上一根血管就要爆開的模樣，所以大概不會對檢方好到哪裡去。我只知道巴克在法庭上做了件事，然後就遭到羈押。他在樓下的牢中。」華盛頓說。

警局大廳十分安靜，裡頭大半的人散坐在木頭長椅上，毫無疑問正耐心地等待輪到他們進行申訴，或因進行中的調查來與警官會面。華盛頓帶我們走過大廳左邊的一扇門，來到位於淺灰樓梯井中一道色調單一的藍樓梯，往上兩個平台。樓梯通往一條長走廊，漆成白色，右手邊有一排排厚實松木門板。我們經過最前面的五個辦公室，在打開第六扇門之前，華盛頓先敲了敲門。

裡面那個狹長無色的房間沒有窗戶，只有一張松木會議桌。林區探員坐在兩名制服警官旁。桌子另一端坐的是助理檢察官金以及她的同事。其中一名制服警察站起來，對我伸出手。

「弗林先生，我是包爾斯隊長，這位是葛洛夫探長。我想其他人你都認識了？」

我跟包爾斯握手。他是一名長相好看、手指漂亮、身材高大的五十幾歲男子。葛洛夫個子矮胖，笑得一臉淘氣。

「請坐下。」包爾斯比了比一張空椅。

我坐下來，葛洛夫將筆記型電腦拉向自己。筆電的螢幕是掀開的，並且已經開機。他點了點鍵盤，在觸控板上滑著圖案。

「怎麼了？法庭上出了狀況，你們需要我來這裡……我們收到的訊息是這樣。可是現在我卻看到檢察官也在……」

「嗨，艾迪。」金盡可能把僅存的禮貌擠出來。她看起來氣得要死，但非常努力不表現在臉上。

「嗨，蜜雪兒。」我說，「對於我這邊的人，我想妳應該沒有任何新訊息？」

「事實上，我們剛聽到醫院的消息。你的委託人情況危急，但穩定下來了。他仍昏迷不醒，不過應該會活下去。」她說。

我對著老天仰頭，閉上雙眼。雖感釋然，卻也十分苦澀。

「是我要檢察官在場的，」包爾斯說，「還有你。雖然你在場也是那位被我們羈押的人的要求。」

「什麼人？」

「史考特．巴克。」包爾斯說。

我將雙手放在桌上，往前傾身。如果巴克遭到逮捕，對霍威爾來說可能是好事一樁。但他是因爲什麼被逮捕的？

「你最好告訴我這兒到底是在搞什麼鬼？」我說。

包爾斯對葛洛夫探長作勢，他將筆電轉過來，朝包爾斯推過去。接著包爾斯將電腦朝我滑來，螢幕面對我。

「看一下這個。」包爾斯說。

螢幕上是法庭監視器的畫面，來自高高架在法庭西南牆面、靠近天花板的一台攝影機。

「我不知道法庭有監視攝影機。」我說。

「僞裝成舊火災警報器。最近幾年總有一些意外狀況，現在大多法庭都暗中裝設攝影機。其餘地方很快也會裝上。這是爲了保護法官和陪審團。恐嚇陪審團的情況越來越猖狂，所以我們現在會監控每個使用我們法庭的人。」包爾斯說。

影片上沒有時間戳記，法官的座位是空的，但史考特·巴克坐在證人席上，低垂著頭。我可以看到少數幾人散落在旁聽席。法警小心翼翼監看著他。我猜這件事發生時我正坐在哈波車上，穿梭過大街小巷。在得知發生什麼事以及我和我的委託人爲什麼不在之前，法庭還不會休庭。

又過去幾秒，暫且平安無事。接著巴克突然朝著門的方向抬起頭。他看到某人進入法庭，於是站起來離開座位，打開證人席的半腰門，輕盈地走下三階。他自信大步地朝最近的法警走去——沒拖著腳、沒有跛、沒有駝著背。他姿態輕快而有自信。法警已經朝他過來，伸出雙手，確保他不會離開法庭。巴克從外套口袋拿出一枚白色信封，交給法警。他們說了一會兒話，警察叫來同事，那名拿著信封的警察對他同事講話，接著巴克又朝證人席走回去，打開門，回到裡頭坐下。

拿著白色信封的警官開始朝門走去，另一人則監視著巴克。

螢幕接著切換到法庭外面的攝影機。我看見警官拿著白色信封進入門廳，交給一名身穿奶油色套裝的年輕女子。

我拉高視線。那名穿著奶油色套裝的女子也列席會議桌旁，正坐在金旁邊。那是她的檢方團隊一員。

我推開筆電，看見金手中握著一只透明的塑膠證物袋，袋裡就是那枚信封。

「艾迪，我們是在讓你確認我們的證據監管鏈，」金說，「我要你和法庭知道，這全都不是我們的，我們也沒有隱瞞任何證據。這就是巴克交給法警的那個信封。」

她放下證物袋，手伸到桌子下方，再拿出另一只證物袋。裡面是一張照片。看起來像是印在信封尺寸[1]的紙上，而且是從那種非常普通的家用印表機印出來。她將袋子滑過桌面給我，說：「我們在信封裡找到這個。」

哈波和華盛頓一直站在會議桌一端，我右側一點的地方。

哈波比我先看到照片，華盛頓也是。我能從他們的眼神猜到——他們瞪大了眼，接著又立刻瞇起。華盛頓捏緊了拳頭，哈波咬住嘴唇，看了林區一眼，彷彿想抓他的頭去砸桌子。

「閉嘴，我們還不知道那是什麼意思。」林區說。

「我才不閉嘴，而且我會一直說：林區，你抓錯人了。」哈波說。

---

1 信封尺寸（Letter size），又稱US Letter，大小為八點五英吋×十一英吋。較A4寬且長。

43

照片來到我面前，我拿起透明袋子檢視。

卡洛琳．霍威爾的手腕以束帶綁在身後，雙腳也是。她側右躺在地上，縮起腿，雙膝幾乎要碰到胸口。她穿著與失蹤時一樣的衣服：白上衣、藍色牛仔褲。只不過沒有那件別滿徽章的騎士外套。她的頭髮顯然是濕的，滑溜溜地從臉面往後梳。我在另一張照片所見的濃密金髮現在看來平扁而油膩。

她的臉特別被擺朝向鏡頭。在這張照片中，她蒼白如紙，雙頰看起來嚴重凹陷。雖很可能是閃光燈造成的效果，但我想，她好像已經有段時間沒照到陽光。她嘴唇微開，牙齒上有些黃色汙垢。

她變了非常多，掉了很多體重，我看得出來，這猜測不只透過她的臉面，那件衣服簡直像是掛在她身上，曾經合身的服裝變得鬆鬆垮垮。唯一沒變的是她的眼睛，就和霍威爾收到的另外一張她在地下室的照片一樣。依舊明亮、依舊湛藍、依舊吶喊著恐懼。

我看著照片其餘地方，像是周遭環境等。她已經不在地下室。起先我不確定照片是否有用某種軟體修過，因爲乍看之下照片周遭好像有個框，邊緣一抹黑色，漸變成深灰色的四方形，卡洛琳．霍威爾的影像位於中央。接著，當我把照片拿近一些，才領悟自己看見的是什麼：攝影師站在較高的位置，很可能在黑色的土地上，卡洛琳躺在六呎之下一個彷彿水泥製墓穴的底部，他們俯拍下她的照片。

我把照片放下，捏著鼻樑，閉上眼睛。

「巴克說了什麼？」我說。

「目前什麼也沒說。我們不知道這是什麼時候拍的，不知道拍的人是誰，不知道拍的地方在哪裡。我們不知道的實在太多了，而他不跟我們說話。」包爾斯說。

我看著檢察官，金也直瞪著我，等我發問。

「妳要取消審判、撤銷控告嗎？」我說。

「不。巴克很可能是霍威爾的共犯。」金說。

「他不和我們、檢察官，或聯邦調查局溝通。」包爾斯說。「他只和你或霍威爾講話。」

「我？」我說。

「沒錯。這很不尋常，艾迪。一般來說，我們根本不會考慮這個要求，但他因妨礙司法並私藏證據遭逮捕時早準備好了律師，該說明的也都對他說明過了。我們之所以會考慮這件事，唯一的原因是他對法警說的話。」包爾斯說。

我回想在影片中看到的交談。

「他說了什麼？」

包爾斯開口前環顧四周：眾人毫無異議。

「他讓法警把信封交給檢察官之後，有開口表示。」包爾斯邊說邊從桌上拿起一本筆記本，翻過幾頁。

「他說——以下是原句：『霍威爾有罪。』」

44

華盛頓和哈波立刻與堅持立場的林區爭論了起來。包爾斯和葛洛夫都站起身，試圖叫他們冷靜點。而金只是看著我。

我也看著她。

「我不能和他說話。」我說。

除了金之外沒人聽見我講話。她對我露出一個虛假的笑容並眨了一下眼。即便在這灘爛臭渾水中，她還是一心想贏，一心想著案子，一心想要成功取得定罪、掩飾自己的錯。

「我不能和他說話。」這次我說得大聲了點。

警察和探員停下爭論，看向我。我將注意力放在金身上，忽視其他人。

「如果我和他說話，金小姐就會直接去找法官，告訴她我和仍在宣誓效力下的證人說話。那會影響到證人證詞的可信度，也給了金小姐獲得無效審判的機會。此時此刻，金小姐知道傳喚巴克是一大錯誤，可能使她的案子脫離掌控。如果能有機會獲得無效審判，檢方就可以從頭開始。而這一次，巴克將從證人名單除名。我不會掉入陷阱的，蜜雪兒。妳要我和巴克講話，沒問題。但我需要法官的允許。」

林區將兩手放到臉上，扯著臉皮拖拉下來。這個動作扯開了他的嘴巴眼睛，林區搖著頭，試圖擊退睡意。

他開口時語調沉重且緊繃，好像說出每一個字都是掙扎。

「巴克這場遊戲玩得非常久。他幫霍威爾工作了四年——很明顯是在偽裝之下。我們不知道他和這一切有何關係，但他有我們死去受害者的照片。我讓影像專家看過了，她的推測是，這張照片可能是在火災前所拍攝。想想，我們發現她時她已失蹤了十九天。如果她是被關在一個沒有食物、只有一點飲水的洞裡——的確可能變成那樣。我的理論是：霍威爾假造綁架，麥卡利和馬龍幫了他，並帶錢潛逃。巴克也是共謀，但他有別的計畫。我不知道是什麼，但他也參與綁架。我們可以從照片得知。他知道發生了什麼事，而我猜測他知道錢和其他綁匪的下落，這件事我們也要知道，現在馬上就要知道。」

「你說巴克準備好律師，那律師是誰？」我說。

包爾斯點點頭，說：「麥斯．寇普蘭。我猜你很可能聽過他的名字。我們在諮詢室的隔間緊密監視他們，兩人都沒交談；他們在等你。」

我的思緒早已開始轉動，試圖解讀巴克的行為。但這塊資訊幫我確認了某件事：羅森案與卡洛琳．霍威爾根本環環相扣。先前我認為其中可能有關連，如今證實那感覺正確無誤。

三的法則。巧合確實能讓人陷入異想天開的理論，但如果一件事在你面前驗證為真三次，那就不再是巧合。

霍威爾的小姨子是過世的茱莉．羅森；哈利和我在交贖金當晚收到羅森案的傳票；麥斯．寇普蘭代表羅森家與巴克。霍威爾家發生火災，茱莉．羅森家也一樣。而寇普蘭打從霍威爾審判的一開始就在法庭上。我還以為他只是來觀察我出庭的風格，研究一下、尋找弱點。結果他來是為了看他的委託人。

在這空間之中，我對此一個字都沒有說。哈利牽涉其中，而在我和他談過、確定不會害他落入某些可怕事件之前，我什麼都不能做。第二，我不相信這房裡的任何一個人——也許哈波除外。但此時此刻要吐出任何理論還嫌太早，我需要更多資訊；我需要哈利。

在那瞬間，想到哈利讓我產生一種好像漏了某個東西的感覺；某個我剛剛得知或看見的東西。

「葛洛夫探長，我可以再看一下影片嗎？」

他把筆電飛快滑過桌子，我打開來，看著法庭的靜止畫面，將游標移向播放圖示，點下去。我看影片的時候，其他人繼續對話，沒注意我。

而我對此極度感謝。

螢幕上，我看著巴克順從地坐在證人席上，接著他抬起頭，拿著信封離開，朝警衛走去。我看著攝影機移向走道，這一次，我立刻看到了哈利；我就是在找他。

他正在手機螢幕上打字，背對法庭。

哈利抵達後，很可能直接走進法庭裡找我。他發現我人不在，一定會離開法庭、試圖打手機聯絡我。

我雖無法確定，卻強烈感覺到巴克在哈利從法庭門口走進來時，眼神就鎖定著他——他就是在看他。見到哈利，即使只是一瞬間，都促使他拿起信封從證人席出去。這又是與羅森案的另一個可能連結……但也可能不是。而今，他想和我講話。不知怎麼，我一直覺得我們最終一定會走到這一步，而且這全是由巴克一手安排。

我需要改變一下局勢。巴克在等哈利，而我完全不曉得原因。

「有沒有人知道這個史考特．巴克到底是誰？」我說。

林區從哈波面前轉開，背對著她，回答了我的問題，因爲包爾斯忙著和金說話。

「我們跑了他的指紋和ＤＮＡ資料確認身分無誤，但他有前科。史考特．巴克四十四歲，出生於費城，中學後常到處搬家，所以好幾州都有他持有迷幻藥的罪名，直到他在紐約落腳，開始做買賣稀有書籍和畫作的生意。他似乎很努力想當個藝術經銷、安頓下來。他最後一次遭逮捕是一九九八年——因供應毒品——接下來就沒有了。他其餘的紀錄都被鎖起來。」林區說。

「你說鎖起來是什麼意思？」

「其餘檔案我弄不到，有法院命令封存。我們正在和法官溝通，應該很快就可以提取。」

我點點頭，蓋上筆電。

「現在馬上去見法官吧。」我說。

金點點頭，所有人一致同意。

「我們在那裡見，只是我得先去個地方。」我說。

45

哈波的道奇停在白原市諸多爵士酒吧之一的外頭。她同意順道載我回法院，也不在意路上再多接一個人。哈利·福特站在人行道上，穿著紅色毛衣、卡其色褲子、灰色外套與同色系灰色喀什米爾圍巾。一開始，他沒靠近道奇車，仍打量著街上尋找我的野馬。

「這是辯護團隊的另一個成員嗎？」哈波說。

「不太算，但妳可以相信他。哈利也許可以幫我們把這整件事梳理清楚。」

我降下哈波車子的窗戶喊出聲音。

哈利背對酒吧站在那兒，安安靜靜，一動不動，被霓虹燈與蘇格蘭威士忌包圍。他左手臂下有厚厚一檔案的紙。羅森案。

我又稍微大聲地喊了一次。

他看到了我，走上前。我下車和他握手，把副駕駛座往前推，爬進道奇後方。後面沒有多少空間，那裡有個被當成座椅的擱架。我知道哈利絕對無法平安無事地把自己塞進後頭，尤其他在爵士酒吧裡等了我很長一段時間。哈利又把座位往前傾，椅背壓到我的膝蓋。他沒發現，就這麼上車，關上副駕駛座門，並對哈波自我介紹了一下。

「發生什麼事了？」哈利問。

哈波開上兩線道，我一面替哈利補上目前為止的事件進度。

他沒打斷我，只是不時點點頭。同時間，哈波帶我們前往法院。哈波在場的狀況下，我完全沒提起我認爲此案與羅森案有某種關連的理論。我不希望哈波知道，現在還不行。而哈利對史考特・巴克這個名字也沒有反應。我靠向一邊，小心地在說出那名字時透過遮陽罩上的化妝鏡觀察他的表情。哈利似乎對這名字一無所知。

「這非常棘手，」哈利說：「我不認爲法官會讓你和他講話，她不能這麼做。不管從哪個方面來看、不管你問他什麼話，都會影響到案子，連帶影響他的證詞。如果有任何人在證人席以外的地方和他談論起卡洛琳・霍威爾，都會自動導致無效審判。在警察偵訊之下他竟然什麼都沒說，還眞是走運。執法機構的人知道這傢伙的身分嗎？」

哈波告訴哈利他們有探員和警方合作一同處理這件事，建立起巴克這個人的輪廓，但目前爲止沒有任何能將巴克和霍威爾連起來的線索。

我們的車停在法院外面。當我從後方下車，哈波拿起手機接了一通電話。華盛頓與警方高層站在法院外頭。如果要我推測，這通電話講了不到一分鐘哈波就掛掉，而且她一個字都沒說。

我們前方三十公尺處，在法院大門外頭，林區把手伸進外套拿手機，我看到他接起電話後一邊側臉亮了起來。

可能是巧合，但我發現哈波正看著林區。情況很類似，林區似乎也沒講話。他掛了電話，收起手機。

有新訊息。而哈波已確保了自己能先那位資深探員一步接到情報。

我站在道奇旁邊，雙手放口袋。走了幾步後，哈波和哈利轉過身，訝異地見到我沒跟著他們走上人行道。

「妳知道了巴克的什麼事？」我說。

哈波花了一會兒權衡心中選項。在她判定我會不會耍她時，我正面接下她的眼神，毫無退縮。她走近了些，溫和開口。哈利站得距離我們兩人稍遠，不過每個字都能聽得一清二楚。

「指紋吐出了更多符合結果，有各種不同的身分證明。他在德州西部以路克．佩利這個名字因酒駕被警方叫去停路邊。在洛杉磯，他以史考特．法蘭克林的名字被控持有迷幻藥。接著又是不同的身分，這次在紐約西徹斯特。除去這些逮捕紀錄以及不同的身分證明，史考特．巴克從未服刑。」

探員將雙手插進口袋，頭偏一側，邊說話邊看著地板。被逮捕卻不用進監獄，唯一的方式就是進行交易。

「他是那種專業告密者嗎？」我說。

她的雙肩往下垂了些。她知道他是誰。一名拿錢辦事的線人可以化爲各種外貌。這些專家賴以維生的方法就是改換身分、滲透進犯罪組織。他們不是警察，也不需要遵守臥底普遍的規範管束，那也意味他們能在組織中鑽得更深、更快。

「目前爲止我們對巴克還沒有掌握更明確的資訊，但是正在蒐集所有——」

「然而妳懷疑他是專業的告密者，而且已經知道一些足以讓妳感到緊張的事。」我猜道：「拜託，反正林區也一樣會告訴法官，我還不如從妳這裡知道。」

她踢了踢地面，嘆口氣，說：「就我所知，他一開始是當告密者，接著擅離職守。他似乎很有天分，知道怎麼重新變換身分並且消失。五年前他收手退出，負責他的那名警察在一次行動失敗告終後不得不拋棄他。他們對巴克進行過心理側寫。我正在申請許可立刻將這份資料寄過來。他有邊緣型反社會人格，但是智商很高——不是普通高，差不多是西洋棋大師的等級，而且他能夠變成任何人。」

「從他的檔案看得出和霍威爾的任何關連嗎？」

「我們在努力。」

46

法官辦公室中，舒茲法官坐在桌子後方一張胖胖的皮革椅上。這個地方不過是個大辦公室，窗下兩張沙發，外加擺在她桌邊四張可以轉動的辦公椅。

我們這群人把這個地方塞滿了。

金、包爾斯、葛洛夫和我坐在辦公椅上，法官、林區、哈波、華盛頓，及助理檢察官則佔據了沙發的空間。

法官在椅子上往後靠，凝視著天花板。她拒絕注視巴克變出來給法警的那張照片。我想這很可能是個正確的決定：舒茲法官不想因爲看了某樣尚未被視爲案件證據的物品、接收到暗示，使自己產生偏見。

但她傾聽金將休庭後發生的一切娓娓道來。法官已從與法警談過的書記官那兒聽到不少故事。

「弗林先生，對於這一切，你有什麼話要說？」

「庭上，我的委託人仍在醫院，所以我無法提供他那方的觀點。但是我不認爲有人能在不危及巴克先生的證詞與這個審判的狀況下和他談話。」

她點點頭，花了整整十秒檢視她的吊扇。扇葉溫和的呼呼聲劃過暖和的空氣，成爲這個空間中唯一的聲響。

「庭上，」包爾斯說，「我們握有馬龍和麥卡利的逮捕令，巴克非常可能是共謀者。他可能會告訴法庭是被告設計了綁架，也可能會告訴我們能在哪裡找到下落不明的嫌犯及贖金。在偵訊他之前，這一切我們都不會知道。但是這件事一定要做。如今我們拘留他的二十四小時正在分秒流逝。」

「謝謝你提醒我們情況有多急迫。」法官說，「弗林先生，請不要忘記你的委託人是什麼狀況。現在，如果我們直接採用這位證人、繼續審理案件，你有沒有異議？」

我仔細思考過一遍：霍威爾必須聽這件事，但他仍在昏迷中。

「這名證人接受質詢時我的委託人應該在場。」我說。

法官點點頭，說：「由於目前這場審判在此階段又加入了急迫性，我必須平衡你的委託人受到侵害的權力。就我看來，這名證人必須盡快處理，這麼一來才能接受執法機構的偵訊。同時，我也了解到你的委託人企圖自殺。他讓自己進了醫院，弗林先生，很有可能他的最終目標並非自殺，只是想使審判延遲進行。」

我張口欲言，但舒茲法官舉起一手，不讓我說話。

「在今日議程的最後——請不要忘記巴克先生做出的詭異發言。我認爲媒體將對他的證詞做出天馬行空的推測，那才是我眞正憂心的，因此，我隔離了陪審團。」

金和我面面相覷。我們都不知道這件事。

「目前只有一晚，我想看看媒體會編成什麼樣，以及是否眞會導致陪審團產生偏見。所以，長話短說：陪審團目前全在旅館。我想他們應該正在吃晚餐，我們可以在一小時內將他們全部召回法庭。我的裁決是：我們今晚以公開法庭的方式處理這位證人。兩小時後重開庭。」

叫醫生來聽電話簡直像打電話到白宮說要和總統通話。最終，我威脅要發給醫生傳票叫他明日來法庭，總算是從內科醫師那裡獲得三十秒的時間。而我得到的消息令我恨不得用頭狠撞法庭走道過兩扇門那間小諮詢室隔間的桌子。霍威爾應該要醒了，但他沒有，情況正好相反。所有昏迷的徵兆都出現在他身上。很顯然大量失血的狀況是會引發昏迷的，醫生稱之爲低血容積性休克。霍威爾很可能會醒來，但也許會在距離現在的一小時，或一週，或一個月後清醒，甚至永遠都不會醒。腦部斷層掃描的情況很好，輸血救了他的命，卻完全沒有他能迅速恢復意識的跡象。我們只能等。

哈利已在諮詢室桌上攤開羅森案的資料。他啜著自動販賣機的咖啡，用隨身酒壺加入少量波本，讓它變得好喝一點，並將羅森案判決的紀錄讀過一遍。案件重開之前我們還有些時間，哈利想重溫一下記憶。

我掛掉電話，把手機丟在一疊文件上。

「霍威爾還沒醒，可能是昏迷。」我說。

哈利點點頭。

我從檔案中拿起最後的幾大疊紙翻過一遍：什麼也沒有。我已將羅森案從頭到尾讀過一遍：所有證人陳述、警方證據以及法庭紀錄。哈利也是。其中完全沒提及姊姊瑞貝卡，也沒提到霍威爾或巴克。檔案中的最後一樣物品就是一小本相冊。我拿起來，見哈利別過了頭。我不怪他。他曾在準備審判時不得不看這些照片，現在不需要再看一遍了。在他的餘生，這些畫面會像電影膠卷一樣在他腦中無限循環播放。關於這些照片，他警告過我說裡頭什麼也沒有。很可能他說的沒錯，但我還是得確定一下。

我翻開封面，掃過燒黑牆壁的照片。房屋完全被火蝕空，無庸置疑，其中也有嬰兒房的照片與燒燬的嬰兒床。我讀過法醫報告，屍體實在所剩不多。還留下一部分肋骨，部分大腿骨，以及頭骨碎片。其餘只是躺在床墊鐵製彈簧中的一堆灰燼。當火勢獲得汽油這種促燃劑，產生的熱度足以摧毀一切。人類頭骨會破裂，血肉與肌腱會脫落，骨頭會分解成粉。我闔上相冊，低聲說著印象有些模糊的禱詞，能把眼睛閉多緊就閉多緊。

「也許我們看的方向錯了。」哈利說。

我張開眼睛，看著他。「什麼意思？」

「也許不是這個案子，而是茱莉・羅森這個人。她過去有些我不知道的事，或者說，我在當時知道的不夠。」

「精神醫師的報告。」我說。

針對謀殺孩子——艾蜜莉・羅森，茱莉訴求無罪。這起案子花了十天，而陪審團只花二十三分鐘就考慮好了判決。

茱莉・羅森被判有罪。

哈利在判決前就訴請精神評估。精神醫師與茱莉面談，看了她過去所有病史，打從出生至今所有醫師和醫院紀錄，發現她苦於因毒癮與產後憂鬱症引發的精神崩潰。她承認自己有吸古柯鹼，檢方主張，毒癮與憂鬱症導致她殺死自己的小孩。而她沒有離開房子或去打一一九，亦使得檢方與精神科醫生認爲她是企圖自殺。他們全都覺得茱莉是想在那棟屋子裡和自己的孩子在火中同歸於盡。她被判終身監禁、不得假釋。在獄中待了兩年後，監獄當局想出辦法將她移往供精神錯亂犯罪者居住的機構。至少在那裡她能獲得治療。

我們兩人都站在桌邊，把一堆堆文件移來移去，尋找精神鑑定報告。

「不在這裡，」哈利說：「我會從法院紀錄弄個副本。」他撥了電話給他的職員，叫他過來法院，並把紀錄寄過來。

「我們一小時內就可拿到。」哈利說。

「霍威爾對我說茱莉．羅森殺了她姊姊，也就是他太太。你替她辯護時對這件事有任何了解嗎？」

「沒有。她告訴我她沒有家人，我甚至不確定在今天之前我知道她有個姊姊這件事。儘管如此，我腦海深處好像有個什麼。我想我應該讀到過一點她的家庭資訊。也許在精神狀態報告中有更多她家的細節。」

哈利揉著頭頂的灰髮。不管他用了多少美髮產品，似乎都無法把那裡壓平。

「也許我們連案子都找錯了。」他說。「我們得將霍威爾案的每個部分都看過——從頭到尾。這回我們要找羅森——和巴克。」

「我不覺得我有漏掉，但沒差，來吧。」我說。

我遞給哈利霍威爾案的檔案時，他把羅森案的東西綑成一疊，移到一邊。哈利戴上耳塞，在iPod上選了貝多芬的音樂，開始讀資料。讀東西時他會聽古典樂，說這樣可以幫助負責創造的那半邊腦子思考：人身傷害聽巴哈，搶劫聽舒伯特，但若是謀殺，唯有貝多芬。他不工作時則用黑膠聽滾石，他說那是唯一能幫他放鬆的音樂。

我站起來，伸展一下，因爲想尋找更多咖啡而離開諮商室。自動販賣機設置在走道盡頭，四下無人。我朝那台機器走去，一面聽著自己的腳步聲發出回音，一面在口袋中找著零錢。太陽早已落下，天花板的燈使得這個地方感覺十分詭異，甚至令人陌生。走道末端有兩盞燈不亮，讓自動販賣機小小的ＬＥＤ燈相對更明亮、更刺眼。

我站在機器前方，靠近一些，試圖利用電子顯示螢幕的亮度看看手上到底有沒有正確數目的零錢。

就在此時，我感到一隻手強行摀住我的嘴巴，另一隻強壯的手臂從後方橫過肩膀，將我朝伸手不見五指的凹處拖去。

47

我的零錢在地上掉得叮鈴作響，人被拖進黑暗的途中，鞋跟一路隨著硬幣在地上彈跳。

我感到自己被轉過來，一隻手掌平貼在我嘴上，彷彿要把我的腦袋後方壓進牆壁裡。一記拳頭從黑暗中竄出，我還來不及舉起雙手，那一擊已打中我的肋骨。接著有人抓住我的領帶、一把扯緊，將我勒住。

我的眼睛花了幾秒才適應，我看見了那人；他完全沒打算僞裝。

林區探員冷靜地開口，但我從他的聲調中聽見憤怒與恐懼，使其語調上下起伏，一下子高，一下子低。

「你他媽的臭小子給我聽好了，」他說：「我知道是你換了行李箱裡的贖金，我沒辦法證明，但我就是知道。我不會讓你毀了這案子。檢察官不會問史考特．巴克任何問題，一個都不會問──而你也一樣。他只會上證人席十秒鐘就下來，然後他就是我的了。我能讓他開口。而如果你問了問題，很可能會洩露麥卡利或馬龍的事，我可不希望變成那樣，你也不會希望的。」

爲了強調，他又將我的領帶勒得更緊，再次把我的腦袋推去撞牆。我的視線一片模糊，但只有那麼一瞬間。我感到後腦杓陣陣抽痛。我掃描著這個角度能見到的門廳角落：沒有一台監視攝影機能拍到這個凹處。林區很小心地挑選過地點。

「不用擔心，沒人看得到我們。你聽懂我的話沒有？巴克上證人席的時候你給我把嘴閉緊了。如果你搞砸，我保證會讓你和你的委託人付出代價。」他說。

我點點頭，他鬆開壓在我臉上的力道，將手完全移開，放開我的領帶。林區上氣不接下氣，但雙手一點也沒有顫抖。他被憤怒沖昏了頭：他一定要讓霍威爾被判有罪，才能正當化他的調查行動。是他下令逮捕遭殺害的受害者父親，也是他丟了保險公司的贖金。如果霍威爾最後證明無辜，那麼林區的飯碗就要不保了。

因爲林區卑鄙的一拳，我的肋骨疼得火辣辣的，我也得用力扯領帶才能把它拉鬆、重新打結，讓我能再次呼吸。我使勁傾斜身體探出凹處，看著右側一整條走廊。我知道走道中段處至少有一台監視攝影機。

但它指向反方向。

林區站在那裡，雙手撐著臀部，注視著我。

「我剛說了，沒人看得到我們。你以爲攝影機有拍到我在自動販賣機那裡抓住你的畫面嗎？」他微笑著說。「可別小看我，我把攝影機轉了方向。你知道的，我們執法人員永遠站在同一邊。你也不要想跑去找包爾斯哭訴，我不會承認。剛剛這個談話從沒有發生。」

他往左轉頭，看著攝影機，確認它仍指著我們的反方向，再回來看著我，微笑著說：「不好意思讓你失望了。」

「噢，我一點也不失望，」我說：「我歡欣鼓舞。」

我的右手劈進林區的臉頰時，他臉上還帶著困惑的表情。我冷不防的一擊打中他下巴左側，他雙腿一軟，反射性閉上眼睛。林區仰天倒下，動也不動。我將他拖到玻璃牆前方的一排排長椅邊，期間持續盯著攝影機。我將雙手伸到他腋下、把人抬起來拉上長椅，再讓他躺下。這時，他睜開了眼睛。

他的呼吸變得急促，但四肢有如一灘爛泥。

我轉回自動販賣機，從地上撿起正確的零錢，往投幣孔丟了兩枚。第二杯咖啡倒完時，林區已能坐起身。他捧著自己的下巴，瞪著我。

我拿起紙杯裝的咖啡，一手一杯，站到這名探員面前。

「你要更小心點，看來你是被一些掉在地上的零錢絆倒了。攝影機指著另一個方向，我也不會承認，不好意思讓你失望了。」

他抬頭瞪我，怒意又回到眼中。

我轉過身，朝光亮處走去。

我回到諮商室，把那扇門在身後關上，將哈利的咖啡放在他面前。

「你怎麼這麼久？」哈利說。

「我跟咖啡機打了一架。」

48

哈利遞給我霍威爾案的一份文件，我讀著他從那堆文件中撈出的證人陳述時，他正從隨身酒瓶往咖啡中加了點酒。「我們漏了些東西。」哈利說。

哈利給我的陳述來自一名警方技術人員，他檢驗了新羅謝爾車站的監視影片。我之前就讀過了，還讀了兩次。

起頭首先闡述影片調查的基本原則，車站只留最近六個月的監視影片。置物櫃裡找到的那隻手機是開機狀態，技術人員在找到手機後一小時對其進行檢驗，電力還有百分之四十三。從廠牌和型號，技術人員能夠判定手機充電、轉至待命模式約十天。那就表示手機是在大概五天前被放進置物櫃。

然而，即使將整整十天的監視畫面全看過，技術人員都沒在影片中見到任何人靠近置物櫃。「他們漏了些什麼。」哈利說。「這是我們唯一能得知誰與綁架有直接關連的時間範圍——而且還是在監視攝影機拍攝之下。確實有人把手機放進置物櫃，只是他們看不到。」

我點點頭。

「你說的沒錯。」我說。

「巴克做的一切背後都有意義。整整四年，躲藏在霍威爾組織的眼皮底下，他絕對和卡洛琳的失蹤脫不了關係。這裡面有我們沒看見的線索。」

哈利的手機響起。他用拇指劃過螢幕，瞇眼看著訊息，接著將手機遞給我。

「我的員工把精神醫師的報告副本用電子郵件寄過來了，我沒辦法用這東西讀，這他媽的實在太小了。告訴我上面說什麼。」哈利說。

我沒讀整個報告，只是搜尋與病患病史有關的段落：她患有長年精神疾病問題，因毒品和酗酒更加重病情。家庭背景穩定，雙親已經過世。醫生特別點出茱莉．羅森約火災前三個月與姊姊失聯。

「你聽這個：當被問到和姊姊的關係，茱莉變得激動，不肯多說。她說：『她恨我。』然後聳聳肩。她拒絕描述對姊姊的看法，僅僅表示：『我們不親。』並在我再次詢問她這個問題時重複一樣的答案。最終我不得不放下，因為她變得相當乖張。」

之後就再沒提到她姊姊了。

「茱莉只是簡單地跟我說，『我愛我的寶寶，那人把她從我身邊奪走。』這個人很可能並不存在，這種想法顯示出精神分裂的症狀，但還有更深層的因素才造成這樣複雜的診斷結果。無論從何種可能來看，茱莉都表現出反社會行為好一段時間，而且該症狀沒有受到診治。對於唯一的家人，也就是她的姊姊，她在表達情感方面有障礙。另一個可能是自戀型人格障礙，這也與反社會人格符合，促使茱莉無法對別人產生同理心。這根據她以實事求是的態度回溯孩子的死亡可以得證。」

我抬起頭，見哈利瞪著地板，眼皮彷彿千斤般沉重。他臉上也帶著悲傷的表情。哈利擦擦眼睛，我見到他的指尖有淚水閃動。

「人不是生而如此，是被變成那樣的：毒品、疾病，不管是什麼。茱莉．羅森也是受害者。不要忘記，艾迪，就算她謊稱有黑衣男子出現，她依舊是受害者。不管人類對他人做出何種邪惡舉動，他們傷害自己的程度不少於傷害他人。茱莉心中有些什麼崩壞了，沒有任何母親會自願傷害她的孩子。若關於這個入侵者她說的是實話，那就是我讓她失望了。我失敗了。」

我點點頭。我是可以告訴哈利，沒有任何理由能讓人傷害小孩，但我沒說。我知道他不是在爲她找藉口，他是在做我們遭遇壞事或邪惡之事時都會做的舉動：盡可能去理解。

有時這樣有用，有時沒有。因爲這般行爲太過可憎，以至於實在無法理解。事實上，它根本不該獲得理解。

我將哈利的手機放在桌上，速速寫了些筆記，再把我寫了幾行字的那角撕下來遞給哈利。

「你覺得你的員工有辦法再多幫我們找幾樣東西嗎？」我說。

哈利的閱讀用眼鏡以鍍金鏈子掛在脖子上。他把半框眼鏡拿到鼻子下方，盯著我寫的筆記。

「我看看能怎麼處理。」他說。

我因兩下敲門聲轉過頭。站起身時，我捏緊拳頭。如果林區又想做什麼，我隨時都準備再放倒他一次。

結果是哈波，華盛頓站在她身後。

「陪審團到了，警方帶著巴克在路上。他的律師也在這兒，表示要與你和檢察官講話。」

「要講什麼？」

「巴克想做交易。」

49

辯護律師必須將就於擠得要死、臭得要命，而且與乾淨八竿子打不著的諮商室，地方檢察官則可以待在法院五樓的奢華辦公室。我留哈利在諮商室，一邊聽貝多芬第五號交響曲一邊思考。電梯打開後所見的梯廳前有一扇雙開門，門旁牆上有黑色面板，好讓檢察官掃描感應卡開門。哈波靠近感應設備上方的對講機，壓下按鈕，點亮圍繞那個鈕的ＬＥＤ照明。

更多悶悶的嗶響，但這次速度更快，通知哈波兩扇門將要打開。她推開右手邊的門，我跟著她，華盛頓跟在我身後。左方有各式各樣的桌子，每個座位皆有助理檢察官在如山高的文件包圍中敲打筆電鍵盤；右邊是一排玻璃牆的辦公室，內側有窗簾。哈波停在最後一間辦公室，敲門走了進去。

又一間會議室，又一張被辦公椅包圍的拋光木桌。只不過，這張桌子是胡桃木，而每張椅子的價位都彷彿等於警局裡的那張會議桌。

麥斯．寇普蘭坐在桌子最前方，十指交錯地擱在他那件訂做三件式西裝的背心上，用力看了我一眼。我沒見到熊仔的影子，猜想寇普蘭應該很清楚，就算沒有他的保鑣，他在法院裡也會很安全。他無視右邊的金，我則在寇普蘭左邊找位子坐下，這麼一來我們就形成了一個半圓。哈波和華盛頓關上門，坐在桌子另一邊。我從眼角餘光見到包爾斯和葛洛夫。

寇普蘭檢查手錶，將雙手再次放到桌上，直接看著前方。

「林區探員稍後會到。」哈波說。

我們安靜等待林區抵達（約六十秒），我一次也沒將眼神從寇普蘭身上移開。在那一分鐘裡，他一次也沒有看過我，或將眼神從面前那面光禿禿的牆壁移開。

會議室的門打開，林區風一般進來。他已將頭髮往後梳齊。根據他上衣的深色痕跡判斷，我想他應該進了廁所往臉上潑冷水，再用手指梳過頭髮。林區做出一副我們之間什麼都沒發生的模樣，直接忽略我。

「我們都到了，開始吧。」金說。

寇普蘭沒有反應，甚至不理會金。他等了一下，然後將上衣袖子往後拉，露出金色的勞力士；他將全副注意力都放在手錶上。

我不想讓眼神離開這人。他自帶一股氣場：富有、權勢、受過教育，以及如你想像中那樣，隨著上述條件附加的一切無情與殘酷。

他又將上衣袖口放下蓋住手錶，身體往右彎。再回來時，帶著一份淡紫色的資料夾，他將之放在面前桌上，用稍微粗大的手指調整著資料夾的位置，確保那東西與桌子對齊。接著，他轉向金，開口說話。

「我的委託人已受警方拘留剛好兩小時。此時此刻，我獲得我委託人的全權委託，提供此案與其他事務相關的可能解決方法。」

寇普蘭從手中變出一枝有著金色浮雕的黑筆，在資料夾前面稍微做了點筆記。我瞥了一眼，發現他記下了準確的時間，六點十五分。

「從我委託人提供的受害者照片，你們已經得知，這個與卡洛琳．霍威爾綁架撕票案有關、意義與關係都十分重大且可信度高的證據，和他有著私人關連。我獲得指示要告訴你們，其實不只照片，還有彼得・麥卡利、馬龍・布萊克與贖金。我的委託人會在公開法庭對警方和聯邦調查局揭露所有相關證據，以交換以下條件：首先，已故茱莉・羅森的罪名，包含謀殺與縱火，將宣告為謬誤，並推翻其罪名。」

我看看周遭，在幾張臉上見到困惑和驚訝。金之所以揚起眉毛，是因為聽到這般大膽的要求，但其餘人只是因為提到了茱莉・羅森而一臉困惑。他們從沒聽過這個名字。

「第二，就目前我的委託人受到的控告，以及在卡洛琳・霍威爾綁架撕票案中扮演的角色，將得到州與聯邦檢察系統的全面豁免。這是我委託人提出的條件，不能改變，也不得協調。這個條件會在桌上放三十分鐘，時間一到，條件自動作廢，在法庭上我的委託人不會再提供任何資訊，不會再有任何條件或協商。」寇普蘭說。

無庸置疑，寇普蘭剛剛證明了羅森案與霍威爾有關。只有寇普蘭和我知道其中關連。但從此刻起，其他人就會開始將線索拼湊起來。

寇普蘭從資料夾中拿出草約給金，接著抬起左手解下手錶，放在面前的桌上，靜靜等待。其餘人都起身離開。

而我留下。

50

「聽說你和你的委託人在分局沒怎麼講話……事實上是完全沒講話。你是什麼時候獲得指示做出這種條件？」我說。

寇普蘭坐在桌子最前方，活像個假人模型。他閉口不言，一點也沒有畏縮，冷淡無情。

「史考特．巴克？你委託人的眞名是叫這個對嗎？聽說他想跟我講話，爲什麼？」

他調整姿勢、往前靠近桌子、兩肘撐在胡桃木桌，那顆又大又禿的腦袋被天花板的燈光照到，而他唯一的回答是一聲嘆息。

我站起來，轉過身確認了一下百葉窗依舊處於拉下狀態。差不多是完全拉下，但仍可看到站在房間外頭的那些警察和聯邦調查局擦得發亮的鞋子，以及哈波沒上油的棕色皮靴。我將簾子整個拉下，那些鞋子便消失無蹤。房間四角沒有攝影機，看不到其他辦公室。我們獨處，沒人能聽到或看到我們。

就一個聰明人而言，有時我就是會做出這世上最愚蠢的蠢事。也許是因爲那張照片——上頭曾有茱莉．羅森的小女兒，卻燒成了一堆骨灰；也許是另一張照片——我在霍威爾書房看到的，畫面中的卡洛琳．霍威爾穿著和我女兒一樣的外套；又也許是因爲我仍能聞到霍威爾的血在我皮膚上的氣味……也許以上皆是。但不管是什麼，我失控了。

我沒有馬上注意到，但我發現自己一面吹著一首復古的藍調曲，一面走回座位，將椅子推到一邊，就這麼以雙手揪住寇普蘭的西裝外套，扯著他站起來。他一開始發出的喊叫被我高頻的口哨聲淹沒。我什麼也沒問，也沒威脅他。在那個瞬間，我只想傷害他。

他個子太小，不可能當過足球員，但他有寬大的肩膀和壯碩的胸膛，玩得起這遊戲——而且也夠有力。他抓住我雙手的手腕往下扯。就身體條件和這個點子來說，其實挺不錯，我沒辦法再壓制他多久，他很快就會掙脫我的箝制。

「放開我，這算人身攻擊了。」寇普蘭說。

他眼中燃燒著熊熊火焰，我只在那些殘酷之人眼中看過。那樣的目光十分強烈，彷彿是在深處燃起，然而又帶著濕潤感，有如蘸了蒸餾出的恨意。

那股力道使我手腕痛了起來。我滿腦子只想著要讓寇普蘭吃點苦頭，就像他對許許多多受害者與他們的家人做的一樣。我要他也稍微嘗嘗感到憤怒，以及對此束手無策是什麼滋味。

我身體裡的每一根神經都想傷害寇普蘭。我壓下那股衝動，放開手，退後幾步。

「一個無辜的十七歲女孩死了，她的父親才剛試圖自殺，而你和你的委託人在這裡故弄玄虛。這全經過小心翼翼的計畫：巴克遭逮捕、這個條件、羅森案上訴——全部都是。我受夠了玩這種遊戲。你要不告訴我他媽的到底怎麼回事，要不我就讓你死得很慘。」

「你才會死得很慘。」他從外套口袋拿出手機，舉起來劃過螢幕，上頭出現了個舊式麥克風的圖像。

「我把整個會議都錄音了，你攻擊我的過程我也錄下來了。現在，給我滾。」他說。

寇普蘭上氣不接下氣，怒意佔據了他的胸口。我不動如山，不讓他看出我其實氣自己氣得要死。對他動手是大錯特錯。他鎖起手機螢幕，放回西裝胸前的口袋，調整了一下領帶。

我慢慢開口，壓抑火氣，一面走向寇普蘭。

「這比我的事業更重要。」我說。

我又逼近一步。

「這比你的支票更重要。」

現在已經很近了，再一個大步我就整個人壓迫到他面前。他往後退了兩步，背撞到牆。

「你越線了。」我說。

「你也一樣。」寇普蘭說。

現在我已經快貼到他臉上，幾乎就要碰到。

「你說的沒錯，我越線了。所以，如果我打算直接在這裡把你打到滿地找牙，我想也不會有什麼差別。」我說。

我們大眼瞪小眼，只差那麼一點兒就要碰到彼此的臉。

「弗林，我不知道你爲什麼反應這麼激烈，你是辯護律師，我們是一樣的。」

「不對，沒可能。我會做好我的工作，但我不會幫助殺人犯或綁架犯，或任何我根本很清楚有罪的人擊敗這個體系。我曾經那麼做過，我絕不會走回頭路。」

「你怎麼知道誰有罪、誰無罪？你沒辦法知道，不可能百分之百知道。任誰都會說謊。」

「我看得出來，我聞得到——就像我也可以在你身上聞到一樣。」我說。

我獲得了我想要的反應：他的嘴唇扭曲成作嘔的形狀，雙手往我胸口一推，把我推開。

我轉過身，快速朝門走去，將他的手機放進我褲子口袋，離開那裡。

51

會議室外，檢察官辦公室走廊上的戰況已如火如荼。金捏著協議在空中揮舞，同時林區與哈波和華盛頓吵得不可開交，包爾斯和葛洛夫各自在講手機。

協議對蜜雪兒．金而言可說是救命繩索。她完美的公訴案件懸而未決，而最開始傳喚巴克來當目擊證人就是她捅的婁子；她想奪回控制權。這份協議將控制權再次交回她手上，而她會用盡一切手段爭取到它。寇普蘭所做的要求並不尋常。近二十年來，所有備受關注的逮捕行動都源自於通風報信者。每個優秀告密者都想拿酬勞、想要監獄的免死金牌，以交換自己的證詞。這個體系就是這樣運作的。執法機構判斷，兩害相權取其輕之下，不如放了中間人，拿下最頂端的老大，做點眞正的好事。

如果你打算把自己目睹的所有犯罪毫無保留地說出來，通常不太可能不牽連到自己，這麼做直接違反了不自證己罪原則。而在不行使緘默權的狀況下，你可以先獲得你犯下的罪的豁免權，這麼一來，就不用擔心受到任何控訴，能將一切娓娓道來。

司法體系中，豁免協議是每天日常的一部分。

但一般說來，這些協議不會涵蓋到費用。只要開口，你就能走。不會有錢，沒有新身分。如果走運，你會拿到一張巴士票外加背上的一拍。

寇普蘭的委託人要推翻罪名。

這可不容易。

由於羅森已死，受害者沒有其他家族成員，女兒的出生證明上也沒有父親，使得這件事更不可能。

寇普蘭已經提出上訴，只要有一名好心受理上訴的法官簽個名，這個罪名在行政層面就能推翻。

寇普蘭打開會議室門時，我已在通往電梯的雙開門前。「他攻擊我，他對我動手。」他說。

寇普蘭還來不及再說什麼，這裡的每顆腦袋都慢慢轉過來看向我，面帶譴責。

「他摔倒了，我是扶他起來。」我說。

我沒留下來吵架。開門的按鈕在左手邊的牆上，我用力拍下去，急著想離開那裡。比較靠近的門使得沉重的雙開門關上的速度變慢，而我聽見寇普蘭邊指著我邊對包爾斯和林區大吼大叫。電梯發出一個明朗活潑的響聲，宣告它降臨本層。有隻手抓住了檢察官辦公室的門，又把它給打開。

來電梯裡加入我的是哈波和華盛頓。他們站在我的兩側，我們三人在電梯門關上時直勾勾地瞪著前方。

「他們得換一下那房間裡的地毯了。」華盛頓說。

「媽的一點也沒錯，」哈波說：「我差點就要絆倒。」

門關上。

華盛頓說：「他會提告的。」

我聳聳肩。

「我不覺得地方檢察官會爲這兒最惹人厭的辯護律師遭攻擊打官司，尤其那個律師宣稱他在檢察官自己的辦公室裡面被攻擊，外面還站了警察局長和聯邦探員。他們沒聽到任何騷動，至少我就不同意他的說法。沒可能，那種官司對金小姐來說將會是一大羞辱。我是覺得於情於理不太可能取得預期的成功。」

「不要太肯定。寇普蘭這人絕對會記仇。」哈波說。

我將雙手塞進口袋，拿出寇普蘭的手機，手指劃過螢幕，喚醒這台機器。面前出現十個數字的面板，與一個要我輸入密碼以解鎖手機的要求。最壞也不過是暫時有點不方便罷了。

電梯上方的燈光亮到有點令人不快，不過就我的目的而言，倒是十分完美。我舉起手機，調整角度讓它能照到光。我在螢幕左上方角落、正下方另一側看到兩組圓形汙痕。中間則是一道長長的滑痕，是寇普蘭的拇指滑過手機所造成的。分布在兩側的指紋團完美落在螢幕密碼的「6」和「1」上頭。我推測寇普蘭年紀約在四十後半五十出頭，出生年可能是六十六，於是我輸入「1166」，螢幕即刻解鎖。

選單標示就在螢幕一角，我點選後，啓動飛航模式讓電話無法接聽，再關閉定位，以確保他無法追蹤手機。在另一個應用程式中，我找到錄音程式。裡面有一大堆檔案，全都標了不同名字。我猜測應該是委託人。那個取名「范迪克」的音檔資料夾裡面有三個錄音。

確認了錄音上的時間戳記後，我找出他剛錄的那個，刪掉。我很想聽其他兩個檔案，但這得等一下。

我實在忍不住查看手機中其他內容的衝動。簡訊大多來自「辦公室」，並且內含案件聽證會的日期和時間，各式各樣的人名與電話號碼。

例如，「塔加，強暴，十一月三十日，布魯克林，四號法庭。」

但有些訊息則更私人。關於那天早晨我去拜訪他一事，他與辦公室往來了幾封訊息。

他認爲我在釣魚，他的祕書也這樣想，但補充表示她覺得我挺可愛。不過她的這個訊息沒得到回覆。

二〇一一年七月
紐約，尊榮苑

瑞貝卡．霍威爾的花園中有明亮的紫色、紅色、黃色和白色，然而在她眼中卻顯得灰暗無光。她坐在廚房窗邊，望過草坪、花園和再過去的小路。也許是因為流了一整天眼淚，不知怎麼將她眼中所有色彩都洗去了。起先她是這麼想的。今天非常艱難，比大多時間都要難熬，醒來的每個早晨對她來說都非常痛苦，而且這情況持續已久。

但是今天很特別，今天是可以哭出來的。

卡洛琳的朋友邀她去吃晚餐，然後一起唸書。學期很快會因暑假結束，而卡洛琳最後一個考試是在下週。老天，光是想到又要和她相處一個夏天，就讓瑞貝卡生理不適。

卡洛琳人生最初的幾年非常幸福。夜晚餵奶、一大早醒來、啼哭、腹絞痛、訓練大小便——父母常抱怨的一切辛苦困難完全沒讓瑞貝卡感到困擾。她擁有這個特別的孩子，她渴望已久的孩子，渴望了一年又一年，她小小的奇蹟。

瑞貝卡堅持在孩子生下後要搬家。她告訴雷奧納德他們需要更大的房子，一個安靜且遺世獨立的地方。一開始，雷奧納德不想搬，但瑞貝卡妹妹的那些事情成為最後一根稻草。她妹妹的審判引來注意，她想在記者找到她之前離開，逃離一切。瑞貝卡沒有因卡洛琳出生而回到職場，仍在請產假，而她不在的時候郡雇用了一名退休的法醫填補她的空位。如果媒體發現，她的事業將會受到影響，新家庭也會受到打擾。我們的家是屬於私人的，她這麼對雷奧納德說過。有一度，過著遠離這一切的新生活是瑞貝卡記憶中最快樂的一段時光。

但隨著卡洛琳漸漸長大，情況改變了。

是那回，卡洛琳滿七歲時第一次去湖邊的旅行。她看著自己的孩子和丈夫在淺水處潑水玩，想起自己跟茱莉一同度過的童年。她們在同一個池裡玩耍，沿著同一條鄉村小徑奔跑。太多了。

她越來越少花時間陪女兒。到最後，她連看著這個特別的孩子的臉都做不到。就是在那時，她覺得自己犯下了錯。那天早晨稍晚，她把卡洛琳送到學校，去了距離校門一個街區的小文具店一趟。她買了信紙和一枝筆，回到家中，而今正坐在她的廚房，透過眼中的淚水望出窗外。

瑞貝卡拿出筆，從透明包裝中取出兩張信紙。

她的筆迅速在其中一張上揮毫，接著下一張。她把第二張摺起來，放進一個信封中，信封正面署名寫著「雷尼」，並留在那兒給他。第二封信她會用寄的。

她站在打開的前門門口，最後一次環顧整間屋子。然後，她從門廳那個碗中抓起車鑰匙，動身離開。

52

我等在法院外面時心中非常清楚：檢察官、警察和聯邦調查局都是在同意滿足巴克的要求後才來找我。我從中庭窗戶看到一輛黑色賓士停在外頭，一名身穿海軍藍西裝的白髮男子從乘客座下車，簽了書記官手中寫字板上的文件，再將他的尊臀塞回賓士，在夜色中啓程離開。

上訴法庭就要如火如荼地展開，只不過，一般來說應該完全是另一種狀態。律師很可能花費多年，爲一名遭到誣陷的人準備上訴，卻只換得上訴法官花五秒鐘瞄一瞄那些文件，然後實在懶得讀，畢竟那傢伙可能還犯了其他什麼罪，活該餘生在牢裡關到爛。

職員跑回建築中。

我知道情況十分不妙。史考特．巴克想要的一切都到手了，他的棋局完全照著計畫走。

走廊的照明將我的倒影打在玻璃上。我的領帶沒打好，鬆垮垮地掛在打開的領口。我彷彿在一天之中老了一歲，而我也確確實實感覺到這件事。我的雙腿痠痛，背後和脖子也一樣，而肋骨依舊因爲林區的拳頭劇痛難忍。

我揉揉肩膀上腫脹的肌肉，指頭用力按壓著肌肉組織。

「他們大多都會接受交易。」哈利說。

我的倒影旁也加入了他的。看到我們兩人在玻璃上的影子，讓我發現哈利掉了多少體重。羅森上訴案一吋一吋侵蝕了他。

「我知道如果上訴案不需經聽證會就受理，你就不必面對同樣的批評。」我說。

「別淨想著碰運氣。我接到的是司法申訴委員會的通知，用詞毫無曖昧空間，表示如果上訴獲得受理，他們會希望我請辭。寇普蘭提出的訴狀已經造成很大的傷害了。」哈利說。

「那你要辭職嗎？」

「不，至少不會在這種狀況下。寇普蘭知道上訴最終會往這個方向走，他早就計畫好了——而且是小心翼翼計畫的。我不會對那個王八蛋卑躬屈膝，想都別想。反正我也不可能當上最高法院法官。」

「聽你這麼說我很高興。」我說。

「我只是那個聰明鬼的遊戲中區區一小部分而已。你知道嗎，就許多方面而言，要預測聰明人的下一步比起蠢蛋的下一步容易多了，你不覺得嗎？」哈利說。

我什麼也沒說，只是瞪著玻璃，我們的影像被鹵素燈的低溫光芒和夜空包圍

「高智商者策劃的每個行動背後通常都有含意，或至少有些重要意義。」哈利說。

「什麼意思？」我說。

「舉個例子，像是假名：喬治．范迪克。」

「這名字怎麼了？」

「它有意義。」哈利邊嘆氣邊說。

「對我沒有意義。」

「等時機到了，我想就會有意義了。喬治可能來自聖喬治，最有名的聖人之一。他是一名軍人。傳說他屠殺了切斷村中水源的一頭龍。喬治晚年拒絕背棄基督教時，成了殉教者。」

「跳太遠了吧，哈利。他挑這個名字可能是因為他是拳擊迷[1]，或家裡有喬治牌燒烤機。」

哈利沒笑。

「我不認為，假使你也把他的姓考慮進去——范迪克（Vindico）。那是拉丁文，意思是『復仇』。我認為史考特．巴克創造這個假身分是為了接近霍威爾，這樣就能為茱莉．羅森復仇。他要為她取得死後的無罪赦免；他要讓她成為殉教者。」

我思考著哈利說的話。

「如果真是這樣，那他想要屠的龍是誰？」我說。

哈利搖搖頭。

「那就要由你找出來了。」他說。

我們身後的法庭門一晃打開，蜜雪兒．金站在門口，手中拿著一份簽署好的文件。她在笑，因為她獲得了想要的東西。

而我打從骨子裡知道，唯一得到想要的東西的人，只有史考特．巴克。

「五分鐘後開始。我們已和巴克做了交易：全面豁免。他會在證人席上吐露一切，而我們會與你在同時間得知真相。」金說。

我點點頭。

「你要小心，艾迪。」哈利說。

---

1 喬治．福爾曼（George Foreman 1949—），美國知名拳擊手。

53

作爲執業多年的辯護律師，雖仍年輕，也投入了不少時間在法庭上。我知道一些技巧，也見過一些世面。在一樁錯綜複雜的郵件詐騙審判中，我見過陪審員在檢方開庭陳述到一半睡著。幾年前，有個陪審員在搶劫凶殺的官司中死也不看我——或任何證人，甚至法官或檢察官，整整兩週的審判。所有時間他都瞪著天花板。

我還以爲自己什麼都見過。

但我這輩子還沒見過陪審團氣成那樣。

每、一、個、都、是。

我交叉雙臂，對法官和檢察官皺眉沉臉，做出也很火大的模樣。陪審團坐下時，我用眼角餘光注意他們。有幾個人用手肘推了推旁邊的同伴，悄悄暗示著我的方向。

你看，他也和我們一樣火大。

只要有機會能和任一陪審員連成一氣，我一定會抓住。有時小細節能夠造成大大的不同。

史考特．巴克回到證人席時，一名制服警察跟在他身後。警察站在陪審團右邊，最後的幾步距離他讓巴克自己走上證人席。他正常的走路姿態讓我知道了很多。他的背挺直，行走時雙腳分得很開，雙臂在兩側輕鬆揮動，流露出一股氣勢，彷彿將要在一場打鬥中造成嚴重的傷害。一直以來，他的分寸都拿捏得宜、控制得當。

有一隻手搭上我肩膀，是哈波。

法官正將她的文件排放在桌上，金對著她的助理竊竊私語，書記官正將審判資料傳給陪審團。

「什麼事？我們沒多少時間。」我說。

她跪下身子，當她低聲說話，我感到呼吸吹在我脖子上。

「我剛剛聽說司法部的某個人正在過來的路上，是個叫亞歷山大・柏林的人。他有關於巴克的訊息……」

書記官把六份審判資料遞給前排的六個陪審員，再走上後排，給出另外六份。

「沒時間了，直接告訴我妳有什麼。」我說。

「他一開始是運毒的，被緝毒局抓了後轉為告密者。他破獲了一整個組織，但司法部門沒放他走，又讓他去做一樣的事。這人曾經進過全美最難搞的狼巢虎穴，和你所能想像最邪惡、最冷酷的傢伙混得好好的。這段時間裡不知道什麼時候，他忘了自己應該要為好的那一方工作。柏林懷疑，巴克可能得下手殺人才有辦法深入這些組織，但他們無法證明。可以確定的是：這個人為了得到想要的東西，什麼都願意做——包含殺人。」

我指頭上所有感覺都消失了，彷彿剛剛把手在冰桶裡放了半小時。我轉過身，見到哈利在後一排的地方注視著巴克。

「老天，而他一直和霍威爾在一起。」我說。

「我知道，你就小心點。」

「檢察官辦公室知道這件事嗎？」我說。

哈波搖搖頭，站起身走開，到哈利後面一排找位子坐下。

舒茲法官清清喉嚨，接著開始對陪審團解釋，這次審判剛獲得一個相當關鍵的證詞，由於另一個未敘述的事件，導致此事有了時效性，陪審團今晚就必須聽。陪審團中至少傳出三個全法庭清晰可聞的抱怨聲。當法官表示他們可因超時加班得到額外費用時，陪審員又活過來了，這話甚至讓最好戰的那幾個閉上了嘴巴。

舒茲法官結束了對陪審團的發言。

蜜雪兒．金站起身，打開筆記，問了證人她的第一個問題。

「我們上回在這裡時，你表示你眞正的名字是史考特．巴克，不是喬治．范迪克。你爲什麼使用假名？」

這問題對巴克似乎有點難理解。他的雙眼固定看著一個點，無視群眾——幸好我們進行到這麼晚，現在群眾變得稀薄了些。

「我爲了自己的目的創造了喬治．范迪克這個身分，是爲了接近雷奧納德．霍威爾和他女兒。」

當蜜雪兒．金往陪審團席方向一個扭頭，她方圓六公尺的每個人都能聽見她脖子發出的「喀啦」聲。陪審團又是困惑、又是震驚，舉手做不解狀，張開了嘴巴。

「庭上……」金說。

「不行，金小姐。」法官說。巴克的答案不如金所預期。他這是在暗中表示將卡洛琳．霍威爾當作目標的人是他。我知道金打算要請法官給予無效審判。無論哪種陪審團，必定會受到這出乎意料的發言影響。但舒茲並不接受；時候未到。

金如果無法重奪控制權，就會直接落入萬劫不復的境地。我從辯護席見到她喉嚨上的血管一抽一抽，頸子和臉頰從淺粉紅變成深紫紅。她努力付出的一切與下一個問題息息相關。金的雙眼突然犀利地集中於一點，而我知道，她找到了能夠鎮壓巴克證詞的東西。

她轉過身，從桌上那疊資料的最上方拿起一份文件，遞給書記官。書記官轉交給法官。舒茲快速讀過那份共十頁的協議，遞回去給書記官。書記官坐在椅子上轉過身，又還給金。

金的高跟鞋在地板上踩出回聲，我覺得彷彿能在那韻律中感受到一股全新的自信，她的步伐中也有著決心。金將文件「啪」一聲壓在證人席的小擱板上，再轉過身，退後三公尺。巴克沒有拿起來，只是看著那份文件。

「這份文件是豁免協議，你在不到十分鐘前、有證人在場的情況下簽了名，是嗎？」

她在引導證人，我是可以抗議的，但舒茲不會接受我的打擾，她已做好打算，要給金足夠空間處理面前這個人。

「是的。」巴克說。

陪審團的模樣就像坐在一輛往頂點爬升的雲霄飛車，輪子一路緩緩發出喀拉喀拉，車體越接近下墜瞬間，憂心也隨之漸增。

「巴克先生，這份協議給了你豁免權，讓你免於參與卡洛琳．霍威爾綁架謀殺案會受到的控告，以換取你在這起案子中針對被告做出證詞。我這麼說正確嗎？」

「不算正確。」巴克說。

「你說什麼？」金說。

「不算正確。」巴克又講一次，這回大聲了點。

那片紅色又回到金的脖子上，她的雙手一拍、緊緊闔起，泛白的指節對比陪襯的豔紅指甲油，極為突出。

「協議非常清楚，而且在你簽署前，已經由你的律師對你做過清楚的說明，巴克先生。」

「這我同意，協議的用字都非常清楚易懂。」他拿起了協議。

巴克翻過一頁，一面讀著文件尋找特定段落，嘴唇一面快速且無聲地移動。

「請你參照第五條款、第一小段。」巴克說。

金的助理抓起一份副本遞給她老闆，金一把攫過來，翻過一頁找到那個條款。

「如果妳不介意，我來唸給妳聽，」巴克說：「上述豁免權及其他，需符合以下條件。第一小段是這麼說的：受拘留者必須在雷奧納德．霍威爾的審判中以檢方證人的身分提供證詞，並應提供眞實證詞，詳細說明雷奧納德．霍威爾在綁架謀殺卡洛琳．霍威爾事件中的涉案程度。」

這份協議的用字不太常見。無論從哪個方面看來，都不是常規格式。但這樁案件根本沒有哪個部分符合常規。檢方是那麼想揪住霍威爾，連思考都不思考，立刻跳入麥斯．寇普蘭的協議中。即便如此，這個條款的定義仍算清楚：告訴我們這件事是霍威爾幹的，你就可以走人。

「正確，巴克先生，」金說：「根據豁免協議，你來這裡是要提出證詞，針對被告雷奧納德……」

「妳還沒搞懂對不對？我之所以在這裡，是如我剛才說『提供眞實證詞，詳細說明雷奧納德．霍威爾在綁架謀殺卡洛琳．霍威爾事件中的涉案程度』。」

打輸官司、被開除、看著事業一路下墜最後掉進垃圾桶——金對此的一切恐懼已然消失。

她受夠了。巴克踩到太多地雷。嚴格說，她幾乎是對他吼出下一個問題。

「那你就說啊，巴克先生，爲我們詳細說明雷奧納德．霍威爾綁架並殺害女兒的涉案程度。」

在這個問題與巴克的回答之間，可能只有四到五秒的停頓，其實沒有太久。但在一個裝滿了人的法庭中問出那樣的問題，停頓感覺有如一世紀之久。這讓我想到洋基球場巨大螢幕上的慢動作重播。投手投出球，攝影機自動放慢。我們見到球在破空前進時旋轉，同時間打者開始以臀部爲軸心迴身，扭轉身軀、轉動肩膀，對著球舉起球棒。在它們的距離間，我們可以預見各種可能性：三好球出局，或全壘打，客隊在九局下半大獲全勝。

金的問題也許是一記下勾練習投，而巴克則是貝比．魯斯[1]。

「完全沒有。」巴克說：「雷奧納德．霍威爾完全沒有參與綁架女兒。就我所知，他連她一根汗毛都沒有動。」

1 貝比．魯斯（Babe Ruth, 1895—1948），二、三〇年代美國洋基隊知名打者。

54

「庭上，我現在想提出聲請。」我站起來說。

舒茲說：「不要急。」

我打算請求她停止審判，指示陪審團帶回無罪的判決。這麼做可能是有些不成熟，但我敢打賭，此地有大半法官都會接受我的聲請，讓霍威爾重獲自由。

但舒茲法官不會。在那一刻，她更感興趣的是檢察官要說些什麼。因爲我站起來時，金已經提出第二個要求，想將她的證人轉作敵意證人。舒茲說：「沒有問題。」我們就此繼續。

「巴克先生，你的協議……」金的話尾消失不見。她重新讀了條款、皺起前額，她用左手摀住嘴巴，中指正好落在唇上。她又把那項條款讀了一遍，雙臂垂落至身側。協議乍看一清二楚，卻有無數種開放的可能解讀。從一個角度看，那項條款暗示了霍威爾有涉入；從另一角度，是表示巴克會提及霍威爾涉入程度。然而協議本身對於涉入的範圍卻是隻字未提。

「巴克先生，你現在是聲稱你與被告一起殺害了卡洛琳．霍威爾嗎？」

這句話眞是萬福瑪麗亞——的相反——而且是最爛的那種。金若不能得到結果，就會讓整起官司四分五裂。我靜靜等候。

「不是，我沒有殺卡洛琳．霍威爾，她的父親也沒有。」

「那是誰殺的？」金說。

這是一大險棋，是個完全開放的問題，巴克回答什麼都可以。我猜金是想聽到一些瘋狂理論，什麼外星人或極端主義者，這麼一來她就可以宣稱巴克是個白癡，那麼就不會再有人相信他。此時此刻，這是她唯一的招數，她必須摧毀自己證人的可信度。

「沒有人。妳一直在對陪審團撒謊，金小姐，還有你那位專家證人伯奇也一樣。卡洛琳・霍威爾沒有死。」

金從嘴角冒出一抹得意的笑，但她迅速將之壓下。她想要的就是這個：巴克說的話越荒謬越好。

「巴克先生，我們在被告意圖毀滅的犯罪現場發現卡洛琳・霍威爾動脈噴出的血。DNA是不會說謊的，你才是那個說謊的人，我說的不對嗎？」

「我可以有很多種身分，金小姐。我對許許多多的人撒過謊，而且撒了很多年。但我有我的尊嚴，我非常認眞看待自己的責任。我踏上這個證人席，並以聖經發誓，因此我將會遵守誓詞、說出眞相：卡洛琳・霍威爾還活著。」

「你怎麼知道這件事？你怎麼知道她還活著？」

「因爲她就在我手上。就讓雷奧納德・霍威爾把我當成神父吧，除非他告解自己的罪行，不然她在十二個小時內就會死亡。」

第三部

55

我從沒看過哪個證人的陳述能對整個法庭造成此等重擊。猶如一道震波，陪審團全都往後一縮，像是被炸彈炸到。我聽見了抽氣聲，旁聽席還有個女人甚至掩住了一聲尖叫。金釋放出一道該死的龍捲風，它正在這個空間到處肆虐。

而她就這麼站在那兒，瞠目結舌。

那個瞬間，在屋內每一個人努力消化這個陳述的當下，巴克將手伸到證人席下方的小層板，那裡放有麥克風，也是預設如果證人有需要，可以當成桌子或用來放置證物的地方。

此時傳來一個像是撕膠帶的聲音，某個帶有黏性的東西被扯下，他的雙手中在縮回時多了一條膠帶和某個又小又黑的東西。他把那個東西從膠帶拿下，伸手插進擺在證人席旁邊的電視。此時我才意識到那是隨身碟。他帶到法庭來，並趁著拿卡洛琳·霍威爾的照片給法警看遭逮捕前，將東西黏在證人席的層板下方。

電視的硬碟接收隨身碟裡的東西後自動打開，一個畫面出現在螢幕上：與稍早巴克握有的照片一樣，卡洛琳·霍威爾蜷在一座水泥墓穴裡頭。

「你是在……」當金看著螢幕，句子立即消失在口中。

不管發生什麼，我都錯過了。我在金開口時將注意力放到她身上。於是我立刻轉回去看螢幕。

直到那時我才看見——

這不是照片。

卡洛琳的腳動了。

這是影片。有一隻手出現在畫面上，靠得非常近，手拿一份《華盛頓街週報》。日期是昨天，頭條放的是預定昨天早上召開的中東和平高峰會。那隻手翻過紙頁，展示摺在裡頭的文章。有篇社論報導卡洛琳．霍威爾案將在今日於紐約白原市開始審理，還有一張雷奧納德．霍威爾的照片。

那手把報紙丟進墓穴，紙頁翻飛著打開，有如一張紙做的毯子落在卡洛琳身上。

有個人走到鏡頭前，是巴克。

我逼自己的目光離開螢幕去看巴克，發現法庭中唯一沒看著電視的就是他。巴克沒在看我，眼神也不在金、法官，甚至陪審團身上。他正注視著群眾。我轉身見到哈利．福特，他在某一排中間站著，後面有某個人要他坐下，但哈利無視那個人，雙眼只鎖定著巴克。

當我抬眼注視螢幕，畫面正好消失，影片結束在巴克臉部特寫。接著巴克的聲音在這空間到處迴響，但不是來自影片。他站起身，對整個法庭說話。

「我要警告這裡的所有人：別想測試我。我不會告訴你們霍威爾做了什麼。我要聽他親口招認。之後——只有在他這麼做了之後——我才會放他女兒走。如果他在十二小時內不告解，那她就會死。」

舒茲法官敲下小木槌，站起來喊道：「休庭。」便往自己的辦公室走去，雙手掩住嘴巴，提起了肩膀。

陪審團由法警帶離法庭，一瞬間又回了魂。法警甚至得對一名指著巴克罵髒話的男性陪審員大吼大叫。半數陪審員眼中都有淚水，其他人則搞不懂這天殺的到底是怎麼回事。

林區探員身後跟著兩名警察衝過我的身邊，直朝證人席奔去。巴克被一名大塊頭的禿子警察從後方提起，扔出證人席，將麥克風撞到了地上。他被上了手銬、帶出法庭。林區探員拔下隨身碟，放進證物袋中。

巴克被帶著經過蜜雪兒・金面前時，得要出動她的助理才能拉得住她。

這是我執業以來第一次，對於我究竟他媽的該怎麼做眞心毫無頭緒。我伸長了脖子，看著天花板，與其說想多吸到一些空氣，不如說我更想要點別的。我需要霍威爾，我需要答案。但霍威爾處於昏迷狀態，我什麼都拿不到。

哈利得猛力搖晃我才能讓我從那狀態中醒來。我聽不見他喊我的聲音，腦子像旋轉木馬一樣轉個不停。

「艾迪，我得跟你談談。我想我知道這是爲什麼了。」哈利說。

56

哈利得先等等了。

法官把我和金叫進她的辦公室。我們都知道法官會怎麼做。最可能的結果金應該也可以接受。她被巴克玩得團團轉，就和所有人一樣。

舒茲法官的指間夾著一塊很大的橡皮擦，用力擠壓，帶著勉強壓下的怒氣開口。

「金小姐，我明白這可能不是妳的錯，我也不是要在這裡找人問罪，但我毫不懷疑，這名證人二度在審判進行當下拿出不屬於檢方持有範圍的證據，大家完全無法得知這項證據的可信度有多少，而我也絕對不會讓陪審團將之納入考慮。弗林先生，雖然這對你的委託人並不公平，但這場審判已經成了馬戲班子：我要宣布無效審判。陪審團會離開，我們兩週內會重列新的陪審團名單。我眞心希望你的委託人到那時已經康復，弗林先生。還有，金小姐，我希望妳能抽時間評估巴克提供的證據。搞不好他應該和雷奧納德．霍威爾一起列在起訴書上？又或者檢方其實犯下了天大的錯？妳要仔細考慮了，金小姐。」

我似乎看見金的眼中湧起淚水。她搖搖頭，說：「不，庭上，巴克先生不會被當成被告，他有豁免協議，檢方相信這只是巴克先生耍的噱頭，都是爲了讓被告無罪釋放。」

「妳不會是認眞的吧？」我說。

她吞嚥了一下，說：「我們的立場不變。我們有她噴在牆上的血，已達到致死量，也有

DNA分析確認。她死了，而她的父親綁架、殺害了她。」

檢察官是倚靠對體系的盲目信仰在運作的。不，當然不是司法系統，不對，應該說是檢調系統。如果你花了一整天，這樣天復一天、年復一年把人關起來，你就必須相信自己做的事情是對的。警察把案子帶給你，你去找證據，也許有再多問一點什麼，接著就策馬狂奔、直衝定罪——一次次如此。如果一個聰明的辯護律師成功使被告獲得無罪釋放，幾乎等同侵蝕掉你靈魂的每一分。那樣是錯的，你才是對的。在上訴法庭，你會看見檢察官的心赤裸裸地被攤開。就算是清白專案[1]找到新的DNA證據，讓事情更加清楚，超越了一切合理懷疑，顯示那名遭到定罪的犯人其實清白無辜，會有多少檢察官看著證據說：「好吧，這個是我們搞錯了，打開門讓這傢伙出來吧。」甚至連稍微這麼考慮一下的人都很少。他們會極力抵抗。辯護方錯了，他們才是對的。

金已被吸入爲反而反的渦流。她很聰明，但如果你每天都戴著有色眼鏡，不要多久就會什麼都看不見。

舒茲法官甚至無法直視金。法官知道這是檢察官的盲點，看過那影片的人都不會有質疑。

「你們兩個都出去。」法官說。

「不行。」我說。

舒茲法官僵住了，她沒說話，只是舉起一根指頭指著門。

「如果妳宣布無效審判，那麼巴克就不再需要遵守宣誓。他可以離開，然後再回來參加新的審判。但若他說的是眞話，卡洛琳．霍威爾到那時就死了。他給了我們一段時間救她。的確可能是胡扯，但也可能是眞的。如果是眞的，妳卻宣布無效審判，就等於妳殺了那個女孩。」

「但審判已經全毀，毀得無法挽回。」舒茲法官說。

「我知道，妳知道，金小姐也知道——但巴克和陪審團不知道。我的委託人在昏迷中，不管巴克想要他做什麼……唔……霍威爾都給不了他。給我一點時間，讓我交互詰問。一個十七歲少女的生命正懸於一線。」

金點點頭，說：「只要我們都同意，這就不再是一場眞正的審判。這麼一來，大眾和媒體就可以被擋在外面，巴克的證詞也不會外洩。」

舒茲法官用她的筆敲敲桌子。我聽到她咬牙的聲音。

「妳不能逮捕這個人嗎？」她說。

金搖搖頭。「豁免協議。我不想成為第一個在審判殺人犯途中，眞的把他的被害人害死的檢察官。我們可以陪他玩十二小時，然後無論怎樣我們都會知道眞相。如果這一切全是謊言，我們也沒什麼可失去。但如果是眞的，我們還讓這人直接走出去……」

「我懂了，」法官說：「我們會封鎖大樓，陪審團和法院員工留下，外加辯方和檢方——其餘不留。」

「那巴克呢？」金說。

「拘留牢房就可以了。弗林先生，你需要多少時間？」

1 清白專案（Innocence Project），非營利法律組織，一九九二年因辛普森案而成立，該專案發現有許多罪名成立都來自目擊證人的誤會。

走出辦公室時我和金都沒有講話。書記官帶我們出去，回到已完全唱空城計的法庭。陪審團正在休息室中，將會在那兒待上接下來的四個小時。在還不清楚究竟怎麼回事、霍威爾做了什麼，也還不曉得我該怎麼搬演這齣戲之前，我不能見巴克。

四小時。這是舒茲法官給我的時間。如果我無法在這時間中解開謎團，也一樣得開始質詢巴克。聯邦調查局的人和金會盡可能幫忙弄到資訊。金不想這樣，但她也不能無視巴克。

我們的腳步大聲地迴盪在荒寂的法院堅硬的地板上。經歷這麼多嘈雜、這麼多插曲後，這分死寂有些詭譎。

這裡感覺像某間酒吧（或房屋），而且剛有輛靈車把裡頭的屍體裝進屍袋運走。此處彷彿存在著什麼物事，有如突發一場血腥暴力留下的汙漬。你能嘗到，也能感覺到。

我收拾檔案、信步走出。

哈利在走廊上等我。他腋下夾了一綑文件，臉上有著憂慮的表情。

「我知道喬治的龍到底是誰了。」他說。

57

警察、聯邦調查局和檢方團隊躲進樓上的檢察官辦公室中進行緊急會議。我透過走道窗戶看到了寇普蘭，他戴著一副手銬，被塞進一輛巡邏車後方。我就希望包爾斯會逮捕他。那是個好預兆。他對巴克瞭若指掌，包爾斯一定會狠狠地威嚇他。他們兩人現在遭到拘留，但巴克有張免死金牌。

我的手機響起。是哈波。

「發生什麼事了？」我說。

「第三次世界大戰。每個人都在彼此責怪。林區變成千夫所指，警方把寇普蘭帶回轄區，但他們沒有辦法拘留他太久。巴克正在牢中，再也不肯開口說半句話——他說他只在誓詞約束下於法庭上開口。我們從法務機關那邊得到回應，那份該死的豁免協議無懈可擊。即便他真的抓了卡洛琳，還在時代廣場正中央把她的腦袋轟得滿人行道都是，就法律層面唯一能逮捕他的罪名就是亂丟垃圾。這實在爛透了。我們要制訂出尋找卡洛琳下落的可能搜索區域，並且立刻出動——聯邦調查局、警方，就連消防隊和交警都要用上。我們認爲，如果他眞的抓了她，很可能被關在沒有太遠的位置。現在我們眞的很需要霍威爾。他最快可能什麼時候醒來？」

「我幾分鐘前才和他的醫生說過話：他們不知道。他是可能醒來，但我們也需要考慮到如果他醒不來該怎麼辦。巴克要的是霍威爾的告解，我們要的則是弄清楚他到底覺得霍威爾幹了什麼。」

「這和寇普蘭在交易中提到的什麼羅森案有關嗎？我們正在調檔案。」

「現在我還不知道。我會去找哈利談談，看是否能釐清情況。我會在一小時後打給妳，如果查出任何結果，我第一個通知妳。」

我掛斷電話，加入在諮商室隔間裡的哈利。

「也許我們應該稍微離開這裡一會兒。我實在沒辦法再坐在這間法院裡了——這麼做一點幫助也沒有。此外，今晚感覺將會十分漫長。我們去買點喝的，好好把這件事談過一遍吧。」哈利說。

我確認一下手錶，時間是七點。

「當然，我的確需要喝點什麼。」我說。

在我們找到合適地點前，哈利開車帶我跑了整整三分鐘。酒吧與法院靠近的程度大概是它唯一的優勢。門上方是一塊大約一乘以三公尺的巨大招牌，但上頭的漆早就褪得亂七八糟，因此不知道酒吧到底叫什麼名字。無所謂。反正牌子上的聚光燈也燒了，而且大概因爲沒人看得懂那塊牌，省了老闆還要換電燈泡的麻煩。

裡面很暗但很暖，有男人、油膩味和啤酒花的氣味，和我很合拍。右側有個短短的L型吧檯，吧檯後面有名身體彎成L型的小個子酒保。他年約六十歲，頭髮灰白，因年歲而佝僂，並且喝了不少酒。很可能是龍舌蘭。「喝什麼？」他問，而我差點想向他要片檸檬——他呼出來的龍舌蘭氣味強烈到不行。

哈利點了兩杯雙份愛爾蘭威士忌，叫我去坐後面的位子。那裡的角落有張被燈燒壞的桌子，兩、三個老酒鬼坐在酒吧凳子上，摺著報紙研讀，除此之外，這整個地方都是我們的。我把檔案放在桌上，去找座位。

等我找到配著兩個凳子的桌子，哈利已帶著酒過來。他把裝在廣口杯的雙份威士忌放在自己面前，從外套口袋抽出一瓶打開的百事放在我前方。

但我要的是「眞正的」飲料。

問題在於我想要非常多「眞正的」飲料。

我囫圇灌了一大口百事。溫的。

「沒冰塊？沒杯子？」我說。

哈利檢視第一杯酒內側的油膩指紋，說：「就安全起見，你直接從瓶子喝可能比較好。我在考慮是不是要取消我們的餐點。」

「你在這裡點了吃的？」

「當然，我餓了。我點了菜單上沒有的披薩。酒保打了電話，他會叫外賣進來。我很可能會因爲點了轉角的培根蘑菇披薩被收兩倍錢。但話說回來，至少那玩意兒不是在這裡做的。」

他喝了一大口酒，咂咂嘴，放下飲料，在桌上的文件中翻找。他花了點時間，不過最終從一疊紙中抽出一份警方報告。我之所以認出那是警方報告，是因爲第一頁角落的警徽標誌。他將報告遞給我。

「我已經讀過羅森案的報告了。」我說。

「這個你還沒讀過。我讓人把這東西傳眞到法院辦公室。是轄區一個我認識的警察賣我人情。你告訴我霍威爾痛恨茱莉．羅森，是因為認為她必須為他太太的死負責。這就是瑞貝卡．霍威爾自殺的警方報告。」

58

有些警察在報告裡除事實外什麼都不會寫進去，有些則會告訴你發生了什麼，還有他們認為「實際上」發生了什麼。

調查這起案件的警察是一位叫提歐．克魯茲的警官。他是會在報告中讓檢察官知道他的想法的那種人。這是十分微妙的一門藝術，只能從工作中習得，並在多年經驗中漸臻完美。

一位名叫艾爾．懷特、專開長程的卡車司機用他的民用無線電通報意外事件。意外發生在紐約上州，該處屬於訊號圈外，這是艾爾試圖用手機打一一九時發現的。當時他在一條迂迴的山路上，從右方轉角處瞥見一輛銀色的家用休旅車開進他的車道。他啓動聯結卡車的煞車程序、按下喇叭。

艾爾說那輛車沒有移開，依舊停留在原先車道直朝他衝來。他甚至看見了那個開休旅車的女人。她很冷靜，甚至可說放鬆。

休旅車最後一刻突然從他車道轉開，直接撞向道路另一側的防撞護欄、翻過懸崖。

艾爾停下卡車，用無線電通報意外，然後爬下駕駛座，跑向防撞護欄。在他下方是陡峭懸崖，距離峽谷底部搞不好有個三百公尺。底下流過湍急的河水，而他看見休旅車在沉到深水之下前翻覆了。

他等著急救人員和警察到場。

場。

克魯茲警官第一個抵達現場，比救護車和山難救援還快。他和艾爾談話，調查了撞車現場。

他註記下艾爾描述休旅車駕駛冷靜的行爲舉止，以及第一時間沒有閃避卡車的事實——即便聽到了他按的喇叭。在報告中，克魯茲警官記錄休旅車撞破的防撞護欄只是木製的暫時護欄。很顯然在幾週前有輛載運動物的卡車和另一輛車發生衝撞後，將鐵製的護欄撞破了。在另一段概述中，克魯茲根據路上的痕跡順著休旅車的路徑走。雖然休旅車在轉彎時有稍微煞一下車，胎面的角度也足以判別駕駛以高速當頭撞上護欄。護欄前方缺少打滑痕跡，表示駕駛並沒有試圖煞車。

克魯茲特別畫線強調，雖然這道護欄是在彎道上，不過是一個弧度緩和的彎道。報告最後一行列出意外的幾個重要事實，並非以發現的事證呈現，而是要讓檢察官知道克魯茲的看法。

「感覺就像駕駛開進對向車道，製造出一個可迎頭撞上受損護欄的完美角度，好讓車一定能越過安全護欄、衝進裂谷中。郡潛水員在陶瓦河中的休旅車找到那名駕駛，瑞貝卡・霍威爾。」

附在報告中的是一份驗屍官的判定報告：自殺。驗屍官確認瑞貝卡・霍威爾於二〇一一年七月以交通事故自行結束生命。此結果由意外發生的狀況及遺書得到確認——遺書是死者的丈夫在他們的臥室中找到的。

驗屍官詳細放上遺書內容全文：

親愛的雷尼，我愛你。我再也無法承受這一切。你知道的，在我內心深處了解有些事不對。我做了那種事。我們所擁有的那麼特別，我卻把它破壞了。

我想我很清楚自己想要什麼，我們想要什麼。但代價實在太高。

我以為自己可以原諒茱莉，卻沒辦法。只要我一想到她，就感到她已經死去，那給了我安慰。我們該死，茱莉和我，因為我們做的事。

我沒辦法再帶著這種痛苦活下去了，我毀了太多人的人生，不會讓這件事也發生在你或卡洛琳身上。

我永遠愛你。

到此結束。

只不過，這件事從沒有眞正結束。就是這個，我能夠感覺到，一切都由此而起。

「看到其中連結了嗎？」哈利問。

我搔搔頭，說：「她們之間發生了某件事，某件非常非常糟的事。」

「看看意外發生的日期。瑞貝卡．霍威爾在她妹妹死於精神病院的六週前自殺。」哈利說。

59

「全部跟我說一下，哈利。我想知道我們的想法是不是同個邏輯。」我說。

他重重地將第一杯威士忌放回桌上，轉過來，瞪著第二杯。

「茱莉．羅森是個很有天賦的畫家，成年後卻受到嚴重的精神疾病折磨。她因爲持有迷幻藥有過幾項罪名，假釋了幾次，做過些社區服務，最終在戒毒中心短暫待過一段時間——沒用。她有過一連串愛人……這是她自己告訴我的。大多時候都是不同人。她後來懷了孕，在二〇〇二年七月生下小孩，出生紀錄上沒有父親的名字，孩子名叫艾蜜莉．羅森。艾蜜莉和卡洛琳．霍威爾應該差不多同年紀吧？」

哈利點點頭。

「沒錯。《華盛頓郵報》上的卡洛琳．霍威爾生日是二〇〇二年五月二十四日。」

「二〇〇二年八月二日，茱莉說自己發現一個全身黑衣的男人在她女兒的嬰兒房。那裡灑滿了汽油。若不是這人攻擊了她，就是她自己摔倒，並受了嚴重的頭部損傷，同時她也嗑藥嗑嗨了，是消防隊員把她從起火的屋中拖出來的。」

「但她沒提到可能是誰幹了這件事？」

「沒錯。檢察官就是以此事實立案。茱莉遭到逮捕，並檢查出古柯鹼陽性反應，這就決定了她的命運。那附近沒有一個人看見黑衣男子或任何可疑車輛。他消失了，或是打從一開始就不存在。頭部傷使她記憶模糊混亂，她的長期記憶出了問題，不斷地說一定有那樣一個男人，但說到那裡又實在想不起太多。我想她是開始懷疑起自己了。我告訴茱莉，我們沒有任何能證明那個人眞的存在的希望，如果她說實話會比較容易。她說她其實想不起發生什麼事。我爲她努力過了，我盡了全力，但實在希望渺茫。」

死寂侵入我們的對話。哈利一口喝乾第二杯威士忌，張嘴猛吸空氣。

「也許眞的有穿黑衣的男人？也許霍威爾那天去了她家、找她算帳？總之，茱莉．羅森和霍威爾的太太瑞貝卡之間發生了點什麼。」哈利說。

我搓搓下巴，把那瓶溫可樂舉到唇邊，想了想覺得這可能不是個好主意，又放回桌上一疊文件之上。我把哈利的理論思考過一遍。

「雷尼．霍威爾不會傷害小孩。當然我不能百分之百肯定，但我是這麼判斷的。他不是那種性格。你剛剛在法庭上看到巴克，他眼熟嗎？」我問。

「他是眼熟，我想我以前看過這人，但不確定。那是很久以前了，但我記得有個人幾乎每次茱莉上法庭都會出現。他從沒和我講過話，從沒和茱莉講過話。每一次他都是爲了審判而來。我想我記得與他接觸過一次，而他在我還沒來得及和他說上話前就離開了。現在一想，那一定是巴克。」

「史考特．巴克是艾蜜莉．羅森的父親嗎？」我說。

「這就是連結，他一定是：他一定認爲那個黑衣男子就是雷奧納德．霍威爾。」哈利說。

這一次並非死寂主動入侵，而是我們各自沉入自己的思緒，自願讓它降臨。只是這回，這分寂靜並不純粹。我能聽到電視聲。它的音量轉低，設定在新聞頻道。我聽見一名老顧客翻過他那份破爛報紙的一頁，喝了口山姆亞當斯啤酒，並在瓶底撞擊吧檯的同時咂了咂嘴。

我的眼神越過桌子、看向哈利。他看起來很累，在凳子上稍微垮著身子，沉甸甸地低著頭，垂著肩。他不是什麼年輕人，而年齡也有不少影響。如果沒看到哈利的眼睛，你一定會以爲他快睡著了。那雙眼睛是紅棕色，因上了年紀變得渾濁，可是十分敏捷。那雙瞳仁短促且快速地飛移，彷彿並未聚焦在任何事物上超過八分之一秒便持續往下移動。因爲我和哈利夠熟，所以知道他其實沒有在看任何東西：他在思考。就像看著電腦載入程式時盯著那個旋轉的半圓，在幾秒內存取、啓動上千行編碼。哈利的腦子就是在做這件事：他在腦中將理論跑過一遍又一遍，檢驗其中是否有所缺漏或不一致。

哈利開始無意識地揉著頭頂。

「爲什麼是現在？如果我們沒錯，巴克爲什麼等到現在才對雷奧納德・霍威爾犯的罪採取行動？」他說。

我發現自己在摳可樂瓶上標籤的角角，一塊塊把它剝下來。

「我不知道，這可以有無限想像。」

「又爲什麼讓卡洛琳活著？爲什麼不殺她？我能想到的唯一原因就是：這其實和卡洛琳無關——是和霍威爾本人有關。這是某種遊戲，艾迪。無庸置疑。一切都不是表面那樣。那支影片也許是僞造的，不知怎麼經過竄改，我不曉得，用電腦之類的吧。如果她還活著，你要怎麼解釋牆上那些血跡？」

現在輪到我往後靠，開始揉腦袋。我用雙手抹著臉。

——然後停下。

「你可以像達拉斯．伯奇那樣如法炮製。」我說。

「什麼？」

「抽卡洛琳的血，用注射器模擬噴濺……」

我的話音漸弱。那天稍早曾想到的一個念頭又跳入腦中、揮之不去。

「地下室地板上的血滴痕跡與伯奇的現場重建符合。」我說。

「所以？」

「所以，如果有人喉嚨被刀割開，導致動脈噴出大量血液致死，那裡也很可能會有一大灘血。但是地下室沒有這樣的血泊，只有幾小滴。哈利，我想卡洛琳還活著。」

「但爲什麼？」哈利說。不過他很快就不再問這個問題，而是突然一個向前，在張大嘴巴的瞬間，眼睛也猛然睜大。

「我們假設艾蜜莉．羅森是史考特．巴克的女兒——我們假設，他和茱莉．羅森有交往關係。要是你太太是個無辜的女人，卻因殺害自己的孩子受審、被判冤罪？有什麼復仇方式比讓設計這件事的人親自體驗一遍更合適？」哈利問。

我點點頭。確實合適。

「哈利，就是這個，一定就是這個。巴克要霍威爾也因爲殺死女兒上法庭受審。就是爲了這件事他才設計假的贖金交易，讓它看起來像是霍威爾詐騙了保險公司。那讓他有了動機。還有血跡，那個爆炸裝置讓情況看起來就像霍威爾試圖毀掉犯罪現場。那場火、一切的一切，全是設計要讓霍威爾受審判，與茱莉．羅森如出一轍。」

「但不是被定罪？爲什麼？」哈利說。

我看著地板，想著艾米，以及我以爲自己失去她時是什麼感受。

「唯一比失去女兒還要慘的，就是失去她兩次。你想像一下：你因爲孩子遭到謀殺而受審，卻有個神經病說她還活著，她在那個人手上，如果你不承認一些罪，那他就要殺死她。我想巴克一定會殺了卡洛琳，並讓霍威爾爲此自責。即便霍威爾眞能出來告解，我猜巴克還是會下手。那才是最終極的復仇。」

「有病的王八蛋。」哈利說。

我的手機在響。是哈波。

「我們獲得危機應變小組的回覆，要在轄區分局設一個事件調查室。特別指揮官想與你和福特法官談談。」哈波說。

「我們不想和林區談。」我說。

她嘆口氣。「這件事我們得通力合作，即使我也覺得嘔得要死。我們需要你，而你也需要我們。我們要去突襲巴克的公寓，而且希望你們兩位都在場。」

60

哈利一邊吃著溫披薩一邊開車，我坐在他旁邊，一邊吃著溫披薩一邊抱怨他的開車技術。他在超過兩輛車的同時還往嘴裡塞一大片披薩，那大抵是這趟路程的一大亮點。總而言之，我們到了分局，哈利停車，我們就這麼走進裡頭。

調查局在二樓設置危機應變總部，約有二十名探員，不是在送資料、打電話、用筆電工作，就是將地圖和照片固定到一片立於房間中央的玻璃上。華盛頓正拿著一枝粗粗的橘色馬克筆在玻璃上畫時間線，與此同時，哈波向探員說明時間線接下來的方向。我在玻璃上看到霍威爾家的平面圖，另一張平面圖則是羅謝爾的火車站與所有相關人物的照片；雷奧納德．霍威爾、蘇珊．霍威爾、卡洛琳．霍威爾、彼得．麥卡利、馬龍．布萊克，以及一張上面畫了個大紅圈的史考特．巴克照片。

「誰給你權力待在這裡的？」一名身穿亮白襯衫搭配綠到噁心的領帶的高大男性探員說。

「沒人給我權力待在任何地方。」我回答：「又是誰給你權力繫那條領帶？那傢伙真該被開除。」

「等等，他是我的人。」哈波說。

高個子探員退開，可憐兮兮地看了一下領帶，然後就去忙自己的了。我們朝哈波走去。

哈波也不客套寒暄，朝她左方一套桌椅示意一下，我們坐下，她直搗主題。

「麥斯．寇普蘭什麼也不說，巴克一個字也不講。」哈波說。

「巴克知道霍威爾在昏迷中嗎？」我問。

「不知道，而我們想維持現狀。誰知道如果他曉得會做出什麼事？我們得弄清楚巴克認爲霍威爾做了什麼，同時重新回溯我們的每一步，把卡洛琳．霍威爾案的一切重走一遍，這樣我們也許可以自己找到她。」

「那這案子算是重啓了嗎？」我問。

「不算正式。我們是正式開始調查巴克。接下來十分鐘，我會申請對他公寓進行搜查的搜索令。我把你們兩個都找來，是因爲必須找出此案與茱莉．羅森案的連結。我們手上缺的正是這個，而時間不多了。」她邊說邊指向固定在我們上方牆壁的一個電子鐘。鐘上的數字正從十一小時又四分鐘開始倒數，已經過了將近一小時了。在我回到法庭前仍有三小時，卻什麼都還拿不出來。如果霍威爾無法對巴克告解認罪，就得由我來做，並祈禱他願意放那女孩走。

「告訴我你那邊的資訊。」哈波說。

在這一小時剩下的最後四分鐘走完前，哈利和我把知道的一切，以及懷疑羅森案眞正是如何發展的告訴了哈波。

「沒有任何關於這名黑衣男子的證據。茱莉躺在醫院病床、接受兩名重案組探員偵訊之前，完全沒有提過這人。通往她家的路上或附近任何地方，完全沒人看到車或是符合敘述的男子。茱莉被拘捕時嗑嗨了，這個黑衣男子的理論她一直堅持到審判。我有告訴她陪審團很可能不會相信。」

哈利停頓一下，將威脅到他說話的情緒嚥下。在我認識的律師、法官或警察之中，唯有哈利眞心相信司法系統；他必須相信。他曾身在其中四十年。而在那段當律師的時間裡，他從未背棄任何一名委託人，沒有誤導任何警察，對法官和陪審團說出口的永遠是眞相——他向來遵守宣誓。

哈利清清喉嚨，瞪著桌子。我見他的眼淚幾乎要從眼角流下

「即便那個黑衣男子是眞的，你還是無法在法庭上證明這件事。你爲案子奮戰過了，你做了正確的事。」我說。

「現在感覺不那麼正確了。」哈利說。

我知道他是什麼感受，我也經歷過。有許多職業是這樣，不過是做好自己的工作就會造成非常大的傷害，而律師就是其中之一。

哈利試圖想說點什麼，但從喉嚨深處湧上的情緒不容他這麼做。他擦擦眼睛。罪惡感、憤怒、後悔——你想怎麼稱呼都行——有如黑色的爪子一樣開始撕扯著哈利。

我代他繼續對哈波講話。

「大家都知道霍威爾會維護自己在外的正義形象，但我不相信他會刻意傷害孩童。他有某種奇特的道德感——他很可能殺了茱莉，但對傷害孩童的念頭十分排斥。我對他的解讀就是這樣。」

「這我相信，」哈波說：「但爲什麼要攻擊茱莉．羅森？」

「我們不知道。我仍不相信他有涉入，應該還有更深層的原因。」我說。

我翻開警方對瑞貝卡．霍威爾自殺做的報告，找到遺書那頁遞給哈波。她慢慢讀著，目光掃過手稿時，指尖掠過嘴唇。

「所以茱莉和瑞貝卡做了某件事——某件很糟的事。也許霍威爾發現了？我覺得這很有可能。你覺得茱莉和瑞貝卡做了什麼？」她問。

「我毫無頭緒。說到關連，我們認爲巴克很可能是艾蜜莉．羅森的父親，也許他試圖栽贓霍威爾。」我說。

「關鍵在瑞貝卡．霍威爾身上。你有什麼理論？」

「我還不確定。我必須先看到瑞貝卡的病歷。我處理過幾起自殺事件，大多案例先前都會有精神疾病的問題。透過瑞貝卡．霍威爾的遺書，可以確認這對姊妹之間發生了某件事，而我認爲那得追溯到很久之前。也許會有諮商紀錄，或某些可能提供我們一點解釋的東西。如果霍威爾就是黑衣男子，我們說不定能找到眞正的原因。絕對是因爲瑞貝卡，一定和她有關。」

「要拿到她的病歷不會太容易。」哈波說。

我從我的檔案拿出一份文件給她。

「她的直系親屬就是雷尼．霍威爾。這是霍威爾簽署讓我有權代表他行使權力的文件。這應該夠了。」

哈波喊來一名年輕的男探員，叫他去弄到瑞貝卡．霍威爾的病歷——即使這表示得把該死的醫生從睡夢中叫醒也一樣。哈波手機來了一通電話，她接了起來，又掛掉。

「是林區，他在協調搜索區域，同時也給我們弄到了巴克公寓的搜索票。」

61

道奇車塞不下所有人，所以我們坐上暗灰（或藍色）的福特維多利亞皇冠，在街道上奔馳，前往巴克的公寓。一路都是警笛和警察。我在後方，坐在哈利旁邊，華盛頓在前面，與駕駛座的哈波一起。哈利並不想一起來——我知道。但他沒有說出口。因爲時間的關係，華盛頓堅持我們要同車過去：假使公寓裡有任何可能與羅森或霍威爾案相關的物品，華盛頓必須馬上知道。哈利是唯一認識茱莉．羅森的人，而我對兩案都有基本了解。但聯邦調查局想要的不是我，他們要的是哈利。

我之所以會在這輛車上，唯一的理由就是哈利的堅持。另一輛維多利亞皇冠車身顏色也同樣曖昧，車跟在我們後方。那輛車上有兩名作爲先遣隊的聯邦探員，兩人皆是三十幾歲、淺色頭髮的白人男性。都戴著太陽眼鏡，穿藍色T恤加藍色牛仔褲。其中一人叫貝克，另一位叫艾倫。聯邦調查局的組成就是「用腦的、酗酒的和踹門的」。我猜貝克和艾倫是落在後面那類。第二輛車後方坐著名叫基德的法醫鑑識人員，是個戴著眼鏡、身穿珍珠果醬T恤的小個子。我轉過頭，看到貝克——但他也可能是艾倫。他一面努力跟上哈波，一面在方向盤後方掙扎。

「妳應該知道，假如檢方決定重審霍威爾，妳讓我跟著一起來很可能會給他們造成嚴重問題？」我說。

前座的華盛頓調整了一下姿勢，轉頭對我說話。

「我現在不擔心霍威爾的審判。我們的技術人員檢查了巴克在法庭上播的影片，說那要不是他們這輩子看過最強的假貨，就一定是眞的。此時我們在討論的假設是卡洛琳可能還活著；那樣最好。如果這是騙局，其實除了加了點班之外，也沒損失什麼。」

我們停在距離分局十分鐘車程一棟小公寓建築外面。維多利亞皇冠跟著我們停在右側，車上的人迅速下來，在我們之前抵達建物。我下了車，環顧四周。這個區域雖不差，但也不算好。與公寓位於同一街區的有一間便利商店，一間墨西哥餐廳，以及一間酒吧。我在對街看見一所學校，附近還有座公園。建築本身看起來沒那麼老，很可能是九〇年代早期建起來的。哈利和我跟著華盛頓與哈波進入門廳。

黑黃磁磚以Z字型鋪在地上，牆上則是單一白色。一張無人的保全桌擺在一排電梯門對面。我們面前的那扇雙開門一定是通往樓梯。貝克、艾倫和基德等在門廳。

「他媽的這棟大樓的管理員跑哪兒去了？」華盛頓說。他用手機打了電話，似乎是沒得到回應。

「七十三號房在八樓。我說，我們就上去吧，去他的管理員。」哈波說。

華盛頓一點頭，貝克和艾倫便領命衝上階梯，他們已抽出隨身武器，放低拿在身前。基德與我們其餘人留在門廳。

「我才不要爬樓梯到八樓。」哈利說。

我點點頭。

「我們坐電梯，只需要等先遣隊先到門前待命。」華盛頓說。

我按下按鈕等電梯來，確認了一下手錶。

華盛頓的皮帶上有一個小小的黑色無線電接收器。我見他從大衣拿出一對耳塞式耳機，一端插進接收器，另一端放進耳中。

「呼叫，華盛頓，指揮編號……」然後他誦唸了某種標準無線電代碼，與貝克和艾倫連上線。我瞥了瞥左方，見哈波也做了相同動作。

電梯來了。哈波走進去，將門擋著。

聯邦探員爬得越高，靴子踏在階梯上的回音就漸行漸遠。

我環顧走廊。兩台監視攝影機高高架在牆上。其中一個在東北角，位於保全桌上方，另一個在西南角。我上前繞過保全桌，來到後方那扇門，嘗試了一下門把，發現是開的。裡面有個行李置放架，一根拖把，一個水桶，看起來最近都沒怎麼動過，此外還有一張桌子上面堆滿用了一半的清潔用品。除了那些，房裡沒別的東西了。

我又出來，在身後關上門，走向釘在電梯旁邊牆上的壓克力大樓平面圖。消防門和集合點在平面圖上以紅色標示。

八樓有好幾間公寓，同時也是頂樓。七十五號公寓塗成了綠色，我從索引中確認那是大樓管理員住的公寓。根據平面圖，管理員就住在七十三號對面。

「管理員的公寓就在巴克對面，只隔一條走廊。」我說。

華盛頓過來電梯這裡加入我，也確認了平面圖。他點點頭，再次用手機嘗試聯絡管理員。沒有回應。

一陣柔和的滋滋雜音傳來。華盛頓將一根指頭放上耳中的接收器。我猜先遣隊已到達巴克的大門外。

華盛頓按下麥克風的按鈕，說：「我們沒聯絡到管理員，強行進入，直接上。我們要上去了。」

電梯緩緩上升時，裡頭播放著排笛版本的〈愛在電梯中[1]〉。沒人說話。基德在他的鋁製行李箱上拍出搶拍的節奏。站在我旁邊的哈利搓著下巴，彷彿有一股重量落在他身上，緩緩將他壓垮。哈波和華盛頓交換了個眼神。他們必須尋得此案的突破點，帶他們找出躺在水泥墓穴中、幾近餓死的十七歲少女。他們極度絕望，我甚至能從他們身上嗅到那股氣味。我也理解為什麼。因為，假使我們在這間公寓中什麼也找不到，那麼調查局差不多也沒輒了。沒有其他線索，而時間持續流逝，縱使哈波有一萬兵馬，也無法及時找到卡洛琳的所在位置。

我從其他人面前別開眼神，在電梯一路上到最頂時注視著黃銅樓層顯示燈閃爍又滅去。門打開，我們一出來便走進一條光亮明燦的走廊。左方有另一對雙開門，只要拉開門把即可通往天井。右邊則是一條長廊，通往兩側都是公寓的走道。我見到貝克（也可能是艾倫）站在七十三號公寓大開的門邊。探員正在等華盛頓。我們來到巴克公寓打開的門邊時，我看到那名探員背心上的名牌寫的是貝克。他的武器塞在皮套中，兩根拇指穿進牛仔褲皮帶的孔眼。

貝克說起話帶著軟軟的南方口音，這能慢下他說話的速度——深南地方有些講起話飛快的人。他說：「很乾淨，看來他知道我們要來。」

---

1 〈Love In An Elevator〉，史密斯飛船（Aero Smith）一九八九年發行的歌曲。

62

那是白原市常見的公寓類型，雖然小卻乾淨，且受到悉心照料。天花板只亮著一顆明亮的電燈泡，四壁覆蓋奶油色的壁紙，上頭隱隱有著水平條紋；地上有一條薄薄的米色地毯，左方一塊整潔的廚房區域，前方這層的中央有一張沙發，廚房對面則是一張單人床。床左側那扇門後一定是浴室，而整個空間很可能只夠放個馬桶和淋浴處。床右側有一個書櫃，看來是此處唯一的娛樂來源。

就這樣了。

沒有電視，牆上也沒有掛畫。

室內陳設非常貧瘠，但根據現實層面，這裡也沒有多少空間再做陳設。

貝克和艾倫已慢慢將此處徹底翻過。打開碗櫥、清出內容物、沙發翻過來、搜遍書櫃。艾倫找到一張像書籤那樣插在精裝書內的紙，小心翼翼打開來讀。

此時我們已全數進入這棟小公寓，而裡面並沒有太多空間容納身軀。我移到艾倫旁邊，越過他肩膀讀著。這封信寫給茱莉·羅森，並與瑞貝卡·霍威爾的遺書出自同一手筆。

茱莉：

我犯了錯。我以為能相信妳。妳答應了我，卻撒了謊。但妳是對的，我不是個好媽媽。很

抱歉我做了這種事，我希望妳也覺得抱歉。

再見，

貝卡。

我對這封信感到迷惘。這些字句有如老屋中的鬼魂，在我腦袋旁晃悠。

華盛頓點點貝克的肩膀。「你說你覺得他知道我們要來？」

「對，你看看。」貝克暫且擱下撕開沙發的動作，走過我們身邊，一把關上前門，再回到沙發旁。起先我沒注意到。我站在華盛頓旁邊，再過去就是廚房；哈波和哈利站在公寓的對向位置，在床前方。

華盛頓開始往前朝門走去時，我終於看見了。

門後頭有個東西。一排字母，以尖刀刺進上過漆的樸素木頭，每一筆都用刀刃重複刻劃數次，使之散發瘋狂氣息，好像每一個字都以爪子劃入木頭之中。

是訊息。給我們的訊息。

你們永遠找不到她。爹地得先告解他的罪。

華盛頓抽出手機，按下螢幕上的鈕，拿到耳邊，一面慢慢走過去站在門前。他以手指沿著字母描繪，並在碎木刺到手時猛地縮回來。

「他做這件事時那個該死的大樓管理員絕對能聽到。這人他媽的跑哪兒去了？」管理員三度未接電話，於是華盛頓邊說邊將手機拿離耳邊，怒氣沖沖地看著那台裝置。

「噓，安靜。」哈波說。

所有人停止動作。華盛頓正將手指按著自己的嘴唇，他靠近門旁，鼻子幾乎要碰到門。我猜他可能是想推敲用來刻訊息的到底是哪種刀子或器具。

「你聽到了嗎？」哈波說。

「我聽到了。」基德說，並放下了公事包。

我們聆聽著。我不知道要聽什麼，但接著立刻注意到手機響的聲音。十分微弱，我努力不弄出任何聲響，朝聲音來源移動。似乎是從門邊傳來的。

華盛頓掛了電話。

聲響立即停止。

在那一秒之中同時發生了很多事。哈波、華盛頓和我在剎那間做出的結論是：鈴響來自管理員的手機。我之所以知道哈波和華盛頓也意識到，是因爲他們兩人立即拿出隨身武器，而哈波朝門上前了一步。手機很可能在他公寓中，就在這道光線明亮的走廊對面。

明白管理員的手機很可能在他公寓中的瞬間，我做出三個結論。

第一，管理員十之八九已經死了。

第二，華盛頓站到門前檢查訊息的舉動，正合史考特．巴克的心意。

我還來不及將第三個想法整理好，華盛頓已在一團碎木煙雲、噪音與灰塵中向後飛過我身邊。血與光在他遭打傷的胸口炸開，那是來自門板正中央一個十公分的洞發射出來的攻擊。

63

唯有處於出乎意料的暴行帶來的漫長痛苦中，你才能眞正認識一個人，也才能夠得知，他們最底層且原始的一面是什麼樣貌。華盛頓的身體撞上已被翻過來的沙發，將它撞倒。沙發落定之前，哈利已跪在華盛頓前方，拿了個抱枕壓住他胸前的洞，土耳其藍的沙發抱枕瞬即轉成紅色。

同一時間，貝克和艾倫在小小的廚房中島後方蹲下找掩護，基德伏地，以四肢爬著朝哈利和華盛頓過去。

哈波則完全是另一回事。她一手拿槍，另一手前伸，打算抓住門把、打開那扇已毀的門。而我呢？我在思考。我推測，無論藏在管理員公寓門板另一側、看著貝克和艾倫進來的人是誰——他都看見了我、哈波、華盛頓、哈利和基德隨先潛隊進入巴克的公寓。門上的大洞只可能由散彈槍造成。因爲沒聽見新一輪子彈上進槍膛的聲音，推測應是莫森伯格鎮暴散彈槍：這個型號能做連續射擊。

一發子彈，貫穿門板正中央，並毫無偏差地打中華盛頓的胸口。門上的洞往上二十公分可見一個窺孔。我想像著開槍者透過管理員門上的窺孔看著我們走進公寓。

而當他拿著散彈槍從對面的公寓出來，也能在走廊上利用巴克門上的窺孔進行觀察。巴克公寓天花板上的白熱燈泡將成爲一點微弱的光源。倘若那個單一光源被遮滅，就表示有人站在門的正前方，擋住了光。

開槍的完美時機。

哈波舉起了槍，做好準備，只要一打開門就會迅速切換爲射擊姿勢。但是開門只會造成一種結果：開槍者仍在該處，等待著另一個目標。

我不能喊出聲音，那將成爲告知開槍者的有利暗號。

我們面對面站在公寓兩端；門在我右邊、哈波左邊。如果要救她，就得俯身橫過開放區域，也代表必須俯身通過下一發破門而來的子彈路徑。

我蜷起身體，小腿肌肉使力，準備壓低身體用力一躍，過去抓住哈波的膝蓋，在開槍者轟掉她腦袋前把她撲倒。

但我沒有跳。

並不需要。我眼中所見的一切哈波也看見了。我很清楚。因爲她將身體緊貼牆壁，調整武器角度，對著門板的頭部高度位置清空了一個彈夾條。

門中央出現更多彈孔，而我看到貝克、艾倫和基德仿效哈波。那聲音簡直震耳欲聾。三支槍械在封閉空間激烈開火，將木頭打成碎片。我伏到地上、摀住耳朵。

彈夾條從他們的手槍掉出來，三人再以流暢動作換上彈藥滿滿的全新彈夾。我瞥了哈利一眼，見到他滿臉憂慮。他正以全身重量壓在華盛頓胸口，努力止血。

華盛頓毫無動靜。

我放下手，耳中鳴響不已，彷彿有個修道士在我腦中敲響教堂鐘聲。實在很痛，我站起來時甚至身體搖晃不穩。

公寓門是開的。

而哈波不見人影。

64

我跟上她之前，見到貝克和艾倫去幫哈利。其中一人對華盛頓說話，另一人也幫忙對傷口加壓；基德打了電話找支援和急救人員。

「探員受傷，胸口遭散彈槍擊傷，急需醫療援助。」基德說。

門是朝哈波那側打開，因此我俐落地穿過門口，背往牆壁一貼，好將走廊看得更清楚。看不見哈波，也看不見任何人。

我等了一拍。

沒有開火。

接著我便聽見哈波的大聲咒罵。我維持低姿勢，快速移到走道上，注意著四面動靜。左邊沒有東西，只有空蕩蕩的走廊。我看到正前方管理員的公寓。他的門打開，人正坐在一張扶手椅上，面對走廊。

他死了。深色汙漬浸透上衣，頭往後仰，露出喉嚨上以刀切至見骨、幾乎斬首割斷的巨大開口。他的雙腿、腹部與下巴下方都有彈孔，顯然是死後造成，而且是來自探員打穿門的子彈。我確認右方，見到了哈波。

她站在通往天井那扇雙開門前，仍在咒罵。我看到她舉起了槍，接著又用力朝門上一敲，發出金屬的「噹」一聲，再無其他。我朝她跑去，看到門上有個U型拴鎖，將兩扇門的門把都鎖住。那看起來像是摩托車鎖。一根馬蹄狀的鐵條穿過兩扇門的門把，一根橫在下方的鐵棒將之鎖住。

哈波又敲了一次。

「那該死的混帳鎖了門、搭了電梯。」她說。

她退後，狠狠踢門。門一動也不動。不管對我們開槍的是誰，一定事先按好了電梯，並在開槍前就將鎖扣在門上。

哈波再次咒罵，又低下頭粗重地呼吸。

她跑過我身邊，而我知道她要去哪兒；我在門廳的大樓平面圖看到過。我跟著她，還差點撞倒貝克；他正好從巴克的公寓衝出來。

「逃生梯。」哈波喊著。

貝克和我跟著她進入管理員公寓，經過他的屍體，看到她在窗戶前方將一張椅子高舉過頭。玻璃上已有兩個彈孔，高高打在角落。因爲剛才的無差別射擊，此處有更多碎片。椅子飛過窗戶，擊中逃生梯的鐵扶手，翻過去落到街道上。

哈波一腳的靴子踏上窗沿，跳上鍛鐵製的黑色逃生梯。那是一片堅固的黑色鐵製平台，金屬網眼結構。她輕盈落地，貝克也一腳踩上窗沿，打算從破掉的窗戶跳出去。

他仍在半空中的半秒間，一陣惡寒與驚慌有如一桶冰水般衝擊我的頸後。

這也是開槍者計畫好的，這一切全都是。

他知道我們會去巴克的公寓。他計畫殺死管理員，計畫埋伏等待我們，計畫鎖起通往天井的門，射出那發將門打穿的子彈，利用電梯逃亡。

我正要傾身出去警告他們，卻已沒有時間。貝克的重量落上逃生梯的瞬間，這塊平台區域在金屬與金屬相撞的刺耳聲響中扭轉，貝克低低地朝我的方向往後彈，頭撞上磚牆、消失蹤影。整個平台沿著對角線翻轉，這便表示當貝克往下墜，哈波所在的區域將往上，把她高高拋起，朝著和貝克一樣的方向飛去。

我抓住破窗的窗框，試圖對哈波伸出右手，玻璃便插進了我的左手。

我身後傳來急促的腳步聲，艾倫（或基德）就快要來到背後。

我抓住哈波外套的袖口，她以右手抓住我的手肘，但貝克壓斜那層平台的力道之大，也代表哈波乘著極強的衝力，我無法阻止她撞上窗戶右邊的牆壁。她往下滑，我緊緊抓住。

由於窗框剩下的玻璃碎片割傷了我的手掌，使我的手滑溜不已。我只能努力撐住。

但當哈波的手滑落到最底，我再也撐不住了。

窗框斷成兩截，哈波的重量直接將我扯出窗戶，頭下腳上地往下墜。

65

我的大腿和膝蓋刮過窗框底層剩下凸出的玻璃碎片，我感到褲子被撕破，一隻鞋子掉了。很可能是基德或艾倫最後的奮力一抓，卻只成功脫掉我的鞋子。

哈波雙腳落地，摔在我們下一層的鐵樓梯上。落下的衝力讓她一路下墜，背狠狠敲上梯子。

我低下了頭、閉上眼。

我的肩頭先落在某個東西上，腿才摔落地面，腳跟再以駭人之力撞上鐵梯。我的左腳缺了鞋，失去鞋跟當緩衝，使得撞擊力道變更重。那股痛楚沿腿直衝而上、灌入腳脛。疼痛很好。

那表示我還活著。

我轉身看到自己落在貝克的腹部，立刻四肢伏地爬起身。哈波在上一層的梯子上張嘴呻吟，每個跌落一層樓並掉在一道鐵梯上的人都會如此。她承受了非人之痛，但還活著。貝克死了。他的腦袋幾乎塞到了右肩下方，應該是後腦杓撞上磚塊時折斷頸子，再穿過樓梯平台跌落。

我體內湧出的腎上腺素開始消退，漸漸感到雙腿如火燒般疼痛。我低頭一瞥，疼痛因而加倍。我的大腿被玻璃扎得千瘡百孔，我垂手將褲子撕破的地方掀開，立刻看到眞實狀況有多麼糟糕。在那個瞬間，我的手也開始灼痛。我轉轉手腕，在掌中見到一片閃爍發光的碎玻璃。

突然之間，我聽見一輛車的聲音。我下方有引擎加速、輪胎尖聲呼嘯與喇叭的聲音。我往底下街道看，唯一的景象就是一對車頭燈消失在遠方，朝高速公路方向駛去。是開槍者，他逃走了。

但是該死的，那傢伙是誰？

另一個聲音使我看往反方向：有人在敲玻璃。我轉過身，見到一對老夫婦站在他們公寓的窗邊，瞪大眼睛注視外面的我。我們正在七樓。

我聽見哈波再次出聲咒罵，我也出了聲。

但我並非和她一樣說出任何咒罵之詞。

我在心中發誓。

對貝克，對華盛頓，對霍威爾，對我自己。

我發誓，等我找到要爲此事負責的傢伙，我會親手把他們送入棺材。

接著，痛楚消散。我喘過了氣，發現艾倫和基德在我上方朝下大喊，問我們情況如何。我無視他們。我無視用鞋子狂踢樓梯、挫敗怒吼的哈波。我無視身上的痛。

我的心思正飄向其他事情上——瑞貝卡寫給茱莉的信。我開始對於那封信眞正的意思有點頭緒了。

66

我們在現場用掉了整整一小時。

資深聯邦調查局人員將這裡擠滿。司法部門的那個老間諜也抵達現場：亞歷山大・柏林。他的棕髮剪得短短，藍西裝、白襯衫、紅領帶，但我看不出塞在他臀部的那根棍子是什麼色。我猜那玩意兒的年紀至少和他一樣，說不定都要七十歲了。

林區和柏林帶著些許竊喜，花了整整半小時狠電哈波、基德和艾倫。無視於他們才剛經歷槍林彈雨、哈波的搭檔當胸遭散彈槍轟中、或她背上的瘀青可能傷及至骨。

林區和柏林唯一在乎的就是他們帶上了兩個平民——具體來說就是哈利和我——不但涉入一樁進行中的調查核心，更直入槍戰之中。貝克探員殉職，華盛頓正在生死交關奮鬥，外加一位平民死亡——也就是管理員。眞是搞砸得一塌糊塗。

調查局的人在管理員床下找到噴焊槍及一台角磨機。那該死的王八蛋燒熔且切斷了逃生梯最上方平台鐵製架構對角線端的支架，留下支撐桿，以鐵絲虛晃一招掛在原處。單單哈波的重量並不足以起效用，可是，一旦貝克的靴子踏上那層平台，最後幾根鐵絲就會斷裂，整片平台即刻猛地彈起變形。

他早就計畫好了。

所有監視攝影機的影片早就被抹掉，街上也沒有攝影機；無人見到車子從建築離開。

我們連個屁都沒有。

天井的鎖剪開之後，我坐在剛剛摔落的地上，褲子退至腳踝處，讓急救人員在我大腿的割傷處貼上免縫膠帶。我手上的綳帶感覺很緊，對方已盡可能將玻璃都挑出來。接著，他在我兩條大腿上各敷了兩塊棉片，再次要我隨他前往醫院縫合手上的割傷，我也再次拒絕。於是他給我一些止痛藥讓我直接吞下。

柏林的大聲責罵被手機來電打斷，他走進巴克的公寓接。我沒有聽到他和哈波全部的對話，有一部分內容他是把她帶到旁邊講的。

柏林總算閃邊，哈波也脫下面具。她一樣拒絕前往醫院。但現在，我看見她臉上的痛苦。她慢慢用雙手蓋住了頭，伸展著背部肌肉。

在做這一整串動作時，她像個碼頭工人那樣破口大罵。

「現在怎辦？」我說。

她確認一下手錶，我也確認我的。在必須回法庭前還剩不到兩小時。

「基本上，什麼都不要說、什麼都不要做。」她說。

哈利拿著四瓶裝在紙袋中的水走下樓梯，遞給我一瓶，哈波和基德拒絕了水。哈利把瓶子放在地上。他彎下身時注意到自己袖口上的血漬，與西裝上的斑斑血跡。他從口袋拿出一條手帕，在上面倒了點水，拭起髒汙。

「華盛頓探員的狀況有任何更新嗎？」他說。

哈波沒有看他，只是搖搖頭。她看著地板，雙手撐在臀部。

「我現在要去急診室，在這裡我也沒辦法做什麼。」艾倫說。他和基德與哈利和我握手，隨即離開。

「哈波，發生什麼事了？告訴我。」我說。

「現在開始是柏林的一人獨秀。林區把他找進來，而目前爲止，他們認爲今晚的槍擊事件可能與卡洛琳的案子無關。」

「妳開我玩笑吧？」哈利說。

「他認爲史考特．巴克滿口胡言，是故意要玩遊戲，耍耍霍威爾。聯邦調查局官方立場現在改變了。由於沒有與此相反的可信證據，因此我們的立場就是：卡洛琳．霍威爾已經死了。我們仍將馬龍．布萊克和麥卡利當作綁架殺害她的共犯，積極追查。」

「妳覺得開槍者是他們之一嗎？」我說。

「也許。問題在於，我們現在追的是開槍者，不是卡洛琳．霍威爾。」

「這他媽的到底是什麼鬼？我還以爲調查局已經重開此案。」我說。

「是華盛頓重開，但他已不再屬於此案的調查員。這是政治。你有發現代表聯邦執法機構簽下巴克那張豁免協議的人是誰嗎？」她說。

「沒有，我沒看到。」我說。

哈波指著巴克公寓打開的門。「派翠克．林區。他是負責人，而他不想要這種事情留在自己的紀錄上——也就是做出讓綁架謀殺犯逍遙法外的協議。他們之所以簽下協議，是因爲認爲巴克會終結掉霍威爾。我們都知道這件事最後會怎樣。所以，所有探員目前都在追馬龍和麥卡利。柏林現在要去找巴克談話。如果巴克不和他談——而且他也很可能這樣——那麼柏林可以說他已徹查過巴克的可信度。如果她仍活著，卻在接下來的八個小時死亡，柏林和林區依舊雙手乾乾淨淨。每個簽下那個豁免協議的執法官員都會祈禱卡洛琳真的已經死了；他們不希望她被找到。」

「妳打算怎麼辦？」我說。

「直接回分局看看有沒有辦法進去危機處理室。」

我的手機在口袋裡嗡嗡響，我抽出來，沒認出號碼，但還是接了。我聽了電話，謝過來電者，並且掛掉。

「哈利和我需要搭個便車。」我說。

「去哪兒？」哈波說。

「醫院。雷尼．霍威爾剛剛醒來。」

67

我們上車前，哈波說服一名急救人員給她一劑肌肉鬆弛劑和止痛藥。十分鐘後，她就像沒事人一樣，還堅持要開車，說自己好得很。哈波讓我想到剛承受強烈撞擊，卻堅持要靠用藥拼完全場的四分衛。該死，她眞夠了不起。我一邊講話，她一邊疾駛在白原市夜半的街道上。哈利坐在哈波旁邊，而我坐在後方，好在等待止痛藥發生效用時能將雙腿伸直。

我們朝市中心駛去，坐在維多利亞皇冠裡於街道之間穿梭。當第一滴舒緩疼痛的藥劑開始滲入我身體系統，雙腿割傷與手上傳來的灼熱刺痛開始減緩。途中沒人說話。我想哈利和哈波大概也和我一樣麻木。然而，這輛車中依舊有希望。唯一可能知道眞相的人剛剛回到賽局。現在可說是卡洛琳．霍威爾最需要她父親的一刻。

我們停在醫院外面，靠著對保全亮出徽章的哈波，我們快速從急救人員入口進入急診室。進去時，我們討論起該如何拿捏和霍威爾的溝通。

「也許我們不該把發生的所有細節都告訴他。我們可以談史考特．巴克，試圖找出我們需要知道的線索，但不要告訴他巴克說自己抓了卡洛琳，而且她還活著。萬一巴克說謊，或者更糟——他說的是眞的，結果我們無法及時找到她？這人才剛試圖自殺，如果他發現她還活著，卻又再次失去她……」

他們兩人點點頭。一名醫院護士帶我們上了一層，我們輕而易舉在一條蒼白的長走廊找到霍威爾的私人病房：唯一有矯正人員和警察在外站哨的就是他的病房。

哈波的徽章又一次讓我們順利進入。

放在床頭櫃上的慘白桌燈照亮病房。那盞燈彎著身，簡直像要倒下一般。電燈泡射出的尼古丁色燈光使霍威爾看起來更糟。他的前額閃著汗水，而我實在不知道他的皮膚究竟是眞的泛黃，又或是黃掉的燈罩害的。他喉嚨上有塊約菸盒大小的可黏式紗布，雙手手腕纏了重重綳帶。他處於深層睡眠中，稍微翻了翻，試圖轉頭，但紗布妨礙了動作，使他停下來瑟縮了一下。霍威爾閉著雙眼，過了一會兒，開始輕輕打鼾。

我聽到手銬的聲響，見到一副閃亮的鐐銬扣著霍威爾的腳踝。一端在右腳，另一端連著病床扶手。如此過度與不必要，一如美國刑罰體系中大部分的規定。

「他要醒了。」哈波說。

我們靠近床邊，我看著霍威爾拚命要清醒。他似乎爲了止痛被注射了強勁藥劑。

「雷尼，是我艾迪，我和一個不錯的聯邦探員與好朋友一起過來。你能說話嗎？這件事眞的很重要。」

「沒成功。」他說。

他的嗓音聽起來活像生鏽的鋸子。我握住他的手，小心不碰到纏著綳帶的手腕。

「我很高興沒成功。發生了件事，審判改變了，喬治．范迪克不是……」

「老天，可憐的喬治。他怎麼樣了？」霍威爾字字都說得十分掙扎。

「他不叫喬治．范迪克，他一直在騙你，雷尼——騙了很多年。我認爲他和卡洛琳的失蹤脫不了關係。他眞正的名字是史考特．巴克。這名字對你有任何意義嗎？」

「什麼?」他立起手肘,試圖把自己撐成坐姿,雙臂卻在床單上滑開,頭往後一倒,發出唉聲,臉皺成一團。

「慢一點,我只是需要知道這個人是誰,還有他和你、或是你過世的太太瑞貝卡之間的關連。」

雷尼腦中思緒翻湧,眼神變得更清明,臉上表情更活躍。他說話的速度變快,而且極爲清晰,只是喉嚨依舊沙啞。

「我知道那名字,我記得,但從沒見過那傢伙。我當時在最後一趟去阿富汗的路上,已經存到足夠資金可以在回來時開自己的公司。瑞貝卡懷了卡洛琳,她的妹妹茱莉當時也懷了孕,而瑞貝卡給了她一些錢,把懷孕的她安頓在鎮外一間租來的小木屋。」

他突然一陣咳嗽,臉上因此流竄過新一波的痛苦神情。我拿了一杯水要給他,他用吸管啜著喝。喝夠之後,他舔舔嘴唇繼續說。

「我不認爲我們能負擔得起,但貝卡堅持至少要幫茱莉到這個程度。她的妹妹有些問題,而這是她第一次有好幾年不碰毒。我的太太認爲在她懷孕時給予支持很重要。不但是爲了茱莉,也爲了孩子。我想貝卡是害怕要是沒有任何幫助,茱莉又會開始用藥——又要和她那些老朋友混在一起。」

他想多說點,但喉嚨撐不住。我再給他水,但他揮手拒絕,先暫停一會兒才繼續說。

「有天晚上,貝卡打電話給我,當時我在基地。她告訴我說,茱莉以前的男友史考特·巴克又回到她生活中。貝卡很怕那傢伙,他就等同壞消息。曾有一次,貝卡把茱莉從巴克的公寓拖出來,因爲他揍茱莉。總之,我說我會找些人手去看著那房屋一陣子,也許和這個叫史考特・巴克的傢伙談談，確保他不越雷池一步。」

霍威爾陷入沉默。他的嘴巴很乾，舌頭也無法再濕潤嘴唇。我又給他另一口水，他只喝了一點兒，但也足以潤滑喉嚨了。

「她不想那樣，她說那最後會害到自己，所以我就沒那麼做。一個月後卡洛琳出生，兩個月後，我回到家，初次見到我的寶貝女兒……我們的奇蹟……醫生……醫生說我們沒辦法有孩子的。她是那麼美麗。」

這些字句撕扯著他，有如撕扯著他的縫線。

「茱莉又發生了什麼事？」

「我不知道。當我回來，她已經進監獄了。貝卡完全和她切斷關係。下次再聽到她的名字是在貝卡留給我的字條上，就是她……她……她自殺之後。我猜，對於茱莉發生的事，貝卡心中有一部分是自責的。我想她覺得自己應該可以做得更多，這樣一來，也許可怕的事情就不會發生，她的姪女就還可以活著。」

「而妳不知道茱莉和瑞貝卡是不是有吵架或決裂？」

「我不確定。貝卡告訴我史考特是艾蜜莉的父親，但即使如此，她也不希望他出現在她周圍。也許她們是爲此才吵的？我無法確定。她不喜歡談這件事。抓走卡洛琳的人是史考特嗎？」霍威爾說。

「我認爲是，我們正在調查。史考特・巴克似乎認爲你必須對他告解某件事。你知道那可能是什麼事嗎？」

他搖搖頭。

我們又多談了幾分鐘，直到他不敵睡意。然後，我們便靜靜離開病房。

「我們必須在一小時內回到法庭。」當我們離開醫院、朝車走去，哈波說。

有些什麼在咬噬我的腦海深處。我是這麼靠近眞相——我現在還是如此認爲——而且我又一次對眞相驚鴻一瞥——但接著這些思緒再次飄飛遠去。時間差不多要用完了。

回到法院的車程幾乎沒花多少時間。我看得出哈波和哈利就和我一樣精疲力盡。一同走向法院入口時，他們在人行道上拖著雙腳。大部分建築物都籠罩在黑暗中，而門廳的燈只亮了一半。林區等在門口，交叉雙臂，一臉怒容。

我瞬間停步，哈利和哈波又拖著腳多走了幾步，才發現我沒跟上他們。

他們朝我轉頭。

霍威爾說的某些事物一路上不停在我腦海中翻滾。

我腦中那團迷霧終於開始變得清晰。我有一個理論，一個能把這一切合理化的理論。但我需要證據——一個能拿給史考特·巴克看的東西。

「我想我知道發生什麼事了。卡洛琳還活著，我可以找到她的確切位置，但首先，我需要一些東西。」我將我的車鑰匙丟給哈波。

「帶上妳最強的技術人員，找到我的車。希望他們可以在那件衣服上弄出點名堂。」

「什麼衣服？」哈波說。

「我的衣服；上面沾滿雷尼·霍威爾的血，放在我後車廂的衣服。不過不只那個，我還會需要一些文件，以及得和技術人員溝通一下。」

「到底是什麼？」哈利說。

「我還不很確定——目前爲止，這還只是理論。」

「那這麼做又要怎麼讓你知道卡洛琳被關在哪裡？」哈波說。

「這麼做沒辦法讓我知道，這只是我的武器。我一拿到那些文件和衣服上的結果，我就要質詢史考特·巴克。他想要告解，我就給他告解——然後就換我聽他的告解。」

68

我把紙張摺起，收進牛皮紙資料袋中。瑞貝卡病歷裡的資料與精神疾病或憂鬱症沒什麼關連。她在二〇〇二年換了內科醫生，而她的新醫生認爲她可能有產後憂鬱症。幾年後，瑞貝卡告訴醫生，女兒和她之間有「情感連結問題」。在這件事上沒有更進一步的紀錄，唯有一筆只開了一次的抗焦慮藥物處方箋。我從頭到尾讀了這份檔案二十分鐘，再帶到一號法庭的辯護席，並在其他人進來前靜靜地再讀一遍。直到我將它闔上、雙手放在上方、閉上眼睛，我才能眞正確定這麼多年前究竟發生了什麼事。檔案裡沒有太多有關連的內容，感覺薄弱且不眞實。但它會起作用的。我不斷告訴自己手邊工具足夠，那份檔案擁有能讓我射向巴克的子彈。是有些會打歪，有些會讓他痛，但若缺少任何一個，力道就不會足夠。

在過去的十分鐘裡，法官、陪審團及證人魚貫進入法庭，我不斷試圖在心中排序問題：要用哪一個開場？要把哪一個留到最後？

我開始清楚意識到自己的呼吸，刻意將一切放慢，使我的心跳速度降下，胸膛動作放慢，期望這麼做能緩下我腦中由資訊與問題組成的龍捲風。

有用——大概兩秒吧。

我的雙眼一下子打開，見到法庭中的每一個人都安安靜靜看著我。舒茲法官正在桌上敲著筆，我的對手蜜雪兒・金以嘴型無聲表示「祝你好運」。在那瞬間，我們彷彿並非敵對律師。

金放了這個破壞王進入法庭，就某種程度，假如卡洛琳·霍威爾活著被找到，至少金會曉得這團混亂整個加總到最後，得到的結果是好的。如今，這已超越了官司的範圍。

這是攸關生死之事。

其他人則一副愁容。包爾斯隊長、葛洛夫探長和哈利看著我，表情彷彿我接掌了一架岌岌可危、俯衝入海的飛機。只有哈波昂著下巴，眼中帶有希望。

我以為我會得到更多火力可擊潰史考特·巴克。

我站起來，對自己說：無論發到我手中的是什麼牌，我都得將就。陪審團中有某人咳著嗽，但我不看他們。陪審團現在不再重要，他們只是這場秀的道具。除去主要角色和金的助理，這個法庭中再無別人。沒有媒體，沒有觀眾，只有我們。

這空間感覺空得詭異。

我看著史考特·巴克，他安安靜靜、一動不動地在證人席上，接著我想到了父親。他玩牌的技巧只是業餘等級，從來沒有大贏，但也沒有輸過一次。某天晚上，坐在麥剛格酒吧的一張高腳凳上，我問他到底為什麼玩撲克牌總是這麼好運。

「和運氣完全無關。孩子，這不在於你是否拿到散牌。任何牌型都能成為勝利的牌型。無所謂桌上的牌是最好還是最壞，關鍵在於你如何出手。」

我父親認為出老千是爛招中的最爛招。他這輩子玩牌從沒出過老千，一次也沒有。他堂堂正正地玩。

現在輪到我了。只不過我的牌並不全。

所以我想，出個老千應該無妨。

我還沒張開嘴，首先停頓一下，再次看向坐在我身後一排、位於哈利旁邊的哈波。

哈波低聲說：「一架直升機待命中。祝你好運。」

我點點頭。我們討論的一切都已就緒，我只希望能從巴克那裡套出一點能派得上用場的線索。

「謝了。」我說。

史考特．巴克領帶已經鬆了，西裝外套也不在，但除此之外，他看起來很好，毫無畏懼，也無遲疑。他的臉面有如博物館中的大理石神祇，堅硬如石，不帶情緒，猶如已死。然而那雙眼睛依舊充滿生機與恨意，在在映射出他心中的地獄業火。他不看我，僅直勾勾地瞪視前方。

「我有些問題要問你。」我說。

巴克依舊不做眼神接觸。「我想見的是你的委託人，不是你。把他帶到我面前，讓我聽他告解。只有這樣能救他的女兒。」

我沒理會他。第一個動作是關鍵所在。誰在第一戰獲得勝利，就最有可能主宰且決定結果。我必須讓自己成爲那個人，可是不能表現出來。

「我的委託人試圖自殺，他現在在醫院裡，雖然情況穩定，但有生命危險，而且他在昏迷中。你沒有辦法和他說話，你必須對我說。」我說。

「我不相信你。」他說。

「我可以問你一些問題嗎？」我說。

他的表情再次變得一片空白，阻絕一切。他已經說完他的台詞，不會再有更多交談。

「我可以給你我委託人的告解。」我說。

沒有回應。

「就我看來，我們可以互相幫忙。我想知道你把卡洛琳．霍威爾關在哪裡，而你『當然』想知道這麼多年前茱莉和寶寶發生了什麼事，還有那個黑衣男子。」

他的目光保持不動，有如娃娃臉上的兩顆玻璃珠。

「你還有其他疑問，我可以幫你。」我說。

他的嘴角輕顫一下。

「你很可能覺得我在裝腔作勢，你錯了。總之我繼續。這件事是怎麼開始的？」

我從檔案中拿出一張紙。那是透過聯邦調查局申請獲得的矯正署過往紀錄。

我舉起那張紙。「你最後一次見到茱莉．羅森活著是在二〇一一年八月二日，她過世不久前。」

他立刻抬起頭，那對藍色的眼珠馬上定定地看著我的臉。

「東兄弟群島醫院的病患茱莉．羅森的訪客紀錄只有一筆：兩個名字，兩名訪客，兩個假身分：艾倫．馬許和湯姆．貝爾。其中一人就是你，不是嗎？」

他沒有動，也沒說話。

「茱莉寫信給你，你來見她。在她受審判的時候你從旁觀席上看著她，在她面對謀殺指控時，你沒有支持她，是因爲你認爲她謀殺了自己的孩子——也就是你的孩子。但她在二〇一一年寫信給你，告訴你另一個說法。那封信有被記下來，有一封信寄到澤西的一個郵政信箱，給史考特．巴克？」

沒有回應。但這已不再是刑事審判。無論我需要什麼籌碼，舒茲法官都會給我。從她前傾的姿勢我看得出來：她不打算干擾。金也一樣。她們都期望著眞相無論如何會水落石出。

「你用假名去探望茱莉。你之所以去，是因爲那封信中有些什麼改變了你對茱莉犯罪的想法？」

他點點頭。

「因爲頭部受傷，茱莉的記憶非常殘破。她並不是突然記起到底發生了什麼事，對嗎？」巴克有一個長處：耐心。他待在巢穴之中數年才出手攻擊。而卡洛琳沒有時間了。

「你不想要告解，你想要知道眞相，因爲茱莉沒有告訴你。」我說。

「不對。」他說。答案呼之欲出，而我不敢停手。我得讓這個人開口說話。

「史考特，你要答案，我會全部給你，你只要和我談談茱莉就好。她從姊姊瑞貝卡．霍威爾那裡收到一封信，就在瑞貝卡衝出某條山路的防撞護欄之前，對嗎？」

他遲疑了。這不在他計畫之中。他要霍威爾雙膝跪下，他要享受那種權力。這我給不了，所以我得告訴他一些別的。

「那封信——那是瑞貝卡的告解，是不是？」

巴克的呼吸加快。他這件事計畫了這麼久，我知道他想開口。他需要開口。

「我們一起把霍威爾的告解告訴法庭吧。」我說。

「那是瑞貝卡的錯，」他說：「她承認自己覺得茱莉是個不合格的母親，而且她想把孩子——我的孩子——給帶走。」

我拿出從巴克公寓中找到的信件副本，大聲讀出來。

茱莉：

我犯了錯。我以為能相信妳。妳答應了我，卻撒了謊。但妳是對的，我不是個好媽媽。很抱歉我做了這種事，我希望妳也覺得抱歉。

再見，

貝卡。

「關於黑衣男子，茱莉沒有說謊，對不對？」

「對，她沒有。那是霍威爾。他謀殺了我的孩子，在她熟睡時把她活活燒死。我要他也知道那是什麼感受。」巴克說。

「你搞錯了，茱莉也搞錯了。又或者你實際上還沒把這件事弄清楚？」我說。他陷入了危機：巴克被這個故事釣住，稍微往前傾身。

「茱莉的頭被打了一下，她嗑藥嗑嗨，失去判斷力——她努力想求生。而那不是黑衣男子——是黑衣女子。」我說。

巴克下顎一斂，瞇起眼睛。

「瑞貝卡穿上黑衣，帶著備用鑰匙去了那間屋子。她打算帶走艾蜜莉，燒了房子，這樣就不會有人知道小孩被帶走。人們會認爲毒蟲茱莉嗑藥嗑到嗨，結果燒了房屋。沒有目擊證人，沒有人會來找小孩——計畫原本是這樣。」我說。

巴克的臉漲紅，迅速回道：「她和她丈夫共謀，霍威爾必須爲自己做的事還債。茱莉妨礙了他，而我女兒用生命償付這個代價。茱莉被定罪時他一聲不吭，他知道是自己的妻子造成這一切，卻什麼也沒有做。」

「雷奧納德・霍威爾對火災一無所知。紀錄上顯示，當時他正在阿富汗服役。史考特，你完全弄錯了。」我說。

69

空氣聞來悶濁。我知道法庭中還有大約二十個人，檢察官助理、警察、聯邦調查局，全都投以最高集中力，注意看著、聽著，但感覺不像那樣。

感覺好像只有我和他。

巴克露出了一些新的樣貌。即使他放下了演技，我發現依舊很難注視著他的臉。我時不時覺得能看見喬治的蹤影，但接下來冰冷且堅硬的稜角又回到他的輪廓。可是，在我提到茱莉之後，巴克心底深處某種緊繃與焦慮的情緒開始作用。他的手指似乎微微顫抖，直到他發現，並將手指交互緊扣住，以糾正這種情況。而在那雙惶然失落的無神目光裡，還留有一絲希望。

我搖搖頭。「你已經玩了五年的把戲，策劃出一場完美綁架、完美嫁禍。瑞貝卡·霍威爾已經死了，所以你要雷奧納德·霍威爾也經歷和茱莉一模一樣的遭遇：沒有殺害孩子，卻必須接受謀殺審判。但你不知道全部的真相。如果你告訴我卡洛琳在哪裡、誰扣押著她，還有要怎麼把她救出來，我就把茱莉對你隱瞞的事全告訴你。」

「她沒對我隱瞞任何事。她把記得的一切都告訴了我。當她的頭被打中，一切都變得顛三倒四，但是那封信讓她想起事情的真正經過。我要你的委託人承認這件事。要不然，他所受的一切折磨、卡洛琳的所有痛苦、**這一切**的一切，都是白忙一場。」

「那女孩受的苦夠多了，我們沒有時間——」

「相信我，時間是有的；還有時間可以救她。」巴克說。

「我不是要說茱莉對你撒謊。茱莉已宣告無罪，她的名聲已沒有任何汙點。但瑞貝卡和茱莉還藏著些祕密，而我很確定茱莉忘了。我可以告訴你，但你必須告訴我卡洛琳在哪裡。你覺得呢？」

「茱莉什麼都告訴我了。」他說。

「她就沒告訴你在她屋裡的人是她姊姊，穿了一身黑；也沒告訴你艾蜜莉的祕密。」我說。

他抓住椅子扶手，從我面前轉開去看天花板。流遍巴克體內的憤怒與痛苦清楚顯現在他臉上每一吋。

「告訴我卡洛琳在哪兒，我就告訴你艾蜜莉的事。」我說。

巴克沒設想到。他射出目光，環視這個空間，因猶豫不決而表情扭曲。好長一段時間，他什麼也沒說，在心中與之角力，而我不敢催促。

最後，他轉向我。「先告訴我艾蜜莉的事。」他說。

我安靜了漫長的一分鐘，巴克也是。我必須要讓情況看起來像是我在衡量著他，做出我的主觀判斷。眞相其實是：我需要他相信我是不願意說出這件事的，而且這是他在這裡獲得的一個小勝利。

該出第一張牌了。我往前俯身、翻開檔案、拿出一張文件。我放在桌上，翻轉過來，滑往巴克的方向。他注視著那張紙。巴克以前就看過了，非常清楚那是什麼、上面說的又是什麼。那是艾蜜莉．羅森的出生證明。

「你的名字並沒有登記在『父親』那一欄。這是爲什麼?」

「茱莉和我討論過。在當時，我從事的工作——風險很高。我不希望上面記錄的父親是我，會有特定人士用那件事來對付我。」

「聽來不讓你的名字出現在紀錄上這個決定很正確。但那不是你做的決定，對吧?」

「茱莉希望那欄空白，她說她需要時間想一想。我得離開去執行一個長期的工作，還眞得感謝霍威爾，我們再也沒機會了。」

「所以我說對了，最開始是茱莉提的。」

我這句話沒得到回應。巴克冰冷而抽離，他一面聽，沒做出任何表情。那也無妨。此時此刻，我只需要他認爲我知道自己在講什麼。往事實上再裹一層層事實。他知道這都是眞的。想把卡洛琳活著救出來的唯一希望，就建築在此人相信我說的每一個字的基礎上。

我從地上拿起一個資料夾放到桌上，翻出下一張紙，遞過去。他讀的時候，我又準備好另一份文件。這一份有三頁長，我還不能拿給他看。我需要他好好讀第一頁，細細研究，再用第二份文件對他展開攻擊。

他仔細看著第一張紙。我知道這是他以前沒有看過的。巴克眼睛周遭的皮膚皺出深深的紋路。

「這是茱莉最後的銀行財力證明，幾分鐘前聯邦調查局幫我拿到的。這上面記錄了茱莉戶頭的匯入金額。二〇〇一年八月：一萬元。二〇〇二年艾蜜莉出生當週：再一萬元。」

「所以?」

「這些錢是瑞貝卡·霍威爾匯的。」

「我在二〇〇一年六月左右和茱莉又見了面，幾個月後，她搬到上州她姊姊幫她租的一棟小木屋。她有提到瑞貝卡在戒毒後幫她安頓下來。這和這一切到底有什麼關係？」

另一張牌、另一張文件——這次是來自瑞貝卡．霍威爾的紀錄。

他一臉困惑地讀著，隨即丟到一邊。

「這是瑞貝卡．霍威爾的婦產科醫師報告，確認由於細胞損傷，瑞貝卡．霍威爾無法自然受孕。」

「我想我記得這件事。茱莉談過她姊姊的奇蹟懷孕。她姊姊長久以來一直努力想懷上小孩，我猜他們就是走了運。」他說。

「不，他們沒有。」我說，並將一張兩頁的報告與附在裡頭的一張照片遞給他。那份報告是由聯邦調查局在曼哈頓的實驗室於最後一小時趕出來的。

「雷奧納德．霍威爾不是什麼天使，史考特，但他深愛卡洛琳，用情之深，超乎你能想像。他對自己孩子做出的奉獻是你這輩子都做不到的。」

他的鼻孔擴張。現在的我完全倚靠膽識，不慌不忙。巴克因失去、愛、復仇與恨等等混雜紛亂的情緒被推往極端，這個男人願意爲了愛痛下殺手，而這是我必須加以利用的情緒。

「看一下報告後面的照片，那是我的上衣，上面全是雷奧納德的血。如果他的女兒死了，他也不想活。這根本毫無意義。她就是他的命。他用利器割開兩手手腕和喉嚨，你就做不到。但霍威爾可以，因爲他愛他的女兒。」

「霍威爾和他太太燒死了我的女兒！」

他的聲音在這空間四處迴盪，而我在最後一聲回音消散前便再次開口，嗓音溫和且平靜。

「你錯了。瑞貝卡．霍威爾做了更糟糕的事。」

我拿出瑞貝卡寫給茱莉的信，大聲讀出來。「我犯了錯。我以為能相信妳。妳答應了我，卻撒了謊。茱莉答應了瑞貝卡一件事：爲了得到兩萬美金，茱莉答應要把孩子給瑞貝卡。第一筆一萬元在茱莉懷孕時付清，第二筆則在她生完之後。」

他搖著頭，動作快速且狂暴。

「你面前的文件是從我上衣採到的雷奧納德．霍威爾血液的DNA分析。拿來和對照樣本比對後，發現遺傳標記並沒有相似性。」

我見到他在椅子上整個僵住，雙眼睁大，警戒升高。

「而那個對照樣本來自卡洛琳．霍威爾。」

這是數分鐘來我第一次注意到這裡還有其他人：我聽見了抽氣聲。

「我看過了瑞貝卡．霍威爾所有的病歷。她在二〇〇二年九月換了內科醫生，如此一來，她就能靠著這名新的內科醫生重新開始——也許這人不會知道她的病歷有遺漏的眞正理由。你看，這裡有一個間斷：懷孕的間斷。裡頭沒有任何瑞貝卡．霍威爾懷過孕的紀錄，更不要說生了小孩。沒有血液測試，沒有掃描，沒有產前檢查預約。沒懷孕。檔案裡有個由她的新醫生寫的筆記，聲明瑞貝卡告訴他自己的舊紀錄不見了。也許這對她的新醫生就很夠了，但對我而言不夠。懷孕紀錄之所以不在，是因爲根本沒有懷孕這件事。」

我讓寂靜的氛圍在室內逐漸堆疊，巴克迷失在各種可怕的思緒中，雙眼急速移動，暗自希望、祈禱這個眞相可能是哪裡弄錯了。我看著他的表情垮下，嘴唇無聲顫動。

「瑞貝卡．霍威爾是假懷孕。當時雷奧納德在阿富汗，最後一次出任務。她很可能戴了好幾個月的假肚子，讓朋友鄰居以爲她懷了小孩。明明沒有懷孕，然而雷奧納德．霍威爾回家時卻迎接了一個小女嬰，那就是你的寶貝女兒。」

他搖著頭聆聽，一面前後搖晃，一面將指甲深埋入頭皮。犯下錯誤的沉重感已佔領了他的心思。

「我的推測是：茱莉在孩子出生後就改變了心意，不遵守與姊姊的約定。瑞貝卡已支付了錢，也撒了好幾個月的謊，現在假懷孕變成她人生中眞實且巨大的一部分。瑞貝卡身爲郡立法醫的最後一天上班，正好在火災前二十四小時。」

我從面前一疊紙中再拿出一張，遞給巴克。

「這是一個無名女嬰的焚化令。她是在垃圾箱旁邊找到的，而且不到幾個月大。沒人來認領屍體。這份命令是由瑞貝卡．霍威爾簽署，是她作爲法醫執行的最後一件事。她再也沒有回到工作崗位，你知道爲什麼嗎？她把指令放進案件紀錄中歸檔，帶走了孩子的屍體。她去茱莉家偷走嬰兒，燒了房子，讓情況看起來像是孩子死在大火之中，但根本沒有孩子死掉。瑞貝卡把無名女嬰的屍體放在嬰兒床中點火，帶著艾蜜莉離開。」

我永遠忘不了巴克發出的聲音。我以前就聽過。當霍威爾站在他燒燬的家的車道上，得知女兒可能已經死去，也發出了一模一樣的聲音。那聽起來猶如靈魂被撕成兩半。

「告訴我你女兒在哪裡，我們還有可能將她活著救出來。告訴我！」

「斷頭谷墓園一個無名藝術家的墳墓裡。如果你們來不及阻止，馬龍會在早上七點整對她開槍。」

70

我從沒搭過直升機，而我們一降落在斷頭谷墓園後方的空地，我就對自己承諾：這輩子再也不要踏上直升機一步。我完全沒頭緒在空中待了多久。感覺就像一小時，但也可能是十分鐘。整段時間我都緊緊閉著眼睛，唯一能做的就是全心全意抓住從上方垂下的安全帶。降落有點顛簸，而我抓得實在太緊，不知怎麼竟把其中一條布帶從上面扯下。現在它正鬆垮垮垂在我頭旁。

聯邦調查局特戰小隊對著我搖頭，林區低聲對他們說了什麼，對我投以高高在上的眼神。哈波叫他們住手。

我確認手錶：六點四十五分。再十五分鐘馬龍就會對卡洛琳開槍。

我們下了直升機，我的雙腳陷入深且濕的草中。我一直低著頭，直到我們脫離葉片範圍。我蹲下身，朝著分開墓園和空地的一大片林木跑去。

我和哈波落在隊伍最後，林區領著特戰小隊。他們配備自動步槍，穿戴黑色頭盔與防彈背心。林區要我在這裡，我們不能浪費時間，而在林區設想中，馬龍必定會聽到直升機到來的聲音，所以很可能會發生人質挾持的情況。在那場面下，我必須與巴克通話，並且利用他來說服馬龍。巴克仍不願意和調查局講話，因此他們需要我當中間人。我握有的資訊隨時可能會（但也可能不會）派上用場。不過他們依舊要我在場，哈利則留守。

我已問過巴克有沒有任何聯繫馬龍的方法，像是透過手機或加密的電子郵件。他說沒有。馬龍收到贖金當酬勞，而他也會履行他在那封信中的義務。我問他對這件事有幾成把握。

「我對茱莉發誓，一定要恢復她的名聲，要讓傷害她的人受苦。我給了馬龍優渥的酬勞去做這件事。」

巴克與馬龍第一次見面似乎是在洛杉磯。馬龍試著脫手兩把無買賣契約、也不知武器來源的古董散彈槍。巴克只花三分鐘就查出那是兩週前從比佛利山莊一棟屋子偷出來的。那屋裡也有些錢遭竊，還有一輛車和一些槍枝——不過這都是在武器測試開火之後的事了：馬龍在離開前對著年老男屋主清空了兩個槍管。

巴克向來善於利用拿到手的一切機會。他將馬龍收為己用，讓他變成能幫自己幹骯髒事的工具——而且他還眞是幹了不少。他六個月前在交贖金的地點往麥卡利後腦杓送進兩顆子彈。巴克也承認在他公寓設下陷阱的人就是馬龍。他開槍射了華盛頓、殺了貝克以及管理員。

林區擠過森林邊線進入墓園時，衣服袖子被刺灌木給撕開。等到輪我攀過去，枝幹早被前方的隊伍推平。

唯一的光源是附在特戰小隊步槍下方的小小光束。此刻距離天亮還有整整四十五分鐘，而我們前方的山丘依舊籠罩在沉甸甸的黑暗裡。林區站在墓園北角確認地圖時，以手掌蓋住他那支小小的手電筒。

他環顧四周，但沒拿手電筒隨著視線方向照射。

「山丘上方六百碼，是那種可以走進去的墓地，看起來像棟小房子。墓園的這塊地方是非公開的私人區域，所以如果你看到一名男性：他們就是敵方目標。我們以二二相互掩護行動，從左方上去，在我喊停之前不要停下，接著B小隊從右側包抄。進去之前等我信號。弗林，你留在山丘下面。」林區說。

草長約至膝，我們前方有一排排墓碑與雕像，也是帶圍欄的墳墓起始處。許多石頭和裝飾華美的塑像都覆滿苔蘚、粉碎傾倒，隨處可見倒塌或斷成兩截的石頭。我看著一組四人小隊由林區帶頭，一縱隊上了山丘。一整片恍若蜘蛛網的低霧覆蓋住地面。

哈波和我等他們先前進，她再跟著越過那些死者，朝山丘頂端的墳墓前進。

現已全黑，太陽還未逼近天際線，我確認手錶：快要六點五十分，還剩十分鐘。馬龍很可能根本不在這裡。說不定他會避開此處，直到七點，等到該殺死那女孩時才來。要殺死一個人並非易事。有些人可以眼睛眨也不眨地下手，有些則是迫不得已，爲情勢或精神狀態所逼。而對剩下人而言則是工作的一部分。我有種感覺：對馬龍而言，即便這只是個簡單的任務，依舊不太容易。尤其，若你得和那女孩同處一室，每小時、每分每秒地倒數，直到按下扳機的時刻來臨，那麼就會更加困難。

我曾與馬龍短暫見過一面，我不認爲他能在夜晚時分輕輕鬆鬆坐在一個少女身旁，然後在大清早拿槍射死她。這只有特殊的殺手能做到。我的推測是：馬龍不會那麼做。

而我錯了。

消音器是有點幫助，但世上沒有任何消音器能完全掩去槍聲。雷管和燃料的爆炸一定會發出聲音，仍相當響亮。而所有自動武器的拋殼口拋出廢彈的動作，也絕對會製造聲響。金屬拋殼口打開或彈出用過的廢彈匣後再關上，都會發出「啪」一聲，聽起來就像鐵鎚輕輕落地聲，可以聽見，但音量不大。想像一下這種狀況一秒發生兩次，並持續整整三秒。

另一個聲音來自掃射在林區防彈背心上的子彈。接著我又聽到其他聲響：某人被自己的血嗆住的聲音。我看見前方約一百公尺的林區，他從槍林彈雨中別開頭，一手按住從喉嚨汩汩湧出的鮮血。

我到處觀望。我正站在山丘底下、草叢之中，毫無掩護。我判斷自己在一個最糟糕的位置，於是彎低身體，在草叢濃厚的邊坡掩護中朝著墓碑上去。

頭後方有隻手將我搧倒在茂密且潮濕的草中。我完全沒聽見哈波來到我身後的聲音，但我知道是她。我頭後方的手小小的，但那個讓我臉朝下趴倒的力道可不是開玩笑的。她抓住我衣服後方，我們兩人一起匍匐在一團高起的草堆後面。我的雙腿又開始流血，疼痛令我只能咬緊牙關以壓抑呻吟。

特戰小隊回擊的火力震耳欲聾，彷彿來自四面八方。

「你有看到子彈從哪裡射來嗎？」哈波說。

「沒有。」我說。

她往外探，盯著山丘上方。

「他一定在最上面帶著步槍埋伏。他的開槍位置完美，位居高處，也有對的武器與足夠的高度能看到整座墓園。」她說。

「妳要怎麼做？」我說。

「安靜，不要發出聲音，待在這裡。」她說，接著翻身滾了三百六十度回到趴姿，再往前匍匐。

我也往前爬，每爬一吋，另一波疼痛就從傷痕累累的腿擴散開。等到我位置夠近，便轉過身背貼墓碑。幸虧我這麼做了——子彈突然擊中我剛剛躺的那塊平坦區域，一塊塊巨大的泥土和碎草霎時噴入空中。

特戰小隊停火；他們在找掩護。

我感到寒冷滲入衣服中。我又一次汗流浹背，而這陣寒冷只是增添了我的驚慌。心臟在胸腔中狂跳，呼吸有如汽車引擎排出的廢氣，多且急促。凝結的吐息規律地轉為縷縷煙雲，飄在我頭上方。

我聽見劈啪聲，感到小小的石頭落在肚子和腿上。

馬龍一定看到了我呼出的氣，並以子彈掃射墓碑。我聽見子彈反彈在古老石頭上發出的劈里啪啦，極力控制呼吸，將頭壓低。這麼一來，我的吐息製造出的任何霧氣才能和長草上低低籠罩的霧混成一塊兒。

墓園老舊的這處可說是個大窟窿，除非上到山丘最頂。這兒的回音劇烈且深遠，到處都聽得見金屬高速撞擊石頭的聲響，感覺就像在一家配備環繞音響的電影院中。你來我往的武器齊放聲從四面八方傳進我耳中，不停鳴響。

我提起勇氣逼自己站起，快速從墓碑後探個頭。

我看到了山丘上的墳墓，但看不見任何聯邦探員或開槍者。

可是，我能清楚聽到探員的聲音。他們以突擊步槍回擊開火，接著，我聽到一聲指令。

「掩護。」

更多槍聲，都經過消音，卻仍十分響亮。然後就只剩步槍上消音器發出的咻咻聲。

「有人受傷！有人受傷！」

一片寂靜。沒有風。甚至沒有空氣穿越樹木的呼呼聲。如果馬龍射倒其他人，就剩下三名特戰隊隊員，再加哈波。此時我冒出一個可怕的想法。「有人受傷」並不一定表示男性或女性——要是最後一個被擊中的人是哈波，該怎麼辦？

更多經過消音的開火與彈殼損毀墓碑的聲音。

我花了幾秒才注意到手機在外套中嗡嗡響。我的心臟跳得太用力，起先甚至沒注意到。我辛苦地背貼墓碑，用外套遮住螢幕發出的光，檢查了手機。

是哈波傳來的簡訊。

進攻小隊無法動彈，被箝制在開槍者下方。你有辦法拿到林區的槍嗎？我需要人引開注意力。

我慢慢地——能多低就多低——從墓碑後出來窺探。林區在十公尺外一動也不動。他的槍在身旁的草裡。由於雙腿疼痛，外加馬龍擁有俯瞰整座墓園的視野，林區的槍遠得就像在堪薩斯州。

我回傳簡訊。

我到不了槍那裡。

我再次檢查時間：再五分鐘七點。我就這麼放空三十秒。在這段時間中，我思考著克莉絲汀和艾米。他們會沒事的。最終，克莉絲汀會遇見別的男人，艾米會有新爸爸。財務上她們不需要我。克莉絲汀有好的工作，她的父親會照顧她們。這個念頭非常清晰：她們其實不需要我。

看來，墳墓裡的女孩是這世界上最需要我的人。

我深吸一口氣、喊出聲。

「馬龍！我是艾迪．弗林，我沒有武器。」我說。

我站起來，雙手高舉過頭。馬龍平伏在山丘最高的堤上，正慢慢移往右側，朝著墳墓入口過去。他以槍口對準我，而我知道，在他起身進入墳墓前就會一槍結束我的小命。

「我有史考特．巴克的訊息。」我說。

馬龍停止移動，頭壓低，這麼一來就能透過步槍上的瞄準鏡分毫不差地鎖定我。

我閉上眼，說：「史考特要你知道，他已經把眞相告訴我們了。」

三發子彈迅速射出。

心跳在耳中大響。我不敢呼吸。我知道若一吸氣就會被疼痛佔領，我將被驚恐侵襲，然後我會倒下。因爲寒冷，我渾身麻木，說不定子彈在射穿身體時我根本沒有任何感覺。我頭暈目眩，想抓住某個東西，我想吸入空氣，同時承受痛的來襲，但恐懼麻痺了我的四肢。我動不了，胸口開始灼熱，雙手顫抖，我再也撐不下去了。

我吸入一口氣，睜開眼睛。

山丘最頂被聯邦探員槍上的手電筒照亮，我看到哈波的手槍對著地面，再低頭看著自己的胸口：沒有血。我再次往自己肺中灌滿冰冷的空氣，這感覺眞好。爲了上去山丘，我最後的三百公尺是用跑的，腿疼得像火燒，並看見哈波站在馬龍上方：她從右方悄悄接近，從背後突襲他。

馬龍死了。

兩名特戰小隊隊員在處理林區，試圖先往他喉嚨裏紗布，再把他抬起來，跑下山朝直升機衝去。但我知道，應該已經太遲了。

當我轉過身，哈波已不見人影，通往無名藝術家墳墓的沉重鐵門大大敞開。

71

我站在墳墓外頭，門稍稍開了條縫，能見到光亮溢出，劃開清晨的昏暗。我跟著一路往裡頭衝的哈波以靴子踏扁雜草踩出的足跡。

我探進門窺看，迎面而來的第一樣事物是氣味——霉味，糞便，以及其他。一些陳舊的、腐壞的、死去的事物。我緊緊抓住鐵門，將它拉得更開一些，好進入裡面。哈波只將門開了目前的寬度，僅容許她的嬌小身型擠過那道縫。

門意外好開，我本來已做好準備，要以腳使出吃奶的力氣推開那玩意兒。但馬龍一定給門軸上過了油。當我進到裡頭，我見到他在門底部加裝滾輪，以減輕門軸的承重。我踏上老舊的水泥地。

一盞油燈在石室角落燃燒，哈波跪在旁邊，正對著地上某樣物體忙碌。

我的眼睛花了幾秒才適應光線。

「去找支援，我們得把這個抬起來。」哈波說。我低頭見到她在用撬棍擺弄一個我起先以爲是地板的地方。結果，那其實是一塊蓋在室內正中央地面的三公分厚鐵板。

我對著外頭大喊，沒多久就有兩名探員進來。其中一人拿了另一根撬棍，想辦法將之插入了板子下方。

馬龍實在是個塊頭很大的傢伙，只有像他這種體型的人才可能單獨將這塊板子推過地面。

板子邊緣有一層土與泥，讓它更好移動。

「數到三，往左推。」哈波說。

她數到三，撬棍下壓，我們以雙手雙腳猛推，將鐵板移到一旁。手電筒光束瞄準地上那個洞。

經歷初次見到哈波探員的那一整晚，以及截至目前的二十四小時，我漸漸對她產生崇敬。她十分聰明、堅強——也很勇敢。如果認眞去想，她可能是我至今認識最強悍的人。

當哈波看進那個深深洞窟，即使強悍如她也忍不住流了滿臉眼淚。我怪不了她。當我低頭看，心中只有一個疑問：怎麼可能？怎麼可能有人對一個十七歲的少女做出這種事？

那超越了我的理解。事實上，這就如那些我知道我根本就不該理解的時刻。其中毫無邏輯，只有邪惡。

72

我在白原市警局的會議室裡等待。現在快要早上九點，腎上腺素最多只能讓人撐到這麼久了。我的雙腿痛苦不堪，等不及要回家，脫掉褲子，讓它們別再摩擦我的傷口。包爾斯隊長對我釋出了些善意，讓我用筆電和影印機。我正在等他把寇普蘭帶過來，好將最後一些結尾收拾乾淨。

亞歷山大．柏林進入會議室——那個司法部門來的傢伙。他臀部仍有個突出，而我心中唯一的疑問就是他到底何時會拿出那玩意兒揍我。

「我不會佔用你太多時間。我知道你很累，而且在等別人。但艾迪，我想稍微跟你談一下你的領帶夾。我們檢查了法庭的監視攝影機。看來你似乎在你的委託人試圖自殺前恰好弄丟了那東西。監獄囚車的警衛說看到你在霍威爾的移送牢房地板上檢起了一個夾子。」

我什麼也沒說。柏林在我旁邊坐下。

「艾迪，我是這樣推測的，」柏林說：「包爾斯隊長可以逮捕你，但我覺得那麼做並不公平。你的委託人處於痛苦之中，想得到解脫，也許你是想給他這個解脫？也許，他在法庭上抓住你的衣服，並在你不知情的狀況下偷走領帶夾？」

我們兩人都沒說話。

「艾迪，事情是這樣的，」柏林繼續說：「我以前有隻狗，是在一個很糟的地方找到牠，帶牠回家。我餵牠吃東西，給牠保護，訓練牠接觸外面的世界，並幫我們找出社區裡其他的壞狗。但是你聽聽，有時狗就是改不了性子。幾年後就會變，牠會想要咬你——牠發狂了。」

「司法要我們去照顧發狂的狗。巴克會因謀殺麥卡利入獄，同時也要爲共謀殺人服刑，針對負傷的華盛頓探員，他也會受到進一步控告……諸如此類。我想我應該可以說，我重新控制好了我的狗，永遠將牠關起來。」

「聽你這麼說我很高興。」我說。

「現在，關於領帶夾……」柏林說。

「什麼領帶夾？」我問。

「一點也沒錯。我已經忘了領帶夾。我的記憶來來去去。關於好狗變壞這件事呢，就是你依舊得換隻狗。我以前就聽人提過你的名字，不記得在哪兒，與你有關的那些官司有時會出現在我們的雷達上。現在呢，你還是隻小狗，等你長大，我很可能會需要你的一臂之力。」

我不喜歡這樣。我不是任何人的狗，無論好壞。

「那麼，要是我說我不感興趣呢？」我說。

「那麼，我的記憶可能會突然大有進展。不用擔心，我現在不需要你，也許永遠都不會需要。但如果我有需要了，我會吹個口哨，期待你飛快跑來。」

他沒再多說一個字，直接站起身離開。

會議室空蕩又冰冷，暖氣還沒熱起來，只剩中央空調系統一枝獨秀。我將雙手夾在腋下保暖，這件西裝仍因墓園的草而潮潮的。一想到那裡，以及推開那塊鐵板後看到的景象……

我搖著頭，試圖擺脫那份記憶，並拉開可樂蓋緩緩喝了好大一口。

門上傳來敲門聲，打開後，哈波領著麥斯·寇普蘭進入室內。她叫他坐在會議桌另一端，跟我隔一段距離，接著便離開，將門在身後關上。

「這麼做的意義是？」他說。

除了偵訊時待在委託人旁當顧問，寇普蘭從未在警局過夜，當然也沒在牢中過過夜。他拉鬆領帶，解開最上面的釦子，外套垂垂地掛在右臂上。他讓外套落到地上，交叉起雙臂。

「我會告警察不當逮捕，」寇普蘭說：「我一出去馬上就要提出告訴。喔，而且我也要告你襲擊。不要以為我忘了你那件事。」

打從我見到寇普蘭的那一刻，想將他腦袋打爛的衝動就從沒消失過。我提醒自己要做這種事還有其他更好的方法。

「警方和調查局仍在考慮起訴，寇普蘭，這件事還沒結束。就我的看法，你協助綁架並謀殺一名十七歲的女孩。」

「那你就先去證明。還有，誰說那是謀殺的？」他說。

我的目光落在桌上一個深色的木節痕跡，盯著不放。

「幾小時前變成謀殺的。」我說：「但是，麥斯，這一切都可以消失。」

我將他的 iPhone 從口袋拿出來滑過桌面。

「所以是你偷走我的手機。」

「是我找到的，就在這房間的角落——一定是從你口袋掉出來了。總之，我不知道那支手機是誰的，就檢查了訊息和語音郵件……」我暫停一下，看著寇普蘭臉上的血色蒸發殆盡。

「以及錄音檔。」我補了一句。

我看著他粗大的指頭掃過手機，打算刪掉錄音。我拿出自己的手機，開始播放其中一個。

「你不能這麼做。」寇普蘭說。

「我已經這麼做了。你想刪就刪，我已經複製了幾份，一份給警察，也有一份給聯邦調查局。他們只聽了第一部分：平凡普通的會議。我呢兩個錄音檔都聽了。你早知道你的委託人會被質詢關於某年輕女子遭謀殺且失蹤的事件，他給了你卡洛琳．霍威爾這個名字，並幫你起草豁免協議。你來到這個分局時，這件事已經定下。在卡洛琳通報失蹤前你早就知道，卻什麼也沒做。律師懲戒委員會會如何看待此事？更重要的是──陪審團會如何看待此事？」

他被戰慄感壓倒，瓷白的臉面開始顫動。我可以感到他的恐懼有如寒流般在裡頭到處呼嘯。

「也可以不要這樣；我能幫助你。」我說。

他的思緒歷程分成兩股──他想要我幫他，但該死的非常確定不能相信我。因為他處在這般境地，無法如常做清晰的思考。這個決定與時間因素息息相關。就算不是現在，很快也會發生。在不久的將來，寇普蘭的恐懼最終會超越他能負荷，而且他一定會來求我幫助。

到最後我甚至連幾秒都不必等。

「你要怎麼幫我？你又為什麼要幫我？」

「你不是壞人，只是被引入歧途。這可能發生在任何一名律師身上。你認為自己是在為委託人謀求最大福利，其實各行各業要求的都一樣。可是接著你開始慢慢逼近界線，不要多久就會越過，接著便再也沒有回頭路。這很容易發生的，我自己就遭遇過。」

他什麼也沒說，但臉上閃過一絲希望。

「你要怎麼幫我？」他又說了一次。

「我可以讓這些錄音消失，所有副本也一起。那是唯一能將你與這起案件中一切犯罪行爲連起來的東西。你希望它消失嗎？我能做到。反過來，你也得爲我做點事。」

「我有錢，可以寫張支票給——」

「我對錢沒有興趣。我要你做兩件事：首先，簽這份宣誓書。」

我將今天早上打好列印的宣誓書拿出來，站起身遞給寇普蘭。

「這份宣誓書會撤銷你對哈利．福特在羅森案上訴所做的指控——每一條指控。嚴格說，你要白紙黑字地聲明福特法官忠實根據紐約州律師公會慣例，在最初的羅森聽證會就扮演好自己的角色。你也會看到，這份宣誓書中規定你並無合理原因認爲哈利．福特爲羅森案辯護時敷衍了事。」

「我做不到。如果我簽了這個，就等於告訴法院我在先前的宣誓書中撒謊，我會被撤銷律師資格。」

「你當然會，整個重點就在這裡——還是你寧可在法庭上冒著面對共謀綁架與謀殺起訴的風險？」

他又把宣誓書讀了一次。

「在我把包爾斯隊長喊進來逮捕你之前，你有十秒鐘時間。」我說。

寇普蘭早就賺夠了錢。他不需要工作——他只是很享受做這件事。奪走這份享受能讓我獲得些許愉悅。他挫敗地揉揉那顆光頭，拿出一枝筆簽下宣誓陳述。

「就這樣？」他說。

「沒有，還有一件事。」

「什麼事？」

「第二件事也很簡單，你只要傳達一個訊息。」

「哪種訊息？」他說。

「私人訊息。」

73

「發生什麼事了?你成功了嗎?她還活著嗎?」巴克說。

在警局偵訊室中,他坐在我桌子對面的椅子上。寇普蘭仍站著,沒有去坐我旁邊的另一個座位,反而直看著自己的鞋子。

「怎樣?你救到她了嗎?」巴克高喊。

我的嗓音壓低,緩和卻沉重。

「我們搭直升機到了墓園,那是唯一能確保在時間用完前及時抵達的方式。馬龍一定是聽到直升機降落在旁邊空地的聲音。我們上到山丘頂進入墳墓前,他就以攻擊性武器開火,殺了領頭的探員。聯邦調查局拿下馬龍,然後我們就進了墳墓。」

我說得越多,巴克的呼吸就變得越粗重。他的胸膛開始上下起伏,張開了嘴,臉上表情彷彿在字裡行間、抑揚頓挫中搜索著答案。

我是可以直接告訴他,但我想要盡力拖延。他活該。

「我們推開了鐵板,拿手電筒朝洞裡照。」

我垂下了頭。

「怎樣?」

「我們推測,馬龍聽見直升機的聲音時就打開了密室,一槍射中卡洛琳的腦袋,再關起密室，出來迎接我們。」

「我很遺憾。」寇普蘭說。

我正好在巴克發作前站起身。他齜著牙齒，突然彈起來，這房裡沒有緊急按鈕，不過我也不需要。他的憤怒並不針對房中的任何人，只針對他自己。

他的雙拳敲在鐵桌上，一次又一次，噪音震耳欲聾。他一次又一次地說：「不──不、不、不、不……」直到拳頭開始流血。

寇普蘭花了整整五分鐘才讓他冷靜下來回到座位上。淚水積在桌上的凹陷裡，並在巴克低聲說出艾蜜莉的名字時混入由他指節流出的血。

我再次坐下，在寇普蘭輕柔地對他說話時靜靜聆聽。

「你永遠也彌補不了。」我說：「但你有一件小事可以做，可以稍微彌補，這是你唯一能做的事：我要問你交贖金當晚的細節。你差點死在那場火災中。我有一些問題，你要把眞實的答案告訴我。」我說。

寇普蘭給了巴克一張紙巾，揉揉他的背後，試圖安撫。這，就是我要寇普傳達給巴克的訊息。

合作。

那兩人四目相交，巴克點點頭，寇普蘭也點點頭。

他們有了共識。

之後，巴克稍微冷靜了一些，將注意力轉回來對著我。「你說你想知道什麼？」

「一切。我想要知道一切。」

74

十分鐘後，我留寇普蘭和巴克在諮商室裡獨處。巴克臉上的表情不算完全冷靜。我可以看出他的焦慮，罪惡感造成的重擔正沉沉壓在他身上。但巴克並不擔心眼前要面對的牢獄之災，不，他一點也不在乎。因爲他現在就在地獄之中，而且除了待在裡頭外別無選擇。

哈波站在走廊盡頭，靠著牆，雙臂交叉在胸前。我注意到——而且不是第一次了——與她輕盈嬌小的身型相比，她臀部那把槍有多巨大。早晨的太陽透過她身後的窗戶灌入光芒，蓋在她身上，變爲一道剪影。

我也背貼著牆。諮詢室的門打開，寇普蘭出來後將門關上，輕輕對我一點頭。

「我的釋放書還沒好嗎？」他說。

我把身體推離牆壁，看著他身後的哈波。她一動也不動。

「幾分鐘內就會準備好。我相信哈波探員正在處理那些文件。」我說。

他轉過身看著哈波，再轉回來對著我開口：「她看起來眞是忙得不可開交呢。」

「本來就是這樣的。司法的巨輪需要時間，十分鐘應該夠了。」我說。

我又回到背貼著牆的姿勢，閉上眼睛，任憑巴克剛剛告訴我的訊息深深印入腦中。卡洛琳失蹤那天，他切斷了霍威爾宅邸外燈光的電纜線；他追蹤她的車，綁架她，抽她的血，布置在地下室；他在馬龍的幫助下設好爆炸裝置。馬龍則按照巴克的指示殺了麥卡利，將屍體埋好。

他做得很完美，但事情還沒結束。還需要一個時間與一個地點進行最後收尾，而那不是今天。

走廊上的安靜被寇普蘭的鞋跟在硬邦邦亞麻地板踩出的規律聲音破壞。他走過來又走過去。

「還沒好嗎？他媽的到底是什麼東西拖延到啊？」他說。

我確認手錶，過了九分鐘。我對哈波揮揮手，她站挺身體，走開。那條走廊上只剩寇普蘭和我。

「是時候了。」我說。

寇普蘭一臉困惑。「是時候幹嘛？」

他站在諮商室門的正前方舉起雙手，臉上寫滿疑惑。

包爾斯隊長從轉角出現，指頭上搖晃著一副手銬。寇普蘭還來不及反應，包爾斯已將他「砰」一聲壓制在牆上（臉先撞上牆），並抓住他的雙臂，手銬緊緊銬住他手腕。

「麥斯．寇普蘭，你因綁架殺人共謀的罪名遭到逮捕。」包爾斯說，並開始宣讀寇普蘭的權力。

「這他媽的是在搞什麼？我們不是說好了！」他高喊著。

「不是和我。我們握有巴克在錄音帶中說的一切，他確認卡洛琳．霍威爾的綁架案所有細節早有預謀，也有你在巴克遭逮捕後與他商討的影片。你沒給他看豁免協議，你一個字都沒說。如今巴克承認他的計畫，你帶著早就寫好的協議進入警局，我們可以證明你心知肚明你的委託人做了什麼。現在，你完了。」

「讓我給你一個小小的建議——辯護律師對辯護律師。」我說：「你對你委託人所做的錄音是違法的。他不知道自己被錄了音，你這麼做是想避免他對你不利——很聰明——但依舊不能掩蓋你非法對巴克進行錄音的事實。我得告訴你，不管那份錄音非法或合法，都改變不了屬於律師與當事人工作成果的事實。那是秘匿特權的一部分。無論我有沒有找到手機，或者是從你那裡偷來，只要沒有法官給的搜索令，我都不能聽，或將那份錄音拿來使用。事實上，單靠那份證據之力是不可能起訴你的，因爲那是我用非法手段取得，它永遠進不了法庭。但當你——就在剛才——讓你的委託人說出計畫的瞬間，他就放棄了這份特權。」

寇普蘭踉蹌靠上了門，伸出一手撫向心臟。

「麥斯，我要你知道，那支手機本來不可能拿來用在你身上，你本可以就這麼走出去，無罪一身輕。可是現在你完蛋了，我要你好好思考這件事。」

「不不不……」他朝我撲來，包爾斯扯住手銬，將他拖回去。

「走了。」包爾斯將他帶走。

看著寇普蘭被帶走時，一股顫抖無法壓抑地竄過我的全身。所幸老天保佑，我才能倖免於難。

我對寇普蘭撒了謊，我對巴克撒了謊。

我也越了界，而且沒有回頭路。

75

三天後，哈利和我被帶到白原市綜合醫院十四樓一間私人病房。雷尼．霍威爾在床上坐起身，望著天花板。一位修女通知我們說她的護士已在前一天移除纏在他脖子上的重重紗布。他重新恢復意識後恢復的情況十分良好，但仍很虛弱。

「有朋友來看你。」帶我們進他病房的護士說。

看到我時，他沒有反應，但看到哈利時則面露疑惑。

「雷尼，你覺得怎麼樣？這是我朋友哈利．福特法官。不久前你見過他，但那時還有點不省人事。你可以叫他哈利。」我說。

霍威爾打算抬起手時，我終於親眼見到他整個人有多虛弱。哈利輕輕接下他的手，點點頭。

「艾迪。」霍威爾說：「我很感激你來看我，可是我現在不想聽任何審判的事。」

我環顧病房。

「有注意到什麼嗎？」我說。

「沒什麼特別的。」霍威爾說。

「呃，我想提示是『有什麼人不在這裡』。你的病房裡沒有獄警，外面也沒有；你的腳踝也沒和床銬在一起了。」

他稍微坐起來一些，觀望著四周。

「你說的沒錯。怎麼回事？」

「因為你的審判結束了，技術上，那是一場無效審判，但檢察官不會再對你提出任何控告。你自由了。」我說。

我把他試圖自殺後發生的一切告訴他。與史考特．巴克不同的地方在於，他聽到的是完整的故事。我這麼做很不公平。他的後腦杓倒到枕頭上，彷彿我剛才狠狠往他嘴上揍了一拳。

「我要你知道，我對史考特．巴克撒了謊，那份ＤＮＡ測試結果是假的。事實上我們從來沒做過那個測試。哈波讓實驗室做出假的報告，反正那也不是眞正的審判——我們需要巴克合作。此外，我也保留了重要的事情沒有說。」

我將一張紙放進雷尼手中，再也沒有開口，讓他自己去讀。那文件來自試管嬰兒診所。身為一名服役中的軍人，雷尼跟診所簽署了棄權書，容許他的妻子可在沒有他的允許下，無論何時都能使用他的精子。

「這代表什麼？」他說。

「這代表卡洛琳是你親生的，眞的是你的女兒——但她的生母是茱莉．羅森。」

哈利移往私人病房的門口，將門打開。霍威爾先是閉上眼睛，再睜開，看著哈利。我俯過床用食指和拇指用力捏了霍威爾的臉頰。

「噉，」他說，「你為什麼要捏我？」

「我只是要你清楚知道自己不是在作夢。」說完，我移到一旁，讓他能看到門口。

卡洛琳．霍威爾撐著一根枴杖，步伐仍搖搖晃晃。哈利扶著她另一隻手臂，溫柔地帶她走進霍威爾的病房。幾天之中，她恢復了一點血色，增加了大概五磅，而她的物理治療師認爲，卡洛琳在這恐怖的六個月中瘦下去的雙腿肌肉一定能再多長些回來。

當她來到床邊，親了哈利的臉頰一下，再用雙手捧著父親淚流滿面的臉。

「爹地。」她說。

他們一齊痛哭。她長長的金髮貼在他濕答答的雙頰上，他嗅著她、抱緊她、親吻她，而她也緊緊回擁。他們一同哭泣，爲失去的那些時光，爲自身承受的折磨，以及終能恢復正常生活的嚮往，即使微乎其微。

看著那個場面，我努力不去想史考特．巴克。我試著不去想當我對他撒謊、告訴他卡洛琳已死時他是什麼表情。我想傷害他，我要他知道他造成了怎麼樣的傷痛——我要他深刻感受到，而且希望這感受會將他撕裂。

卡洛琳不知道自己其實就是艾蜜莉．羅森。她什麼時候才會發現——又或者她到底會不會發現——都與我無關。哈波將她拖出那個洞穴的頭幾天，讓霍威爾看到卡洛琳一定會很痛苦。她身體脫水，只剩皮包骨，無半點生氣，甚至頭髮脫落。單是望著那個女孩蜷縮在地裡的水泥洞中淌血，就已能算是我做過最困難的事情之一。

她一定受盡了折磨，苦苦哀求史考特．巴克放她走。這麼多個月，她一定不斷祈禱、乞求並哭泣著。

只要一想到這件事，對巴克撒謊似乎就不那麼糟。不過因爲那不是他的孩子，他就能開開心心以這種方式折磨人。他聽見她的每一聲懇求，還是予以忽視。

我吐出一口氣，揉揉眼，感到一股強烈衝動想去看看我自己的女兒；我現在、馬上就想抱著她。

「我們走吧，哈利。」

在我們離開前，我又想起一些事。

「謝謝你，謝謝！」霍威爾喊道。

「你不用謝我，只要雇用我就行了——最後一次。關於你的離婚還有一點事情要處理。」

76

高爾與潘寧事務所的辦公室彷彿將我最鄙視律師的一切具像化。也許是因爲橡木鑲板加上玻璃，又或者是他們擺在接待處那缽免費的鍍金鋼筆。那些筆上頭都有公司標誌浮雕。在此我扮演反派，來到這個地方試圖協調雷尼和蘇珊・霍威爾之間的財務協議。我甚至穿了比較好的西裝，帶上一份資料和 iPad，仍被接待人員用不讚許的目光看了一眼。她一個禮拜花在美甲上的費用可能比我的飯錢還多。

她叫我稍候。我找了個座位，抓了把免費的鍍金筆，著手把邊邊的公司名稱刮下來。他們讓我等了很久，可能半小時吧。在那段時間中，我把五枝筆上的名稱都弄了下來，再收進外套口袋。畢竟鍍金筆也只不過是筆。

一名高個子的金髮年輕女子走到我面前，身穿一套驚豔懾人、曲線貼身的綠色套裝，問我的委託人是否隨時會到。

「沒有，就只有我。」我說。

她一臉困惑，要我跟她走。我走了好久，踏在有中央空調、水洩不通塞滿穿著稚嫩昂貴西裝的昂貴稚嫩律師的寬敞走廊上；他們或講電話，或打筆電，或拿著文件。

我們來到一間玻璃隔間的會議室。她打開門領我進去。這是一個邊間辦公室，巨大無比，傲然展示著曼哈頓驚人的天際線。現在稍過九點，桌子另一邊有十名律師，全背對著那片景色，用上頭印有高爾與潘寧商標的馬克杯啜飲咖啡。在這群人中間的是蘇珊・霍威爾。她左邊有五名律師，右邊也有五名律師。在他們的低卡瑪奇朵與低醣拿鐵旁邊，每名律師都有一本上頭印有有公司標誌的皮革文件夾和一台 **iPad**。

我在我的椅子前方停頓，等著桌子另一邊的混帳們有沒有誰會站起來和我握手：一個都沒有。

我在會議桌中間的位子坐下，正對蘇珊。她戴著寬橢圓形的深色墨鏡，完全沒意識到我的存在。

「要喝點什麼嗎？」那位綠衣的年輕金髮女子問。

「不用了，謝謝，我不會待那麼久。」我說。

蘇珊・霍威爾的兩邊分別坐著高爾和潘寧，他們是兩名五官凌厲的中年離婚律師。

我將我的資料放在桌上，**iPad** 壓在上方。我花了點時間打量我每一個對手的臉。單是這場會議就可能花去蘇珊・霍威爾一小時一萬元。其餘律師都是男性，全留著乾乾淨淨、側邊與後方都剃短的髮型，穿深色西裝與一點也不花俏的領帶。

「這些人有打算講話嗎？」我說。

「不是所有人。」蘇珊左邊的一名律師說：「我是傑佛瑞・潘寧，將會由我來主持這次協調。」他說。

我往後靠，十指交扣，雙手搭在頭後方。

「你倒是很放鬆啊？」傑佛瑞說。

「非常放鬆。是說，你們這些人爲什麼要坐在桌子那邊？怎麼不坐在這邊？這樣才能看到景色啊。」

沒人說話。

「你的委託人什麼時候會到？」傑佛瑞說。

「他不會到。你要跟我談。」我說。

傑佛瑞搖搖頭，嘖了嘖。他那邊的桌子好幾名年輕律師見他這麼做也群起效仿。我並不驚訝。我是見過一些奉承的行爲，但沒有這麼誇張的。

「你在離婚這塊領域沒有多少打官司的經驗，對吧？弗林先生？」

「的確不多。」我說。

「如果你有更多經驗，就會知道我們會將各自的委託人帶進會議室，這樣一來，我們才能討論協議的事。如果想做出點有意義的協調，也許應該改期。」

「沒有這個必要，我不是來這裡協調的，不會有什麼協調，永遠也不會有。我只有一個條件，這也是我最底線的條件。你的委託人只有接受或不接受。不管怎麼樣，我們都沒有要協調。」我說。

從高爾開始，桌邊紛紛冒出笑聲。他一面微笑一面說：「弗林先生，我們以前也聽過這種話，但永遠都會有其他的條件，你看過我們一開始的提議，我們認爲那算是相當公平：所有資產的百分之八十五。別忘了這是在進行協議，我們有準備建議我們的委託人拿七十五。」

一片安靜。我往後靠，閉上眼，壓住一聲呵欠。

「您眞的什麼都不需要嗎？」綠衣女士說。

「事實上，我挺喜歡妳的筆——就是妳擺在接待處讓人免費拿的筆。如果你們不在意，我要一盒。但可以先把高爾和潘寧的標誌刮掉嗎？」

沒有人笑，她似乎震驚得說不出話，隨後踩著高高的鞋跟離開。

「我們可以認眞一下嗎？」傑佛瑞說。

「好主意，」我說：「我想跟你的委託人私下談談。」

「門都沒有。」傑佛瑞說。那些戴著兩百美金領帶的哈巴狗又開始狂點頭。

「噢，各位紳士，不用擔心，我們不是要討論離婚的事。」我說。

「無論討論什麼，你都不可能和我們的委託人獨處。」傑佛瑞說。

「是嗎？是那樣嗎？蘇珊？」我說。

她一動也不動。有一瞬間，我還以爲那副眼鏡和這件豹紋洋裝底下的是個假人呢。

「這其實和你們一點關係都沒有。我說，蘇珊，我想和妳談談新羅謝爾火車站的一個置物櫃。」

她立刻抽出雙手抓住兩側男士的上臂。

「讓我們獨處。」她說。

她不需要說兩次，聲音中的命令語調已經很夠。高爾和潘寧心不甘情不願地站起身，他們的團隊也跟著做，但傑佛瑞．潘寧滿心警戒。他不想要任何不在紀錄中的交易，因爲那代表這些資產不會納入正式財務協議，這麼一來，他就不能從中拿到分成。

「蘇珊，沒有檯面下交易，我們說好了。」他說。

「出去。」她說。

高爾和潘寧的律師軍團一個接一個離開房間，傑佛瑞最後一個離開。他出去前，我說：

「噢，我本來要告訴你的接待人員——我的助理隨時會來加入。請確保你會立刻帶她進來。」

「這有什麼問題呢？」傑佛瑞語帶譏諷，並在出去時摔上大門。

「現在這裡空間感覺大多了，不覺得嗎？」我翻開iPad、開機。蘇珊什麼也沒說。

我把螢幕翻轉過來，靠著做在保護罩上的立架垂直立起。

我什麼也沒說，直接按下播放。

那是火車站的影片，日期戳章是卡洛琳．霍威爾失蹤前一週。調查局將監視攝影機畫面的每一處都看遍了，依舊沒看見任何人靠近林區在假贖金交換時找到的裝手機的置物櫃。

但不知怎麼，我相信這非常重要。我不喜歡未解的問題。但凡有人不辭辛勞完美藏起自己的行跡，就表示那人有該死的、天大的理由必須躲躲藏藏。卡洛琳與父親重逢已過了一個月，我和聯邦調查局花費紮實的三天檢驗所有影片。一開始，聯邦技術人員告訴我這麼做毫無意義：我要怎麼看到連他們都看不到的東西？

我則告訴技術人員，我不是要找把東西放進置物櫃的人。他不太懂，但覺得好奇，乃至於容許我和他一起細細搜尋影片。

到第三天，我找到了。拍到置物櫃的鏡頭一向是靜止不動，但它的確能做出範圍有限的移動。那是我的第一個發現，而這幫助了我縮小搜尋的範圍。

分別有兩組人看過這段影像，他們找的是這樣的人——打開置物櫃門、將手機放進裡面、朝投幣孔丟入五十分錢、再關上門、轉動鑰匙鎖好再抽出鑰匙走掉。而他們沒在置物櫃旁看到任何一個符合條件的人。

但一定有人拿走那把鑰匙，一定有人去了置物櫃那裡，因爲林區確實在馬桶水箱裡找到置物櫃鑰匙。調查局在影片中沒見到任何人拿鑰匙：事實無誤。所以，我要找的是爲什麼調查局會沒看到任何人拿鑰匙。

我要找的是聲東擊西者。

搜尋的第三天，我看到了這場戲的第一幕，而那幕正在蘇珊・霍威爾面前的iPad上播放。一個穿著黑色帽T的小孩從口袋中拿出某樣東西，一面走一面指了地板一下。在不停下腳步的情況下，他將那樣小東西放回自己口袋。三十秒後，一名與帽T小孩走同方向的年邁女士經過。當她來到那孩子拿某個東西指地的位置，雙腳往外滑開，像是踩到透明薄冰那樣，直接頭下腳上跌個四腳朝天，她購物袋中的東西撒得滿地都是，三個路人跑過來看她有沒有事。

那孩子用了軟塑膠瓶，是個五十毫升、可擠壓噴出內容物的小瓶子，裡面裝著混了點橄欖油的水。

鏡頭移動，聚焦在那名摔倒的女士，所有注意力都在她身上。螢幕最頂端，你可以看到置物櫃，但不見全貌。就算有人站在置物櫃那裡，也只會看到他們的腿和腹部——只有這樣。那個關鍵的置物櫃旁沒有人。然而，另一邊的置物櫃卻出現了人。一名高個子男人打開了那個置物櫃，將一個袋子放進去，雙臂伸進置物櫃深處整整五分鐘。他關起門，在離開時走向鏡頭。那是極其短暫的一瞥，在這段影片中則以慢動作處理。

影片以慢速播放時，我注意看著蘇珊。她努力不去看他，但實在是忍不住。畢竟，過去那曾是她的愛人。

法庭上這是站不住腳的，但確實看起來很像馬龍。

那名老太太被扶著站起來，她買的東西也撿回來放回袋裡。她踉蹌往前，朝置物櫃走，爲了別再跌倒，她伸出一手放在置物櫃門上。門上那手擺了幾秒，然後她再次站起，逕自離開。門沒有打開，她什麼也沒放進投幣孔。影片品質太粗糙，看不出來，但我知道她拿到了某樣東西。

她拿到了鑰匙。

「嚴格說，這眞是相當聰明。這些置物櫃是背對背放，馬龍用的置物櫃背板是軟質木頭做的。在軟木另一邊就是調查局在交贖金當晚打開的置物櫃。我們都知道調查局在裡頭找到了什麼，而今，我們知道馬龍敲掉兩個置物櫃之間的軟木隔板，從後面將手機放進去，並重新放回隔板。他從後面進入放贖金的置物櫃，也在投幣孔裡投入五十分。這麼一來，妳就不需要打開置物櫃並將硬幣投進裡面。妳只要轉一下、拔出鑰匙——這就是妳摔倒後試圖站穩時所做的事。」

「那不是我，你不能證明。」

「我不需要，巴克告訴我們妳有參與。那不是他的點子。馬龍就和雷尼一樣愛上了妳，妳發現他和自己說的身分有出入。此外，他也讓妳在贖金中分一杯羹。」

她喉嚨上一根血管抽了一下。

「聽著，我知道妳是爲了錢嫁給雷尼，不爲別的。只要他繼續有錢下去，妳就會繼續快樂下去。但當手頭開始變緊，妳就得盡量能捲多少就捲多少，迅速走人。我已經和妳前兩任丈夫談過，他們對妳的評價不怎麼好，我也不意外。妳從沒告訴雷尼妳先前結了三次婚，他只知道妳是寡婦。妳的上一任丈夫死於二氧化碳中毒，假使聯邦調查局發現這件事，我很確定他們會更仔細調查妳上一任丈夫的死。妳本來這次也可以逃過，但妳變貪心了。因爲那場火，妳從保險公司那裡得到的錢大大超過賣掉房子能拿到的數字。但事實是：妳從雷奧納德・霍威爾身上一毛都拿不到。妳訂婚戒指上那顆鑽正擱在保險箱中——妳該拿去當了。妳能得到的只有那個。現在，妳要結束這場官司，一毛都不拿，也沒有贍養費，到此爲止。帶著身上現有的離開。如果妳想在離婚這件事上硬來，我和妳說的一切都會在法庭上爆出來。」

我將兩份協議書推過桌面，附上手邊一枝上頭沒有名稱的全新鍍金筆。

「簽名，然後給我從這個地方滾出去。聯邦調查局遲早會把這一切拼湊起來。當他們拼湊完，我想妳應該不會希望自己還待在這裡。」我說。

紙張停在蘇珊伸出的雙臂之間，她收回雙手，指甲刮過桌面。

她咬緊了牙簽了下去——兩份都簽了——再朝我推回來，站起身。

門打開來，傑佛瑞・潘寧說：「你的助理到了。」

「你的**助理**？」哈波大步走進裡頭，一面說。

「不好意思，我覺得我好像不該在這裡說出聯邦調查局幾個字，不然蘇珊很可能就不會簽下文件。」

「什麼文件？」傑佛瑞說。

我將蘇珊・霍威爾剛簽的文件之一遞給他，並見到傑佛瑞一邊讀臉一邊垮下。他的委託人看到哈波似乎一點也不驚訝。她垂著腦袋，靜靜等著哈波宣讀她的緘默權、給她上銬，帶她走出去。傑佛瑞把協議揉成一球，在我離開時往我背上扔。

「我跟你保證這件事還沒完。」他說。

「如果沒有把握就不要做這種保證。」我說。

在高爾和潘寧市中心的辦公室外頭，兩名探員在便衣警車裡等候。哈波將蘇珊．霍威爾交到她同事手中。

「把她帶走。」她說。

其中一名探員欲拿下蘇珊手腕上的手銬。

「留著。」她說。

「我們有自己的。妳不想把妳的手銬拿回去嗎？」那名探員說。

「不用。」哈波說。她將手伸進外套，拿下武器和徽章給那名探員。

「把這和我的手銬拿給特別指揮官，跟他們說我不幹了。」她說。

兩名探員傻在那裡一會兒，才將蘇珊．霍威爾塞進後座，上車開離。

「想不到。」我說。

「我也想不到。華盛頓是我繼續這份工作唯一的理由。他會拿傷病撫卹金退休，說想買進上西城某個私家偵探事務所的股份——他需要合夥人。我在考慮。」她說。

「挺不錯的。」

哈波的姿勢變得有點不自在。她張開雙臂，好像要擁抱，又覺得還是別了，改成伸出右手和我握了握。

「有緣再見，艾迪。」她說。

哈波的道奇在對街並排停車，她撕掉擋風玻璃上的罰單，上了車，在開入車流前猛一個加速，磨掉約一吋輪胎橡膠。

我抬起頭看著藍色的天空，雲朵交織在摩天大樓上方。我想著我的家人：克莉絲汀和艾米。我決定這週剩下時間都要大睡，再開車出去，和她們度過一些時間。艾米似乎一天一天長得更高，而我錯過了她好多的成長。我走了一個街區，上了自己的車，瞪著引擎，讓它呼呼響個幾秒，踩下油門緩緩開出去。此時，我的手機響起，藍芽系統替我接起。

「艾迪？」

「是，我是艾迪·弗林。需要什麼協助嗎？」

「我是二十一分局的行政警隊長巴恩斯，這裡有個委託人要給你。」

我在紅燈前停下。

「你在嗎？」巴恩斯說。

「我在。」我說。

一對母女走過我面前的斑馬線，小孩大約是艾米的年紀，女人穿著的紅色外套因風翻飛敞開。

「你要不要這個官司？」他說。

年輕女孩走到人行道前就掙開了母親的手，跑進一名棕髮的高個子男人懷中。他順勢將孩子抱起來開心轉圈。

「被控什麼罪？」我問。

「三重謀殺。」警隊長說。

那名女子走上人行道，親吻了牽著他們孩子的男人。我的眼神怎麼也離不開他們。

我的燈號變成綠色。

「艾迪，你還在嗎？」警隊長說。

後面的車按了喇叭，要我開動。我不理會。

「你到底要不要這個官司？」警隊長說。

又有幾輛車加入按喇叭的合音，我放開方向盤，看著女孩握著她父親的手蹦蹦跳跳走開。

致謝

一如過往，如果沒有 AM heath 經紀公司的 Euan Thorneycroft，這本書就無法來到你手中。他也引導著我，爲這本小說出了非常多力，謝謝 Euan、Helene、Jennifer 以及 AM Heath 的所有人，我永遠心懷感激。

Orion 出版社的團隊向來是催生這本小說的無價寶藏。我特別感激 Jemima Forrester、Jon Wood、Francesca Pathak、Bethan Jones 與 Francine Brody，謝謝他們每個傑出的建議與辛勤的付出，他們全都以了不起的方式做出了貢獻，讓這本書變得更優秀。

給我的家人朋友，謝謝你們對我的信任；給 John Ross and Son，謝謝他們的支持與理解。

我最大的感謝必須獻給我的妻子，我的第一個讀者，醃黃瓜小叉 Tracy，她在這本書上給了我莫大的幫忙，沒有妳的支持與點子，我是無法完成的。謝謝妳。

與作者史蒂夫．卡瓦納的訪談

Q：艾迪成爲律師的過程是如此有趣，並且是他性格中的關鍵部分。你能告訴我們自己成爲律師的過程嗎？

A：很多人成爲律師是因爲他們對是非有天生強烈意識。他們想成爲阿提克斯．芬奇，捍衛窮人和被壓迫者的自由。他們想要爲眞理和正義戰鬥。而我其實是誤入了律師這一行的。我一直認爲，如果需要的話，法律可能是我未來的選項之一，但我其實並不想要下苦工。我知道這將是一個很好的職業，因此我把它作爲大學志願的選擇之一。最後，我被大學錄取，並且可以選擇商管的行銷或是法律。我認爲自己更適合學商，因此決定去註冊商學院的課程。不過，註冊的前一晚，我去了酒吧。對於十八歲的我而言，那裡眞是個令人愉悅的地方。然而，第二天就不那麼愉快了。我遭遇了人生第一次宿醉，還不得不像參加遊行一樣，在超級長的隊伍中漫長地等待著，交出數張表格，還得忍受大學註冊日帶來的渾身不適感。之後，我去了行銷的課堂，卻沒在學生名單中找到我的名字。我去詢問了學校服務處的一位非常好的女士，她在行銷課程中確實找不到我的名字，但在法律課程的名單上找到了。在我脆弱的宿醉狀態下，我帶了錯誤的表格去註冊，選塡法律系，還繳完學費了。我可以等一年的時間再回來上行銷課，或繼續待在法律系。我決定繼續待在法律系。最終，我成了一名律師，這全是因爲我在某個階段加入了錯誤的隊列。

Q：爲什麼你要讓艾迪成爲辯護律師，而不是檢察官？有人可能會說，爲可能的罪犯辯護，要比試圖將他們擊倒要糟糕得多。

A：司法體系實際上並非如此。在證明有罪之前，每個人都是無辜的。我不會當檢察官，我辦不到。在北愛爾蘭問題時期，我是在貝爾法斯特的一個工人階級家庭中長大。也許正因爲如此，又或者是其他事，我一直站在弱勢者這一邊——普通老百姓。我不一定相信國家，但我相信人民。長大過程中，我聽說了隔離區和我所住的社區，兩邊皆有人被誤判或誤殺。我想我從很小的時候就開始養成對法律有適度反感了。

Q：艾迪總是看起來比其他人領先三步，尤其是當他在交互詰問證人時。你能告訴我們你通常如何處理案件嗎？爲何你認爲像艾迪這樣的騙子能造就如此出色的律師呢？

A：一個不錯的交互詰問就像艾迪說的，是一場白日搶劫。你速度要快，得到你想要的東西，然後火速離開。但一個完美的交互詰問就如同入室盜竊。你走進去，得到所需的答案，而目擊證人甚至都不知道你來過。你在偷證人的東西。你必須將每個案例視爲一個故事，故事總是一體兩面。誰能在法庭上講最好的故事，通常就是贏家。每個騙子都是說故事高手，每個律師也是。騙子和律師都擁有相同的技能——誤導、操縱、分散注意力和說服力。

TH1RT3EN

艾迪・弗林

EDDIE FLYNN BOOK 4

【史上最囂張的騙子律師——艾迪・弗林系列4】

連環殺人眞凶一直都在法庭內，
但他卻是……第十三位陪審員！

如果你無法擊敗主宰者，那就成爲他！
這是一場與時間博弈的競賽，殺人只是遊戲的開端——

——2020年冬・敬請期待！

【Mystery World】MY0014

騙子律師【艾迪・弗林系列3】

The Liar

作　　者❖史蒂夫・卡瓦納（Steve Cavanagh）
譯　　者❖林零
美 術 設 計❖Ancy Pi
內 頁 排 版❖HAMI
總　編　輯❖郭寶秀
責 任 編 輯❖遲懷廷
協 力 編 輯❖楊淑慧
行　　銷❖許芷瑀

發　行　人❖涂玉雲
出　　版❖馬可孛羅文化
10483台北市中山區民生東路二段141號5樓
電話：(886)2-25007696
發　　行❖英屬蓋曼群島商家庭傳媒股份有限公司城邦分公司
10483台北市中山區民生東路二段141號11樓
客服服務專線：(886)2-25007718；25007719
24小時傳真專線：(886)2-25001990；25001991
服務時間：週一至週五9:00～12:00；13:00～17:00
劃撥帳號：19863813　戶名：書虫股份有限公司
讀者服務信箱：service@readingclub.com.tw
香港發行所❖城邦（香港）出版集團有限公司
香港灣仔駱克道193號東超商業中心1樓
電話：(852)25086231　傳真：(852)25789337
E-mail：hkcite@biznetvigator.com
馬新發行所❖城邦（馬新）出版集團
Cite (M) Sdn. Bhd.(458372U)
41, Jalan Radin Anum, Bandar Baru Seri Petaling,
57000 Kuala Lumpur, Malaysia
電話：(603)90578822　傳真：(603)90576622
E-mail：services@cite.com.my
輸 出 印 刷❖前進彩藝有限公司
初 版 一 刷❖2020年9月
初 版 七 刷❖2024年1月
定　　價❖400元

ISBN：978-986-5509-35-4（平裝）

城邦讀書花園
www.cite.com.tw

國家圖書館出版品預行編目(CIP)資料

騙子律師/ 史蒂夫.卡瓦納（Steve Cavanagh）著；林零譯. -- 初版. -- 台北市：馬可孛羅文化出版：家庭傳媒城邦分公司發行, 2020.9
面；　公分. --（Mystery World；MY0014）
譯自：The Liar
ISBN 978-986-5509-35-4（平裝）
873.57　　109010231